Anja Saskia Beyer
Inselblüten und Meer

TINTE & FEDER

Das Buch

Sonne, Strand und Meer: Teresa liebt ihr Leben auf Mallorca. In ihrem kleinen Laden an einer Bucht verkauft sie, was sie am liebsten mag: Strandkleider und Taschen aus Blumentextilien. Als der attraktive Simon sie als Blütenköchin für ein Event auf seiner Jacht anfragt, zögert sie. Zuletzt hat sie für ihre verstorbene Mutter ein Blütengericht zubereitet.

Als Teresa ausgerechnet über Simon ein aufwühlender letzter Brief ihrer Mutter erreicht, steht er ihr zur Seite und die beiden kommen sich näher. Doch ein Geheimnis lastet auf ihrer aufkeimenden Liebe.

Die Autorin

Anja Saskia Beyer studierte Theater-, Kommunikationswissenschaft und Werbepsychologie in München. Sie arbeitet erfolgreich als Drehbuchautorin und Dramaturgin für das Fernsehen. Seit 2013 schreibt sie auch Romane, darunter drei #1-Kindle-Bestseller und zwei #1-BILD-Bestseller, auch all ihre anderen Romane eroberten die Bestsellerlisten.

Die Autorin nimmt ihre Leser in »Mandelblütenliebe« und in »Das kleine Café am Meer« mit nach Mallorca, in »Erdbeeren im Sommer« sowie in »Die Sterne über Venedig« und in »Die geheimnisvollen Gärten der Toskana« nach Italien, in »Nelkenliebe« ins wunderschöne Portugal, in »Träume der Provence« ins malerische Frankreich. »Zeit der Pfirsichblüte« führt seine Leser nach Barcelona und zu den traumhaft blühenden Pfirsichfeldern dort in der Nähe und »Inselliebe und Meer« ist der Auftakt einer neuen romantischen Mallorca-Reihe.

Anja Saskia Beyer lebt mit ihrer Familie und ihrem Hund in Berlin.

www.facebook.com/AnjaSaskiaBeyer
www.Anja-Saskia-Beyer.com
www.instagram.com/AnjaSaskiaBeyer

ANJA SASKIA BEYER

Inselblüten und Meer

Roman

TINTE & FEDER

Deutsche Erstveröffentlichung bei
Tinte & Feder, Amazon Media EU S.à r.l.
38, avenue John F. Kennedy, L-1855 Luxembourg
August 2022

Umschlaggestaltung: bürosüd München, www.buerosued.de
Umschlagmotiv: © aunaauna © Pawel Kazmierczak © Laima Gri
© Nemeziya © Evannovostro © Lifestyle Travel Photo © fotoslaz
© nattul © Piyawat Nandeenopparit © Dasha Petrenko
© Photographee.eu © Phadangs / Shutterstock
1. Lektorat: Judith Zimmer, Hamburg
2. Lektorat und Korrektorat: VLG Verlag & Agentur, Haar bei München,
www.vlg.de
Gedruckt durch:
Amazon Distribution GmbH, Amazonstraße 1, 04347 Leipzig /
Canon Deutschland Business Services GmbH, Ferdinand-Jühlke-Straße 7,
99095 Erfurt /
CPI books GmbH, Birkstraße 10, 25917 Leck

ISBN: 978-2-49671-109-7

www.tinte-feder.de

Kapitel 1

Teresa stand in ihrem Laden, hielt ein Kissen im Arm, sah durch die offene Tür hinaus aufs Meer. Sie hielt das Kissen wie ein Baby, wurde ihr gerade bewusst, nahm es aus ihrer Armbeuge, hielt es vor ihren Bauch. Ein seltsames Bauchgefühl hatte sie schon heute Früh beim Aufstehen ergriffen. Wie eine Vorahnung fühlte es sich an, dass heute ein ganz besonderer Tag werden würde. Hoffentlich. Sie liebte besondere Tage. War auch deshalb auf diese Insel gezogen, um dem grauen Alltag in Deutschland zu entfliehen. Nicht nur deshalb natürlich, aber auch. Ein Segelboot glitt am Horizont vorbei, die weiße Markise vor ihrem Laden flatterte im Wind, auch die Wasseroberfläche des Meeres wirkte heute aufgewühlt. Oder bildete sie sich das ein? Sie strich ihre braunen Locken zurück. Manchmal hatte sie so ein seltsames flatteriges Gefühl, dass etwas geschehen werde. Zum Glück verhieß dies oft etwas Gutes. Meistens zumindest.

»Hey, Süße, ein Café solo gefällig?«, hörte sie Josys Stimme und im nächsten Moment erschien die Freundin in der Tür. Teresa zuckte zusammen. Josy hielt eine Espressotasse in der Hand, aus der es verlockend duftete. Sie hatte ihre blonden Haare zu einem Pferdeschwanz zusammengebunden, trug eine kurze Jeans, dazu ein gelbes Sonnentop. »Oh, hab ich dich erschreckt?«, entschuldigte sie sich.

»Was? Nein, doch, ein bisschen.« Teresa musste lachen, legte das Kissen zu den anderen in der Auslage, trat zu ihr. »Ich habe mal wieder geträumt.«

Josy hielt amüsiert die kleine Tasse hoch. »Ein Gast hat sich dann doch noch fünfmal umentschieden. Magst du, bevor er kalt wird?« Ehe Teresa etwas erwidern konnte, streckte Matilda den Kopf über Josys Schulter herein. »Hey, Mädels! Teresa, wenn du den nicht willst, ich nehm ihn sofort«, sagte sie in ihrem angenehmen mallorquinischen Akzent. »Bin auf Kaffeeentzug. Hab heute verschlafen und das, wo ich vor der Arbeit noch zu meiner Schwiegermutter musste. Schwiegermutter in spe. Sie war ziemlich sauer, dass ich nur so kurz vorbeigesehen habe.«

Josy scherzte: »Oje, solange das Schwiegermonster kein Feuer gespuckt hat.«

»Hey, du bist ja wieder frech«, entgegnete Matilda lachend.

Teresa wandte sich an sie. »Nimm gern den Kaffee, Matilda, ich hatte heute schon einen.«

Matilda nahm die Tasse und trank. »Mmhm, köstlich.«

»Ich kann auch noch einen machen, Mädels«, schlug Josy vor.

»Nein, nein, danke, ist lieb von dir, Josy. Später gern.«

»Okay, ich muss«, erklärte Josy. »Der Laden brummt wieder. Was ja super ist, aber dadurch sehe ich Eric so selten. Er muss gerade ständig nach Sóller.«

»Wieso eigentlich?«, hakte Matilda nach.

»Von dort kriegt er die Orangen, muss irgendwas regeln.«

»Ah«, entfuhr es Teresa.

Josy fuhr fort: »Ich hoffe mal, er trifft da wirklich nur den Orangenbauern.«

»Natürlich«, sagte Matilda sofort. »Vertraue ihm, das ist das Wichtigste in einer Beziehung.«

Josy lächelte zerknirscht, nahm von Matilda die leere Tasse entgegen und die beiden Freundinnen gingen zurück in ihre Läden rechts und links von Teresas. Gleich darauf erschien erneut Matildas Kopf in der Tür. »Sag mal, alles gut bei dir? Du siehst heute so ernst aus.«

»Ja? Keine Ahnung. Irgendwie hab ich heute so ein komisches Bauchgefühl.« Sie zuckte die Schultern. »Weiß aber nicht, warum. Lieb, dass du fragst. Bin vermutlich einfach noch müde.«

Matilda nickte lächelnd, verschwand wieder, weil ein Kunde auf ihren Laden zusteuerte.

Es machte Spaß, mit diesen Frauen hier auf dieser Insel zu arbeiten. *Neben* ihnen vielmehr, denn es befanden sich fünf Läden in einer Reihe in dieser Bucht und Teresas Laden war einer davon. In den drei Jahren, die Teresa inzwischen auf dieser Insel lebte, seit sie hierhergekommen war, um einen Neuanfang zu wagen, hatten sich innige Freundschaften entwickelt, man kümmerte sich umeinander, hörte zu und half. Teresa galt bei ihren Freundinnen als Sonnenschein, aber auch als etwas chaotisch, vermutlich deshalb hatte sich Matilda gerade nach ihr erkundigt. Dabei gab es ja wirklich nichts, was dieses seltsame Gefühl rechtfertigte. Sie überlegte, spürte in ihren Bauch hinein, doch ihr fiel partout kein Grund ein. Allein dieser Ausblick bei der Arbeit! Wer hatte das schon? Und dann verkaufte sie in ihrem Laden das, was *ihr* gefiel. Ihr Blick schweifte über die Auslage, das alles kam bei den Kunden gut an: Kissen aus Mallorca-typischen Ikat-Stoffen, selbst geschneiderte Strandkleider und Taschen mit Blütenmustern, ein paar heimische Blumen in kleinen Töpfen, roséfarbene und weiße. Selbstgebasteltes, do it yourself, DIY, wie Ohrringe mit in Harz gegossenen Blüten. Es gab in ihrem Leben gerade nichts, was dieses Bauchgefühl hätte hervorrufen können. Und dennoch. Etwas schien in der Luft zu liegen. »Hochsensibel bist du, Schatz«, hatte ihre Mutter einmal zu ihr gesagt. »Wie ich. Wenn eine Sonnenblume plötzlich den Kopf hängen lässt, weiß ich, dass sich etwas ereignen wird.« Kurz darauf hatte in ihrem Garten in Niederbayern die größte Sonnenblume über Nacht den Kopf hängen lassen. Und am nächsten Morgen war ihre Mutter gestorben. Teresa fühlte noch immer den Schmerz, wenn sie daran dachte, diese warmherzige, liebe Frau fehlte ihr so sehr. Ein Meer aus Sonnenblumen auf ihrem Grab hatte sich ihre Mum gewünscht, denn sie liebte die Farbe gelb, und Teresa hatte ihr diesen Wunsch erfüllt. Ihre Mutter war viel zu früh gestorben, diese wundervolle Frau, die immer wusste, was Teresa guttat, wie es ihrer Tochter im tiefsten Inneren ging. Sie fehlte ihr so sehr.

Teresa atmete tief ein und aus, blinzelte eine Träne weg. Dann ging sie zu den kleinen weißen Blumen, die sie in ihrem Laden verkaufte, weil ihr die Blüten so gut gefielen. Der angenehme, kaum merkliche Duft zog ihr in die Nase. Eine Blüte fiel gerade zu Boden. Sie bückte sich, hob sie auf und bemerkte dabei, wie ihr Stretchkleid am Hintern hochrutschte. Im gleichen Moment, als sie es zurückzuppeln wollte, hörte sie in ihrem Rücken eine männliche Stimme.

»Hey, *hello*.«

Wie peinlich, sie streckte einem Kunden ihren Hintern hin. Teresa richtete sich abrupt auf, zog an ihrem kurzen Kleid, drehte sich um. Dabei versuchte sie, möglichst gleichgültig auszusehen, als wäre nichts gewesen. »Hey. Hallo.«

»*Sorry*, sprechen Sie Deutsch?«, fragte der Mann nett. »Bin ich hier richtig?«

»Äh, ob Sie hier richtig sind? Kommt darauf an, zu wem Sie wollen?«

Der Mann lächelte. Er musste Ende dreißig, höchstens Anfang vierzig sein. Sympathisches Gesicht, blondes, längeres Deckhaar, markantes Kinn, an seinen Wangen bildeten sich Grübchen. Er trug ein weißes Leinenhemd, dazu eine beigefarbene, etwas hochgekrempelte Chino-Hose und weiße Turnschuhe. Geschmackvoll gekleidet, dachte Teresa unwillkürlich.

»Zu Teresa möchte ich. Teresa Niedermayer? Sind Sie das?«, fragte er jetzt.

Verblüfft sah sie ihn genauer an, zupfte an ihrem tiefen Ausschnitt herum, wie immer, wenn sie nervös wurde. Sie mochte körperbetonte Kleider, auch wenn sie keine Größe 36 trug, meist eher 42. Sie stand zu ihren Rundungen, eine Brustverkleinerung, wie sie ihr letzter Freund Adi ihr kurz vor Ende ihrer Beziehung vorgeschlagen hatte, wäre für sie niemals infrage gekommen. Weil er nicht auf große Brüste stand, sondern auf »Knospen«, wie er auch noch sagte. Es hatte Teresa getroffen, verletzt, wie konnte man so unsensibel sein?

Der Mann vor ihr sah sie interessiert an. Sie hatte ihn noch nie gesehen, definitiv nicht. Er war sehr groß, schlank, dennoch breite Schultern, als sei er einmal Schwimmer gewesen. Er wäre ihr in Erinnerung geblieben.

»Und wenn ich Teresa bin? Werde ich dann verhaftet?«, antwortete sie und war selbst über sich erstaunt, wie schlagfertig sie heute Morgen war.

Ein amüsiertes Lächeln. »Das überlege ich mir noch. Haben Sie denn etwas angestellt?«

»Ich habe schon einiges angestellt in meinem Leben«, erwiderte sie keck. Das Gespräch fing an, ihr Spaß zu machen. Ihr Bauchgefühl sagte ihr: Der Fremde fühlte sich nicht fremd an. Was der Grund war, dass sie so locker sein konnte.

»Gut so. Geht mir genauso.« Er sah ihr in die Augen und Teresa überlegte eine Sekunde, ob diese blauen Augen zu einem Bösewicht gehören konnten, der wirklich schon etwas angestellt hatte. Auf keinen Fall. Der Mann sah ehrlich aus. Warmherzig irgendwie. Dieser Blick. Sie konnte sich täuschen. Aber sein Lächeln sah sehr nett aus, er wirkte natürlich, lässig.

»Entschuldigung, ich bin Simon, Simon von Bergen, ich habe Sie gesucht.«

Er trat näher. Das wurde ja immer seltsamer. Wieso sollte dieser gut aussehende Mann *sie* suchen?

»Aha?«, brachte Teresa jetzt nur noch heraus. Sie sah ihn fragend an. In seinen blauen Augen funkelten bernsteinfarbene Sprenkel, Sommersprossen in den Augen.

»Ich brauche Sie«, sagte er jetzt auch noch.

»*Sie* brauchen *mich*? Wozu?«

Er zögerte, lächelte. »Können wir das vielleicht bei einem Kaffee besprechen?«

»Wie? Jetzt? Ich muss im Laden bleiben.«

»Verstehe. Natürlich. Ich habe auch bald einen Termin.« Er sah auf seine Uhr. »Mist, so spät schon. Ich habe beim Anblick dieser Bucht komplett die Zeit vergessen, fürchte ich.«

»Ich kann bei meiner Freundin Josy nebenan im Café schnell einen Café solo holen. Den besten der Insel«, schlug Teresa vor.

»Ja, klingt gut.« Doch dann schüttelte er bedauernd den Kopf. »Nein. Tut mir leid, es ist schon zu spät. Ich habe wirklich einen dringenden Termin. Ein anderes Mal, wenn es Ihnen recht ist?«

Teresa runzelte die Stirn. »Okaay, jetzt fragen Sie endlich. Sie haben mich neugierig gemacht.«

»Gut. Also, ich …« Er lachte auf. »Ich will Sie nicht überrumpeln.«

»Tun Sie schon nicht. Jetzt fragen Sie schon.«

»Okay. Also ich, brauche Sie … ich meine, ich wollte sie fragen, ach, was soll's, ich bräuchte Sie als Blütenköchin auf unserer Jacht.«

Fassungslos sah Teresa ihn an. Sie schüttelte kurz den Kopf, lächelte irritiert. »Moment. Mich als Blütenköchin auf Ihrer Jacht? Schöner Scherz.«

»Was, nein. Oje, das klingt total arrogant, das soll es nicht. Es ist so, es ist, es *war* die Jacht meines Vaters. Ich fand sie schon immer zu protzig, egal. Für einen Geschäftstermin ist sie wohl jetzt genau richtig. Was ich fragen wollte: Hätten Sie dazu Lust und am Samstagabend schon etwas vor? Ich weiß, es ist nur noch eine knappe Woche, es ist ziemlich kurzfristig. Aber Sie kennen sich doch mit Blüten aus, und ich habe nach Ihnen gesucht.«

»Nur weil mein Laden ›Inselblüten und Meer‹ heißt, kommen Sie auf diese Idee?«, hakte sie nach.

»Nein, nein, nein. Ich habe einen Artikel in einer Inselzeitschrift über Sie und Ihren Laden gelesen. Und eben Ihren Namen.«

»Ach, den Artikel. Da stand doch nichts Besonderes drin. Nur, was ich verkaufe. Was ist mit meinem Namen?«

»Teresa Niedermayer, Sie sind die Tochter einer früheren Freundin meiner Mutter.«

Langsam, ganz langsam, verstand Teresa, was er da sagte. »*Ihre* Mutter kannte meine Mutter?«, hakte sie aufgeregt nach.

Er nickte ernst, fuhr sich durch sein blondes Haar, steckte die Hände dann locker in seine Hosentaschen. »Unsere Mütter haben sich wohl während einer Reha kennengelernt. Und Ihre Mutter hat damals stolz von Ihnen erzählt. Ihre etwa nicht von mir? Von dem rebellischen Sohn, der sich ständig mit seinem Vater anlegte?«

Teresa schüttelte amüsiert den Kopf.

»Aber Ihre Mutter hat meiner von den essbaren Blüten erzählt, die Sie in Ihrem Garten in Niederbayern selbst angebaut haben, und dass Sie damit kochen und wie gut es schmeckt. Und dass es fantastisch aussieht und sogar für einiges gut ist, heilsam. Fand ich damals schon faszinierend. Ihre Mutter war Ihnen sehr dankbar, dass Sie sich so um sie gesorgt haben und Ihr helfen wollten.«

Ein warmes Gefühl durchströmte Teresa. »Ja, hat sie das erzählt?«

»Ja. Es tut mir leid, dass sie gestorben ist.«

Teresa nickte. Einen Moment sagten beide nichts. Er starrte jetzt traurig vor sich hin. Berührte ihn der Tod ihrer Mutter etwa?

»Kannten Sie meine Mutter?«, fragte Teresa vorsichtig nach.

Er sah wieder auf. »Was? Nein. Doch, ein bisschen. Sie war einmal bei meiner Mutter zu Besuch. Ich war zu der Zeit noch in Deutschland und zufällig da, kurz vor meinem Umzug auf die Insel.«

»Sie leben auch auf Mallorca?«, rutschte es Teresa heraus. Es ging sie im Grunde ja nichts an.

»Ja.« Er lächelte wieder kurz, wirkte dann etwas angespannt. »Es tut mir gut«, sagte er leiser.

Teresa war kurz davor, nachzufragen, was er meinte, aber sie hielt sich zurück.

Stattdessen sagte sie: »Also wegen des Blütenkochens, ich weiß ehrlich gesagt nicht.«

»Sie würden natürlich gut bezahlt werden«, entgegnete er.

»Es hat nichts mit Geld zu tun. Zuletzt habe ich für meine Mutter ein Blütengericht gekocht, wissen Sie? Es würde mich sehr daran erinnern … und ich bin nicht mehr in Übung.«

»Verlernt man das denn?«

»Sie haben recht, vermutlich nicht. Die Rezepte habe ich noch. Wie lange habe ich Bedenkzeit?«

»Wie lange brauchen Sie denn?«

»Bis morgen?«

»Natürlich. Benötigen Sie noch ein paar Informationen für Ihre Entscheidung?«

»Gern. Wie viele Gäste sind es? Welche Art Speisen stellen Sie sich vor? Auf einer Jacht kann man ja schlecht an einem langen Tisch sitzen.«

»Das stimmt. Deshalb dachte ich an Fingerfood. Sie könnten entscheiden, was sie zubereiten. Es werden fünfzehn Gäste.«

»Soll es auch einen Nachtisch geben?«

»Von mir aus gern, aber auch das würde ich Ihnen überlassen.«

»Es gibt tolle Desserts mit Blüten.«

Er lächelte wieder, dieses warme, offenherzige Lächeln, als würden sie sich schon länger kennen. »Ich habe Sie mir nach der Erzählung Ihrer Mutter damals mit Blüten zwischen den Lippen vorgestellt. Dieses verrückte Bild ging mir nie wieder aus dem Kopf.«

Teresa lachte, dann fiel ihr ein: »Ach übrigens, *falls* ich kochen möchte, wo würde ich auf Mallorca essbare Blüten herbekommen? Man kann ja nicht einfach die vom Wegrand nehmen.«

»Das ist kein Hindernis, ich habe mich schon erkundigt, es gibt jemanden, der hier einheimische Blüten ökologisch anbaut, extra für die Sterneköche der Insel.«

»Oh, tatsächlich?«

Zwei Kundinnen mittleren Alters betraten den Laden, grüßten auf Deutsch, Teresa begrüßte sie freundlich. Die beiden Frauen sahen sich angetan um und unterhielten sich.

Simon von Bergen blickte Teresa immer noch an, wie sie jetzt feststellte. Er sagte verhalten: »Schlafen Sie gern darüber. Ich würde mich sehr freuen.« Er zog ein Etui aus seiner Hosentasche, holte eine Visitenkarte heraus und reichte sie ihr. Dann gab er ihr die Hand.

Sie ergriff sie, spürte seinen kraftvollen Händedruck. Als ob er viel mit den Händen arbeitete. Er ging, sie sah ihm nach. Manche Menschen hatten diese Aura, die den ganzen Raum erfüllte.

Die Kundinnen stellten eine Frage zu den Strandtaschen und lenkten sie ab. »Was ist das denn für ein Zickzack-Muster, das habe ich jetzt schon öfter auf der Insel gesehen.«

»Es nennt sich Ikat-Muster«, erklärte Teresa. »Es ist eine traditionelle mallorquinische Webart, deshalb sieht man es hier auf der Insel so oft.«

»Aha, interessant. Seit wann wird das hier denn produziert?«, fragte die andere nach.

»Die Stoffe stammen ursprünglich aus dem asiatischen Raum, vermutlich im sechzehnten Jahrhundert brachte man sie über die Seidenstraße auf den europäischen Kontinent, und von dort fanden sie dann nach Mallorca.«

»Oh, wow! Ich liebe es, mit traditionellen Mitbringseln von meinen Reisen nach Hause zu kommen.«

Die andere Frau stimmte ihr zu. »Ich auch, Sonja, da nehmen wir was mit. Ich liebe Taschen!«

»Und ich Kissenbezüge, die kann man gut im Flugzeug mitnehmen.«

Nachdem die eine Kundin Ikat-Kissenbezüge und die andere eine Strandtasche mit Ikat-Muster gekauft hatte, verabschiedete Teresa die beiden und sah einen Moment vor sich hin. Die Begegnung mit diesem Simon von Bergen ging ihr nicht aus dem Kopf. Sie musste sich unbedingt mit ihren Freundinnen besprechen. Wie praktisch, dass sie alle ihre Läden nebeneinander an dieser Bucht hatten. Am besten mit Josy, die war gleich links nebenan und jetzt konnte sie selbst auch durchaus wieder einen Kaffee vertragen. Da gerade kein Kunde mehr da war, trat Teresa rasch aus ihrem Laden ins Freie. Die Sonne blendete sie, es war bereits ziemlich warm für Mai. Teresa ging rüber in Josys Café. Sie wollte ihrer Freundin gleich von diesem Angebot, als Blütenköchin auf einer Jacht zu kochen, erzählen und sie um Rat fragen. Josy wusste, wie sehr Teresa der Tod ihrer Mutter zugesetzt hatte, was sie damit verband.

Kaffee- und Kuchenduft strömten ihr wie immer entgegen. Herrlich, manchmal reichte es Teresa auch, kurz ihre Nase in Josys Laden zu stecken, und den Duft einzuatmen. Oft genehmigte sie sich einen Schokokeks oder Erics Schoki to go. Dazu einen Café solo. Man musste das Leben genießen, jeden Tag.

»Hey!«, sagte Teresa zu Josy, die gerade auf Englisch einen älteren Kunden in ihrer »Tourenecke« beriet. Sie verdiente ihren Lebensunterhalt vor allem mit Touren zu Wasser oder Land.

»Entschuldige, Teresa, das dauert hier noch etwas. Du kannst dir gern selbst etwas nehmen, wenn du was magst. Und an der Kaffeemaschine kennst du dich ja auch aus.«

»Nein, nein, kein Problem, wollte nur quatschen.«

Josy nickte lächelnd, wandte sich wieder dem Kunden zu. Teresa vernahm, dass es um eine Pesca-Tourismo-Tour ging, also eine Tour mit den einheimischen Fischern, frühmorgens, um ihnen bei der Arbeit zuzusehen und selbst zu angeln. Diese Bootsfahrten bot Josy gemeinsam mit den beiden Fischern Vicente und Juan an, die sie im letzten Sommer bei einer weniger schönen Gelegenheit kennengelernt hatte. Teresa verließ Josys Laden. Sie wollte jetzt nicht an ihre unglückliche Liaison mit Juan, dem attraktiven Fischer erinnert werden, aber sie konnte nichts dagegen tun. Wieder setzte ihr Gedankenkarussell ein, das in letzter Zeit immer die gleiche Frage stellte: Lag es an ihr, dass sie so lange schon Single war? Ihr sonstiger Optimismus, für den sie eigentlich bei ihren Freundinnen bekannt war, löste sich so langsam in Nebel auf. Und wenn ihr ein netter Mann begegnete, wie dieser Simon von Bergen vorhin, dann wollte er nur Geschäftliches von ihr und war verheiratet. Den Ring an seinem Finger hatte sie registriert. Schade, sie mochte rebellische Menschen. Menschen, die nicht so angepasst waren, die ihr eigenes Ding machten.

Zurück in ihrem Laden nahm sie seufzend eine der Bestelllisten zur Hand, um sich abzulenken, aber es misslang. Sie sah immer wieder aufs Meer, das noch genauso unruhig aussah wie vorher. Wieso nur zog sie immer die Falschen an? Juan, der Fischer, er hatte so solide gewirkt, gleichzeitig charmant und aufregend. Leider hatte er sich als ein wenig *zu* aufregend herausgestellt. Er war kein durch und durch guter Mensch, und das war es, was Teresa suchte. Einen guten Charakter, einen sensiblen Mann, der sie sah und respektierte. Im Grunde das, was vermutlich jede Frau suchte. Sie wollte keine Affäre, war hoffnungslos romantisch, wie Josy immer sagte, dabei war es doch nur das: Teresa glaubte an die große und einzige Liebe. Der Haken war allerdings, dass ihr diese natürlich auch erst mit siebzig oder achtzig begegnen konnte. Sogar Josy, die lange lieber allein hatte bleiben wollen, sich zu dieser Zeit als beziehungsunfähig bezeichnete, hatte Teresa mittlerweile recht gegeben. Es lohnte sich, auf den Einen zu warten. Seine Zeit nicht mit Menschen zu vergeuden, die einem nicht guttaten und nur die Kraft aus einem heraussaugten. Teresa, die anderen gern half, hatte das leider schon oft erlebt. Erst hier auf der Insel mit ihren Freundinnen nicht mehr. Die Frauen unterstützten sich gegenseitig, es war ein Geben und Nehmen, ein nicht Aufzählen, ein Füreinanderdasein, echte Herzlichkeit, Wärme. Teresa fühlte sich auf Mallorca so wohl wie zuletzt als Kind in Niederbayern. Als ihre Welt noch in Ordnung gewesen war, als sie die Kühe auf der Weide von ihrem Kinderzimmer aus hatte sehen können, als ihre Großmutter noch gelebt und für sie Schals gestrickt hatte, als ihr Vater noch nicht sein Bein im Mähdrescher verloren hatte. Als ihre Mutter, ihre herzliche, fröhliche Mutter noch gesund gewesen war. Zu viele Verluste hatte sie schon ertragen müssen. Auf ihren Schultern lastete eine Menge. Und da sie Einzelkind war und auch ihre Eltern keine Geschwister gehabt hatten, gab es mittlerweile niemanden mehr aus ihrer Familie.

Traurig legte Teresa die Bestellliste wieder beiseite, sie konnte sich jetzt eh nicht konzentrieren. Erneut atmete sie tief durch. Ihre Freundinnen waren jetzt ihre Familie. Genau so fühlte es sich an. Sollte sie zu Matilda in deren Laden rechts nebenan gehen und mit ihr über dieses Blütenkoch-Angebot reden? Überlegen, ob die Gefahr, zu sehr an den Verlust ihrer Mutter erinnert zu werden, nicht zu groß war und deshalb das Gefühl, allein auf dieser Welt zu sein, verstärken würde? Obwohl das mittlerweile ja dank der Freundinnen nicht mehr stimmte und deshalb hoffentlich nicht so stark werden würde. Oder doch? Matilda war Mallorquinerin, sehr familienverbunden, ihre Eltern lebten beide noch, in Sóller, das lag im Nordwesten der Insel, dort betrieben sie einen Orangenhain. Matilda war schon seit Jahren mit einem Mallorquiner zusammen und verlobt, kannte die Probleme als Single also nicht und erschien Teresa deshalb gerade nicht die richtige Person. Vielleicht Amelie? Sie kam aus Hamburg, hatte einen erfrischenden norddeutschen trockenen Humor. Oder Liz, die recht neu auf der Insel war und sich auch sehr allein gefühlt hatte in Deutschland? Im Grunde war jede Freundin hier eine gute Gesprächspartnerin, eine jede auf ihre Weise. Vielleicht sollte Teresa einfach bis heute Abend warten. Denn da waren die Freundinnen wieder mal gemeinsam am Strand verabredet, mit Tapas und Getränken. Auf einen Sundowner, quatschen und lachen, das war es, was Teresa immer wieder auffing, was sie zuversichtlich bleiben ließ. Eine grundtiefe Zuversicht, dass alles gut werden würde. Egal wie. Ihr Blick fiel auf die Visitenkarte, die auf ihrem Tresen lag. Sie hatte diese noch gar nicht angesehen. »Simon von Bergen. Slow Living and garden design«, stand darauf.

»Slow Living and garden design«, wiederholte Teresa angetan.

Kapitel 2

Die Abendsonne glitzerte auf dem türkisblauen Meer. Die fünf Freundinnen hatten es sich am Strand auf einer Decke gemütlich gemacht. Teresa hatte nach Feierabend zu Hause rasch ein paar Tapas gezaubert, Josy hatte mallorquinischen Schokokuchen aus dem Café dabei, Matilda selbst gemachte Sangría und Orangen, Amelie ein paar in Palma gekaufte Tapas, Liz Oliven, Olivenmus und frisches Brot.

Wie immer hatten sie alles unkompliziert zusammengewürfelt, aßen, tranken und Teresa hatte den Freundinnen gerade von ihrer morgendlichen Begegnung erzählt, auch dass Simons Mutter ihre von einer Reha gekannt hatte.

»Das ist echt ein Ding. Und Blütenköchin auf seiner Jacht? Da überlegst du noch?«, entfuhr es Amelie. Sie steckte sich eine Olive in den Mund. »Hey, du sagst, er bezahlt gut, attraktiv ist er auch noch, wo ist das Problem? Los, Butter bei die Fische!«

Teresa musste lächeln. Amelie sah immer alles pragmatisch und oft half diese Sichtweise auch sehr.

»Ich habe das Kochen mit Blüten für meine Mutter gelernt. Um ihre Schmerzen zu lindern, weil Blüten verschiedene Heilwirkungen haben. Es würde mich einfach so sehr an meine Mum erinnern.«

Liz legte ihr mitfühlend die Hand auf den Arm. »Das versteh ich total. Aber meinst du nicht, es ist auch schön, sich ihr wieder nahe zu fühlen? Ich meine, du hast mir mal gesagt, du hast den Schmerz nach ihrem Tod so gut es ging verdrängt. Das ist nie gut.«

»Ja, das stimmt. Genau deshalb habe ich ja Angst davor. Dass er wie eine Welle über mir zusammenbricht.«

»Wir sind für dich da, das weißt du«, sagte Josy. »Und es ist drei Jahre her. Du bist eine starke Frau, ich glaube nicht, dass das passiert. Und tatsächlich habe auch ich eingesehen, dass es gut ist, Geschehnisse aus der Vergangenheit anzugehen.«

Teresa wusste, was Josy meinte, gab ihr recht. Und auch Matilda sagte einfühlsam: »Sie war deine Mutter. Es ist doch wunderschön, wenn du noch mal für sie kochst.«

Teresa lächelte und fühlte sich aufgefangen, sah einen Moment überwältigt aufs Meer, das jetzt deutlich ruhiger als heute Früh wirkte. Sie biss sich auf die Unterlippe, blinzelte eine Träne der Rührung weg. Dann blickte sie die Freundinnen der Reihe nach an: »Ihr seid alle einfach wundervoll. Und es stimmt, ich würde für meine Mum kochen.«

Amelie versuchte, die Stimmung wieder aufzulockern. »Und für diesen Simon von Bergen. Cooler Name übrigens. Wenn der Typ nur annähernd so toll ist. Rebellisch, sagst du, war er gegenüber seinem Dad? Find ich super … Prost!«

Teresa lächelte, hatte ihnen nichts von dem Ring an seinem Finger gesagt. Sie stießen an, lachten, die Stimmung wurde wieder ausgelassener. Dann nahm Teresa einen Schluck Sangría, der Geschmack von Orange erfüllte ihre Sinne.

Liz wollte interessiert wissen, welche Blüten man denn essen könne, und Teresa erklärte ihr: »Zu Pasta schmecken zum Beispiel wilde Fenchelblüten toll, Omelett kann man mit zarten, lilafarbenen Knoblauchknospen verfeinern und Lamm mit pikanten Blüten vom Rosmarin. Ach, es gibt so viele Blüten, die gut schmecken. Auch die von Salbei, Kohl und Rucola zum Beispiel …«

»Wow, das wusste ich gar nicht«, stellte Liz fest. Die anderen gaben ihr recht.

»Wichtig ist natürlich auch, dass der Boden, auf dem sie wachsen, organisch ist, frei von Pestiziden. Blüten, die nicht biologisch angebaut werden, sollte man nicht essen. Selbst wenn sie theoretisch essbar sind.«

»Toll«, fand Amelie. »Wie bist du eigentlich darauf gekommen, dich mit essbaren Blüten zu beschäftigen?«

Teresa wurde ernster. »Meine Mutter ist vor über fünfzehn Jahren an Multipler Sklerose erkrankt, da war ich noch ein Teenager. Sie musste jahrelang immer wieder ins Krankenhaus, wo sie vor allem mit Kortison behandelt wurde. Das hatte Nebenwirkungen, bei ihr sogar so starke, dass sie fast ihr Augenlicht verlor.«

Entsetzt sah Amelie sie an. Und auch die anderen hörten erschüttert zu.

»Das tut mir so furchtbar leid«, sagte Matilda leise.

Die anderen nickten, streichelten Teresa über den Arm oder Rücken.

»Ich hab mich furchtbar hilflos gefühlt«, fuhr diese fort. »Wollte meiner Mum helfen, aber ich war ja viel zu jung und keine Ärztin. Durch eine Nachbarin aus unserem Dorf in Niederbayern hab ich gehört, dass Pflanzen eine heilende Kraft haben sollen. Sie hat mir erzählt, dass offenbar auch die Blüten so manche Leiden lindern können. Natürlich ersetzen Blüten und Kräuter keinen Arzt. Das ist ja klar. Aber zusätzlich finde ich es super. Von dieser Nachbarin, sie wurde im Ort ›unsere Kräuterhexe‹ genannt, hab ich viel gelernt. Sie meinte auch, besonders feinsinnige Menschen wie ich müssen dieses überlieferte Wissen weitertragen.« Teresa lächelte bei dem Gedanken an damals. »Borretsch zum Beispiel soll ein bisschen wie ein natürliches Kortison wirken. Ich konnte meine Mutter dazu überreden, es zu versuchen, und tatsächlich musste sie eine Zeit lang nicht mehr so oft ins Krankenhaus. Keine Ahnung ob es wirklich daran lag. Aber vielleicht.«

»Das wäre ja großartig«, fand Josy. »Was kann man denn noch zu heilen versuchen, mit Blüten oder überhaupt mit Pflanzen?«

»Kapuzinerkresse sagt man nach, dass sie eine Anti-Krebs-Pflanze sei«, fuhr Teresa fort. »Natürlich darf man auf keinen Fall eine klassische Krebsbehandlung deshalb einfach absetzen. Aber in Absprache mit dem Arzt kann man solche Therapien begleitend einsetzen, und ich habe schon mehrfach gehört, dass es mitgeholfen hat. Ach ja, und die sekundären Pflanzenstoffe in Blumen, also zum Beispiel die Farben in den Blütenblättern, die sollen einen echt großen Nährstoffgehalt haben.«

»Verrückt. Wieso nutzt man das nicht mehr?«, fragte Matilda verwundert.

»Es gibt viele medizinische Blütentees und -tinkturen«, erklärte Teresa. »Aber sie schmecken recht bitter. Und viele glauben einfach nicht daran, das ist ein bisschen wie mit der Homöopathie. Aber jeder soll glauben, was er will. Ich sag immer, wer heilt hat recht, basta.«

»So ist es«, bestätigte Liz.

Fasziniert fragten die Freundinnen Teresa weiter aus und die merkte, dass sie tatsächlich gar nicht so viel von ihrem Pflanzenwissen und hier besonders über die Blüten vergessen hatte. Sollte sie Simon von Bergen also zusagen? Irgendetwas hielt sie dennoch innerlich zurück.

Kapitel 3

In ihrem alten grünen Polo, dessen Auspuff seit ein paar Tagen röhrte, fuhr Teresa in ihrer Mittagspause die Küste entlang in Richtung Süden der Insel. Die Straße führte sie an weiß- und roséfarben blühenden Oleanderbüschen vorbei, rechts sah sie immer wieder das Meer, das heute ruhig in der Sonne glitzerte. Teresa blinzelte, setzte ihre Sonnenbrille auf die Nase. Sie hatte wild geträumt. Von dem wunderschönen, bunt blühenden Garten ihrer Kindheit. Von ihrem Dorf in Niederbayern, in dem sie die schönsten, aber auch unschöne Stunden ihres Lebens verbracht hatte. Erinnerungsfetzen flogen wie Blätter im Wind an ihr vorbei: Bis zur Diagnose ihrer Mutter hatte sie wie in einem Kokon gelebt, inmitten von Blumen, Apfel- und Zwetschgenbäumen, grünen Weiden und glücklichen Kühen. Gefühlt hatte immer die Sonne geschienen. Doch dann waren Wolken aufgezogen. Zuerst graue, schemenhafte Wolken. Ihr Vater hatte angefangen zu trinken. Die Eltern hatten gestritten, denn ihre Mutter hatte sich nicht umsorgt gefühlt von ihm. Er konnte es nicht. Er war ein verschlossener Mann, wortkarg, schon immer. Auch seine Gefühle zeigte er selten. Ganz anders als Teresas Mum. Sie war die Herzlichkeit in Person, immer positiv, immer fröhlich, aufgewachsen in der nächsten größeren

Stadt. Teresa hatte das Positive von ihr. Und genau wie ihre Mum hatte sie bis zum Schluss ganz sicher gedacht, dass alles gut werden, dass man an Multipler Sklerose doch nicht sterben werde, nicht mit Anfang sechzig. Tat man ja auch nicht, wenn man nicht eine Lungenentzündung bekam. Ihre Mum war eine Kämpferin, bis zuletzt hatte sie trotz Lungenentzündung gelächelt. Selbst im Tod hatte ihr Gesicht keine Traurigkeit gezeigt, als wäre sie von Engeln emporgehoben worden in den weichen Himmel. So hatte sie es auch Teresa als Kind erzählt, dass dies geschehe, wenn man stirbt. Nämlich als Teresas Kaninchen Kalli gestorben war und Teresa es so sehr vermisste. Sein flauschiges Fell, seinen Geruch. Und dann war dieser schreckliche Mähdrescher-Unfall geschehen, bei dem ihr Vater sein Bein verloren hatte. Daraufhin trank er noch mehr, verschloss sich komplett und eines Tages fand man ihn leblos in einem Bach liegen. Er musste in seinem Suff und mit den Krücken in der Nacht hineingefallen sein. Unglücklich, auf die Schläfe, und er war ertrunken.

Zu viele dunkle Wolken hatten Teresas Leben in diesem Ort überschattet. Zu viel negative Energie. In diesem Ort, der ihr in der Kindheit noch wie das Paradies erschienen war. Zu viel hatte es mit ihr gemacht, mit ihr, dem hochsensiblen Kind, der hochsensiblen Erwachsenen. Als ihre Mutter dann vor über drei Jahren an der Lungenentzündung gestorben war, brach für Teresa eine Welt zusammen. Sie war im zweiten Monat schwanger gewesen, ihre Mutter hatte sich schon so auf ihr Enkelkind gefreut. Teresa befand sich in einer Beziehung, die sie hätte auffangen können. Eigentlich. Aber dieser Mann gab ihr zu wenig Halt. Adi, wie ihr damaliger Freund hieß, eigentlich Adolf, hatte bereits Kinder aus seiner Ehe zuvor. Als Teresa dann vermutlich durch den Schock eine Fehlgeburt erlitt, kam er mit den vielen Tränen, die sie weinte, nicht zurecht. »Das Kind ist doch noch nicht mal geboren gewesen«, hatte er gesagt. »Es war noch kein richtiger Mensch. Teresa, hör auf zu heulen. Meine Mutter ist auch tot. Irgendwann ist doch auch mal gut.«

Aber Teresas Tränen flossen, so endlos wie der Bach, in den ihr Vater gefallen war. Und dann, in ihrem tiefsten Schmerz, hatte sie sich an die Stärke ihrer Mutter erinnert. An ihre eigene Stärke. Die sie herauskramen musste in sich, um nicht unterzugehen wie ihr Vater. Selbst ist die Frau, du packst das, Teresa, hatte sie zu sich gesagt. Jeden Morgen, jeden Mittag, jeden Abend. Anfangs hatte es nicht viel gebracht, aber steter Tropfen höhlt den Stein. Und endlich war sie wieder da. Die starke Teresa, die Positive, der mutige Mensch. Sie wusste plötzlich eines: Sie musste weg aus diesem engen Ort, der ihr die Kehle zuschnürte. Hinaus, in die Welt, in die Sonne, weg von Adi.

Bei einem spontan gebuchten Mallorca-Urlaub fuhr sie zufällig an den kleinen Läden vorbei und als hätte er auf sie gewartet, stand dieser Laden leer. Schicksal? Fügung? Teresa lernte Josy, die den Laden nebenan führte, bei Kaffee und Kuchen kennen, und da war sofort eine Verbindung, eine Warmherzigkeit, eine Art Liebe, wie es sie nur zwischen Freundinnen gab, egal wie lange man sich kannte. Teresa, die schon immer gern genäht und gebastelt hatte, beschloss, ihre selbst gefertigten Sachen in diesem Laden anzubieten, Dinge, die ihr am Herzen lagen und mehr. Sie kündigte in Niederbayern ihren sicheren, aber sie langweilenden Job. Zuletzt hatte sie als Sachbearbeiterin in einer Spedition gearbeitet. Sie verkaufte ihr Elternhaus samt Grundstück an die Nachbarn, beendete die Beziehung mit Adi, doch der schrieb lange Nachrichten, sie habe einen Fehler begangen, sie solle zu ihm zurückkommen, er werde sie nicht einfach so aufgeben. Aber was sollte sie mit einem Mann, der sie nicht verstand? Der sie nicht so liebte, wie sie war und wie sie es brauchte? Teresa packte ihre Sachen und wanderte aus auf diese Insel. Seitdem hatte sie es keinen einzigen Tag bereut.

Mut besaß jeder, lernte sie daraus. Mut, neu anzufangen. Man musste ihn nur in sich finden, sich entscheiden und handeln. Josy und die anderen Mädels hatten es ihr leicht gemacht, hier anzukommen. Und in Cecilia, ihrer Vermieterin, dieser alten, wundervollen Frau, fand sie so etwas wie eine Ersatzgroßmutter. Ein warmes Gefühl durchströmte sie bei der Erinnerung an ihren Start auf der Insel.

Die Stimme aus dem Navi holte sie in die Wirklichkeit zurück. Teresa gab Gas, der Auspuff röhrte. Sie folgte den Anweisungen des Navis, das sie jetzt ins Inselinnere führte. Bald schon lenkte sie den Wagen nach rechts, auf ein Gartentor zu. Kies knirschte, als sie bremste. Gartentor war nicht der richtige Ausdruck, denn es handelte sich um ein edel aussehendes, geschwungenes Tor, ein Tor zu einer Villa, wie Teresa jetzt von ihrem alten Polo aus von Weitem erkannte. Puh, dachte sie. Blickte erneut auf die Visitenkarte von Simon von Bergen, ob sie sich vielleicht vertan hatte. Aber die Adresse im Navi stimmte, und er hatte ja von einem reichen Vater gesprochen, fiel ihr wieder ein. Wohnte er hier oder war das nur das Haus seines Vaters? Sie stieg aus, ging zu dem goldfarbenen Klingelbrett und drückte den Knopf. Über der Klingel befand sich eine Videokamera, wie sie jetzt registrierte. Teresa ordnete rasch ihr Haar. *»Hola?«*, hörte sie eine Frauenstimme.

»Hola«, erwiderte Teresa, sprach dann auf Englisch weiter, da ihr Spanisch nicht besonders gut war, geschweige denn ihr Mallorquin. Sie erklärte, wer sie war und dass Simon von Bergen sie erwarte. Heute Morgen hatte sie ihm eine Nachricht geschrieben, mit ihm wegen seines Angebots reden zu wollen, und er hatte wenige Minuten darauf zurückgeschrieben und diesen Termin und Treffpunkt vorgeschlagen.

Ein Summer erklang und das Tor öffnete sich gemächlich. So träge wie ein Hund, der sich in der Sonne rekelt, fand Teresa, der seltsamerweise in dem Moment ihr Bobby in den Sinn kam, der Hofhund ihrer Kindheit, den sie so sehr geliebt hatte. Ein Schäferhundirgendwasmix, ein lieber Kerl. Er mochte auch die Katzen, die damals auf ihrem Hof lebten und diese ihn. Teresa liebte alle Tiere, ging gern zu Cristian, Liz' Freund und der Enkel von Cecilia, ihrer Vermieterin, der auf seiner Olivenfarm viele Tiere hielt. Vor allem seinen Esel Picasso mochte sie sehr. Menschen, die Tiere liebten, besaßen ein großes Herz, da war sie sich sicher.

Teresa wurde vom Anblick der Villa abgelenkt. Strahlend weiß stand das Gebäude da, flankiert von Palmen und Rosenbüschen.

Teresa schluckte, war sie überhaupt richtig gekleidet? Sie sah unwillkürlich an sich hinunter. Hätte sie gewusst, dass es sich um so ein edles Anwesen handelte, hätte sie sich schicker angezogen. Sie hatte sich heute Morgen für ein eng anliegendes gelbes Kleid entschieden, mit Blütenmuster, selbst genäht. Eines ihrer Strandkleider, kein edler Stoff. Sie kam sich beinahe vor wie Aschenputtel, als sie wieder in ihren alten Polo stieg, den sie Frosch nannte, weil er so grün war wie ein Laubfrosch. Mit röhrendem Auspuff fuhr sie den gepflegten Weg entlang. »Parkplätze befinden sich links vor der Villa«, hatte die Frau durch den Lautsprecher noch auf Deutsch mit spanischem Akzent gesagt. Teresa parkte den Wagen, stieg aus.

Sie betrachtete zögerlich das edle Anwesen. Da öffnete sich die herrschaftliche Tür und eine Frau Ende sechzig, die ein Leinenkleid trug, trat heraus.

»*Buenos días.* Herr von Bergen ist noch in einem Termin, kommen Sie«, sagte sie und bedeutete Teresa, einzutreten. Diese folgte ihr und sah sich staunend um. So eine geschmackvolle Inneneinrichtung hatte sie selten gesehen. Ein Großteil war in Weiß, einiges in Beige gehalten, dazwischen gab es ein paar Farbtupfer in Grün durch Pflanzen. Fast wie aus einer dieser

Inneneinrichtungs-Zeitschriften, in denen Architekten ihre Interieurs vorstellten. Natürlich, Simon von Bergen hatte ja auch mit Architektur zu tun laut seiner Visitenkarte. Und ganz offenbar lag ihm das. Zumindest hatte er Teresas Geschmack voll und ganz getroffen. Zwar mochte sie es auch rustikaler, aber dieser elegante Stil gefiel ihr sehr gut.

Die Frau führte sie ins Wohnzimmer, in dem eine riesige beigefarbene Lounge-Couch stand sowie ein großer, langer Esstisch aus edlem Holz. »Möchten Sie sich setzen? Ein Glas Wasser oder einen Kaffee?«

»Danke, im Moment nichts.« Teresa nahm auf einem der Esstischstühle Platz.

»Herr von Bergen ist sicher auch gleich da«, sagte die Frau und verschwand wieder. Teresas Augen wanderten staunend durch den Raum. Sie bekam sofort Lust, ihre kleine Wohnung im Dorf ein wenig umzudekorieren. Für neue Möbel fehlte ihr das nötige Kleingeld, außerdem befanden sich ein paar Erbstücke aus Niederbayern darunter, die sie niemals hergeben würde. Aber durch Dekoration konnte man eine Wohnung unglaublich aufhübschen. Einfach mal etwas Neues. Sie liebte das, bot deshalb selbst gemachte oder andere ausgewählte Dekoartikel in ihrem Laden an. Ein gerahmtes Bild zog ihre Neugierde auf sich. Soweit sie sehen konnte, befand sich darauf Simon von Bergen mit einer Frau. Teresa stand auf und trat näher. Eine wunderschöne, dunkelhaarige Frau, die aussah wie Schneewittchen. Sicher seine Frau. Er hatte den Arm um ihre schlanke Taille gelegt. Geschmack hatte er.

In dem Moment erklang ein Räuspern neben ihr. Die Frau von davor war zurückgekommen und sagte tonlos: »Ich habe ihn darauf aufmerksam gemacht, dass es zu privat ist, das Bild hier aufzuhängen. Aber er lässt sich ja nichts sagen.«

Irritiert sah Teresa sie an. »Er ist sicher stolz auf seine hübsche Frau.«

Einen Moment schwieg die Frau, die vermutlich seine Haushälterin war oder Ähnliches, und sagte dann betreten. »Frau von Bergen lebt nicht mehr.«

»Oh, das tut mir leid, Entschuldigung. Ich …«

»Sprechen Sie ihn bitte nicht auf sie an.«

»Was, nein, natürlich nicht. Das geht mich ja nun auch wirklich nichts an.«

»Was geht Sie nichts an?«, hörte sie jetzt seine Stimme von der Tür.

»Die Dame hatte eine Frage zum Designer des Sofas«, antwortete seine Angestellte schnell.

»Matriami, ein Italiener«, erwiderte Simon von Bergen und kam näher. Teresa warf der Frau einen dankbaren Blick zu.

»Clara, vielen Dank.« Sie nickte und ging. Dann wandte er sich an Teresa. »Schön, dass es so spontan geklappt hat«, sagte er nett.

Teresa lächelte ihn an, nickte. »Ja, ich mag es eh spontan«, sagte sie, merkte im selben Moment, dass dies etwas frivol klang. »Ich meine, ich bin ein spontaner Mensch.«

Er musste lachen, sah sie fasziniert an, kam näher. »Ich weiß schon, wie es gemeint war.« Dieser große blonde Mann sah gut aus, unverschämt gut. Und in dem lichtdurchfluteten Raum wirkte er noch attraktiver. Heute trug er eine weiße Jeans, dazu ein schwarzes T-Shirt. Seinen durchtrainierten Oberkörper konnte man erahnen. Wie schrecklich, dass er so früh seine Frau verloren hatte. Was machte das mit einem Menschen?

»Es ist das Haus meiner Eltern. Aber ich wohne jetzt hier und habe viel nach meinem Geschmack umgestaltet. Wollen wir in den Garten gehen?«, schlug er vor.

Sie nickte. »Gern.«

Bereits von hier aus hatte sie gesehen, dass hinter dem Haus ein wunderschöner, großer Garten lag. Er ging voran und so konnte sie einen Moment seinen Rücken betrachten. Wieder fragte sie sich, ob er einmal Schwimmer gewesen war. Dazu dieser schmale Hintern. Teresa schalt sich ob ihrer Gedanken. Er hatte seine Frau verloren, vielleicht erst vor Kurzem. Außerdem war es ein reiner Business-Termin und er damit ihr Chef. Also so was von tabu. Mal ganz abgesehen davon, dass er in einer ganz anderen Liga spielte, auch wenn er immer betonte, dass das alles seinen Eltern gehörte. Sie stand für keine reine Affäre zur Verfügung.

Der Garten sah aus, wie man sich moderne Gartenarchitektur vorstellte. Geschmackvoll, mit Ziergräsern, immergrünen Gehölzen und vereinzelt bunten Blühpflanzen als farbliches Highlight. Alles wirkte gepflegt und elegant. Ganz sicher hatte er einen Gärtner, wo er doch sogar eine Hausangestellte hatte. Dieser Gärtner war offenbar wirklich talentiert. Pink roséfarbene Bougainvilleen rankten sich eine Mauer entlang, Olivenbäume säumten den Weg, dazu weiß und rot blühender Oleander, Lavendel, Palmen und Agaven, alles dezent und bewusst arrangiert.

Simon von Bergen führte Teresa zu einem Sitzensemble, das stilsicher in diese mallorquinische Gartenlandschaft auf einer Holzterrasse eingepasst war. »Setzen wir uns. Clara bringt uns eine Kleinigkeit. Sie war schon immer die gute Seele hier und ist nicht davon abzuhalten, mir meine Lieblingstapas zuzubereiten. Sie will keinen anderen Chef, sagt sie, braucht den Job als Haushälterin auch, wie könnte ich sie da entlassen. Wir waren früher immer in den Ferien auf Mallorca. Du musst aber nichts essen und trinken. *Ich* habe jedenfalls ein wenig Hunger.« Er hielt inne. »Entschuldigung, ich rede zu viel, wenn ich nervös bin, und jetzt habe ich einfach ›Du‹ gesagt. Muss daran liegen, dass sich unsere Mütter kannten.«

»Kein Problem, im Gegenteil, nicht so steif ist mir viel lieber.« Teresa lächelte. Er war wegen ihr nervös, das wurde ihr gerade klar. Sie setzte sich schwungvoll auf einen der Korbstühle.

Es knatschte gefährlich unter ihrem Gewicht, aber auch als Simon sich setzte.

»Dieser Garten ist wunderschön«, sagte sie und atmete die verschiedenen Düfte ein. Neben ihr wuchs Lavendel, daneben ein Zwergstrauch Zistrosen.

»Ja, mein Vater hat ihn ursprünglich ganz anders anlegen lassen. Er hat diese Villa auf Mallorca schon früh gekauft, als es noch erschwinglicher war. Nach seinem Tod habe ich alles übernommen und erhalten. Und ein wenig umgestaltet, muss ich zugeben. Dieser Garten soll entschleunigen, Slow Living, das ist meine Leidenschaft seit ein paar Jahren, mein Geschäftskonzept.«

»Interessant«, sagte Teresa. »Wie kamst du darauf?«

Er sah gedankenverloren vor sich hin, blickte sie wieder an. »Früher habe ich zu viel gearbeitet, viel zu viel. Ich hatte so gut zu tun als Landschaftsarchitekt und ich wollte meinem Vater beweisen, dass man auch in dem Beruf Karriere machen kann. Zu viel arbeiten, den Fehler machen ja einige. Ich habe die Zeit, die wir hatten, nicht genossen und wertgeschätzt.«

»Verstehe, ich meine, ja, das machen einige. Irgendwann wacht man dann auf und merkt, dass man viel zu wenig Zeit mit seinen Liebsten verbracht hat. Und es klingt toll. Slow Living.« Teresa wiederholte den Begriff, ließ es nachklingen. »Ich kenne nur Slow Food.« Die Haushälterin kam, servierte ihnen Kaffee, Wasser in einer Karaffe, in der Limonenscheiben und Pfefferminze schwammen, dazu je ein köstlich aussehendes Törtchen.

»Vielen Dank, das sieht so gut aus, da kann ich nicht widerstehen.«

Er lächelte. »Clara macht es mir nicht leicht. Sie kocht und backt Slow Food, und wenn ich mal ein Event habe, macht sie das Catering.«

»Tatsächlich?« Teresa nickte Clara anerkennend zu. Die lächelte.

»Nur mit dem Kochen mit Blüten kennt sie sich nicht aus und das würde meinen wichtigen Kunden wirklich beeindrucken.«

»Man kann nicht alles können«, sagte Clara verschmitzt.

»Das ist wahr«, entgegnete Teresa und lächelte sie an. Die Frau gefiel ihr.

Dann nahm sie einen Schluck von dem duftenden Kaffee, kostete dazu von dem Törtchen. »Mhhm, was für eine Geschmacksexplosion! Da ist Orange drin, Zitrone, Zimt …«

»Du schmeckst sehr viel heraus«, sagte er lächelnd. Ernster fügte er hinzu: »Früher habe ich mir darüber keine großen Gedanken gemacht, was in dem Essen ist, das ich meinem Körper zuführe. Schmecken musste es natürlich, mehr nicht. Ich habe nur konsumiert. Wie so viele.«

Während sie aßen, fragte Teresa weiter: »Slow Living finde ich sehr spannend. Wie kann man durch eine Einrichtung oder Gartengestaltung sein Leben entschleunigen?«

»Nachhaltiger leben, bewusster. Visuell entspannen, das ist wichtig, gerade in der heutigen Zeit. Die Welt dreht sich so schnell, alle sind im Stress, da ist es wichtig, zu Hause zur Ruhe zu kommen. Klare Formen, ohne scharfe Ecken und Kanten sind zum Beispiel gut dafür. Hochwertige Materialien sind auch wichtig, sie wirken edel, das entspannt. Es ist eine Lebenshaltung. Holz zum Beispiel sorgt im Bad für ein sinnliches Ambiente. Klare, unaufgeregte Möbel bringen unseren Geist zur Ruhe. Dezente Farben, warme Lichtquellen, und wichtig ist auch Ordnung.«

Teresa hörte ihm fasziniert zu. Man merkte ihm seine Leidenschaft an.

Er lächelte jetzt. »Ich gerate bei dem Thema immer wieder ins Schwärmen, sag, wenn es zu viel wird.«

»Ganz im Gegenteil. Ich kenne wie gesagt nur Slow Food, den Trend gibt es ja schon seit den Neunzigern. Und ich koche sehr gerne, sehr bewusst, ökologisch, insofern auch nachhaltig. Aber Slow Living für Wohnungseinrichtungen finde ich mehr als spannend. Schließlich biete ich ja auch einiges an Deko-Artikeln, Sofakissen und so weiter in meinem Laden an.«

»Ja, die Ikat-Kissen, die ich in deinem Laden kurz gesehen habe, sind wunderschön. Ich nehme an, du beziehst sie von der Insel?«

»Natürlich. Alles, was ich verkaufe, stammt von der Insel. Auch bei meinen Freundinnen, den anderen Ladenbesitzerinnen, gibt es so weit es geht alles von Mallorca. Der Laden rechts von meinem bietet zum Beispiel die typischen mallorquinischen Perlen an.«

»Kenne ich, sie gleichen den natürlichen Perlen wirklich. Schön, ein tolles Konzept von euren Läden.«

»Um ehrlich zu sein, hat es sich so ergeben. Jetzt wirkt es wie ein ausgeklügeltes Konzept.«

Sie lachten beide. Sahen sich in die Augen, sie in seine blauen Augen mit den Bernsteinsprenkeln.

Er räusperte sich, löste sich von ihrem Blick. Sie unterhielten sich weiter über Ikat-Muster, minimalistisches Design, Entschleunigung beim Wohnen und beim Kochen. Sie kamen auf das Blütenkochen und mittlerweile war sich Teresa ganz sicher, dass sie es machen wollte, ihr Bauchgefühl stimmte, sie sagte zu.

»Ich freue mich sehr«, erwiderte Simon erleichtert. »Der Kunde wird Augen machen. Es geht um ein großes Projekt, das gut für die Insel ist, ein nachhaltiges Projekt.«

»Oh, das klingt gut. Was für ein Projekt, wenn ich fragen darf?«

»Eine Öko-Finca, eine Kinderklinik mit einem großen, entschleunigenden Garten.«

»Wie schön.« Teresa lächelte. Sie fühlte sich wohl hier in diesem Garten, mit diesem Mann. Ein Wohligkeitsgefühl, fast wie in ihrer Kindheit, dachte sie.

Sie sprach eine mögliche Menüfolge mit Fingerfood an, aber Simon ließ ihr da völlig freie Hand. »Ich bin sicher, du wählst etwas Faszinierendes aus«, sagte er und sah sie dabei an, als habe er sie gerade erst richtig gesehen.

»Danke für dein Vertrauen. Dann werde ich gleich mal in mich gehen. Ich brauche noch die Adresse, wo ich die ökologisch angebauten Blüten bekomme.«

»Natürlich.« Er zog einen Prospekt hervor, reichte ihn ihr. Darauf sah man einen Mann mittleren Alters, vermutlich ein Mallorquiner, inmitten eines Blütengartens. Der Mann sah aus wie ein Naturbursche im ärmellosen Top, hielt ein paar Blüten in den Händen.

»Der Prospekt wurde für die Spitzenköche der Insel konzipiert. Der Mann ist etwas eigen. Mauro heißt er, ist Mallorquiner. Aber ich habe mir in meinem Lieblingsrestaurant in Palma sagen lassen, dass Mauro Eins-a-Blüten liefert.«

»Na dann. Das ist doch die Hauptsache. Und mit ›eigenen‹ Mannsbildern kenn ich mich aus«, fügte sie unbedarft hinzu. Am liebsten hätte sie sich auf die Zunge gebissen. Dass sie immerzu Sachen sagen musste, die diesen Simon ganz sicher irritierten und nichts angingen. Was sollte er nur von ihr denken? Sie sah auf seine Hände. Er trug seinen Ehering. Teresa dachte an das Foto, an seine gertenschlanke, elfengleiche Frau, gegen die Teresa wie ein Bauerntrampel wirkte. Was dachte sie da, schalt sie sich innerlich, reckte ihr Kinn vor, stand auf, verabschiedete sich. Sie mochte ihren Körper, aber es gab eben immer wieder Momente, in denen sie sich selbst einen Hauch dünner wünschte. Zumindest an ein paar Stellen. Dabei hatte ihr sogar Adi damals versichert, dass er ihre Rundungen extrem erotisch fand und heiß liebte. Und als Frau machte man sich einen Kopf um ein, zwei Pölsterchen. Teresa musste lächeln bei dem Gedanken.

Simon stand auch auf. »Dann sind wir uns einig? Du möchtest das Blütenkochen auf meiner Jacht übernehmen? Und die Konditionen passen?«

»Passen. Ich muss jetzt wieder in meinen Laden, fahre aber nach Feierabend bei diesem ›eigenen‹ Mann vorbei, bei Mauro.«

»Sehr schön. Ich freue mich auf unser gemeinsames Vorhaben«, sagte er mit einem Funkeln in den Augen, als hätte er soeben ein Geschenk bekommen.

»Ich auch«, wollte Teresa entgegnen, aber es kam nur ein Krächzen heraus. Sie räusperte sich, schluckte den Frosch hinunter. »Ich mich auch, wollte ich sagen.«

»Ich begleite dich noch zu deinem Wagen.«

Oh nein, ihr alter Polo, sie versuchte, es abzuwenden, sagte, dass sie allein hinausfand, aber Simon ließ es sich gentlemanlike nicht nehmen.

Zerknirscht deutete sie auf ihr Auto, als sie vor der Villa standen, aber Simon schien gar nicht zu bemerken, wie alt und leicht rostig der Wagen war. Vermutlich war es ihm einfach egal. Sehr sympathisch. Der Mann schien auf dem Boden geblieben zu sein.

In dem Moment fuhr ein rotes Cabrio die Auffahrt herauf, mit einer Frau um die sechzig am Steuer. Sie parkte neben Teresas Polo, auf ihrem Rücksitz lag ein großer Koffer. Sie begrüßte Simon herzlich und auch Teresa.

»Mutter, schön, dass du schon da bist, das ist Teresa Niedermayer, die Tochter von Martha Niedermayer.«

»Ach, das glaube ich jetzt nicht. Du hast sie wirklich gefunden?«

Die Frau stieg aus dem Wagen, umarmte ihren Sohn herzlich, trat dann zu Teresa, nahm ihre Hand in ihre beiden Hände und drückte sie. »Es tut mir so leid, dass Sie Ihre Mutter verloren haben, sie war eine wundervolle Frau.«

»Das war sie, danke. Kannten Sie sich gut?«

»Gut, was ist schon gut? Wir waren zusammen in Reha. Da hat man viel Zeit zu reden. Insofern kannten wir uns vielleicht besser, als ich manch andere Freundin. Und ich möchte behaupten, wir waren Freundinnen. Auch wenn sie vermutlich nichts von mir erzählt hat, richtig? Gabriele von Bergen.«

Teresa musste gestehen, dass sie sich nicht erinnern konnte. »Aber das heißt nichts, in der Zeit hatte ich viel mit mir selbst zu tun«, sagte sie. »Meine Mutter hat auch nicht alle meine Freundinnen gekannt.«

»Ich weiß. Ich kenne mich mit Simons Freunden auch nicht immer aus. Das hat nichts zu sagen.« Sie lächelte Teresa warm an. »Wollen wir einen Tee zusammen trinken?«

»Ich muss leider wieder arbeiten«, sagte Teresa. »Gern ein andermal.«

»Natürlich. Das machen wir.« Dann wandte sie sich an Simon. »Sie arbeitet hoffentlich für dich?«

Er nickte zufrieden. »Sie ist meine Blütenköchin.«

Teresa musste lächeln. Es klang schön und diese beiden Menschen waren so herzlich. Und sie war neugierig, auf die Erzählung über ihre Mutter. Aber jetzt musste sie wirklich los.

Kapitel 4

Simon trug den Koffer seiner Mutter in die Villa, sie folgte ihm. »Wie war dein Flug?«

»Etwas holprig, aber es ging. Ich bin froh, wieder auf der Insel zu sein.« Sie standen im Foyer. »Es ist so ruhig hier, sind wir allein?«

»Ja, sind wir. Möchtest du zuerst auf dein Zimmer?«

»Erst möchte ich alles wissen. Wie findest du Teresa?«

Simon stellte den Koffer ab, drehte sich zu ihr um. »Sie ist sehr nett«, sagte er bemüht beiläufig.

Seine Mutter sah ihn mit diesem Blick an: nur nett? Dass sie ihm auch immer alles ansehen musste. Dennoch tat er so, als wüsste er nicht, von was sie redete. »Soll ich dir deinen Koffer hochtragen?«

»Ich bin doch keine alte Frau. Schlimm genug, dass du ihn mir immer hineintragen möchtest. Da komme ich mir um mindestens fünf Jahre älter vor. Und nein, ich habe kein Problem damit, älter zu werden. Nur meine Umgebung offenbar.« Sie lachte herzlich.

Simon stimmte in ihr Lachen ein, ging dann zu ihr, drückte sie, ließ sie wieder los. »Ich habe dich vermisst. Und du bist ganz sicher nicht alt. Du bist so jung im Geist, du bist mein größtes Vorbild.«

»Ich schmelze dahin. Simon, ich habe dich auch vermisst. Ich freue mich immer sehr über die Auszeit auf Mallorca. Weißt du was, ich gehe doch zuerst in mein Zimmer und mache mich frisch, und dann freue ich mich auf Claras neueste Backkreation im Garten. Du hast doch noch etwas Zeit?«

»Die nehme ich mir.«

Seine Mutter nahm ihren Koffer und trug ihn die geschwungene Treppe empor. Dabei alberte sie herum: »Das ist wie Hanteltraining. Es tut so gut, seinen Körper fit zu halten.«

Er sah ihr lächelnd nach. Wenn sie nicht gewesen wäre nach Lindas Tod, er hätte es wohl nicht überstanden. Simon dachte oft an Linda, kein Wunder. Schließlich war es gerade mal sechs Jahre her. Als er die Nachricht damals bekommen hatte, dass ihr Pferd sie abgeworfen hatte und jede Hilfe zu spät gekommen war, hatte er mit dem Schicksal gehadert. Wieso er? Wieso sie? Womit hatten sie das verdient? Dank seiner Mutter, die ihm Zeit zu trauern ließ, fand er die letzten Jahre wieder heraus aus diesem Loch. Diesem Loch, das ihn ansaugte, das auch heute immer noch existierte. Viel zu wenig Zeit hatte er sich damals für Linda genommen, zu viel gearbeitet, war zu viel um die Welt gereist. Erst durch seine Mutter hatte er begriffen, was Slow Living tatsächlich bedeutete. Langsamer, bewusster leben. In der Ruhe lag die Kraft. Und diese Kraft hatte er so dringend nötig. Durch ein entschleunigtes, achtsames Leben fand er auf dieser Insel zu seiner Kraft zurück. Höher, schneller, weiter, war zuvor sein Lebensmotto gewesen. Nur dadurch hatte er es zu einigem gebracht. Aber was hatte er davon, wie viel lieber hätte er stattdessen mehr Zeit mit Linda verbracht. Wie oft hatte sie ihn gebeten, zum Abendessen pünktlich zu sein. Wie oft hatte sie für ihn gekocht und er musste wegen eines Geschäftstermins in letzter Sekunde absagen. Einmal war er nach Hause gekommen, da saß sie am Esstisch, vornübergebeugt. Sie war neben ihrem Teller eingeschlafen, auf dem Tisch stand ein köstliches, liebevoll zubereitetes Menü. Kalt und abgestanden, genau so hatte Simon sich dabei gefühlt. So oft hatte er ihr versprochen, sie nicht wieder zu versetzen, und es war nie böse Absicht gewesen, aber immer kam irgendein wichtiger Kunde oder Auftrag dazwischen, immer musste er in diesem Korsett funktionieren. Erst durch ihren Tod hatte er die beruflichen Fesseln gesprengt. Genau so hatte es sich angefühlt.

Simon ging ins Wohnzimmer und hinaus in den Garten. Sein Blick wanderte über die beruhigende Gartenlandschaft, die ihn immer wieder erdete. Seit einigen Jahren hatte er sich genau darauf spezialisiert und es hatte eingeschlagen wie eine Bombe. So viele Menschen schienen Entschleunigung zu brauchen, so viele erkannten endlich, wie wichtig es war, achtsamer mit sich und der Natur umzugehen, um gesund zu bleiben. Kein Wunder bei all den Naturkatastrophen, die immer mehr zunahmen. Sie hatten die Menschen zum Nachdenken und Innehalten gebracht.

Simon nahm einen tiefen Atemzug, die Rosen dufteten. Er dachte an Teresa, die ihn mit ihrer entwaffnenden natürlichen, herzlichen Art überwältigt hatte. Vom ersten Augenblick an. Die etwas in ihm angestoßen hatte, wie Linda damals. Seitdem hatte es keine Frau mehr geschafft, nur Teresa. Er spürte sein Herz klopfen. Absurd. Er kannte sie nicht. Aber er hatte sofort das Gefühl gehabt, sie schon jahrelang zu kennen. Durch die Erzählungen seiner Mutter damals, die viel über ihre Freundin Martha, Teresas Mutter, gesprochen hatte? Und in diesem Zusammenhang über deren Sorgen, was Teresa betraf?

Verdammt! Es durfte nicht sein, er musste sie sich sofort aus dem Kopf schlagen. Nach dem Blütenkochen würde er sie nie wieder sehen und das war gut so. Dass sie sich auf dieser Insel zufällig begegneten, war recht unwahrscheinlich. Sie hatte ganz sicher einen anderen Freundeskreis. Ob das Blütenkochen auf der Jacht so eine gute Idee gewesen war? Er hatte nicht damit gerechnet, dass er sofort eine Verbindung zu ihr spüren würde. Ganz sicher würde sie wunderbar kochen, ganz sicher alle bezaubern, zumindest ihn hatte sie bereits für sich eingenommen. Und was, wenn er es absagte? Dem Kunden konnte er sagen, dass er keine Blütenköchin gefunden habe. Doch im nächsten Moment fiel ihm seine Mutter ein. Die mit Teresa Tee trinken wollte. Hier bei ihm im Garten. Er konnte Teresa also auch nach dem Kochevent nicht sofort aus dem Weg gehen und etwas in ihm wollte es auch nicht.

Kapitel 5

Die bereits tief stehende Sonne tauchte das Meer in ein goldenes Licht. Teresa verabschiedete die letzte Kundin an diesem Tag, ließ die weiße Markise einfahren, schloss ihren Laden ab und ging an Josys »Schokoladenglück & Meer« vorbei in Richtung Parkplatz. Dabei winkte sie ihrer Freundin und rief: »Ich mach Feierabend.«

»Alles klar. Viel Spaß bei dem Naturburschen«, antwortete Josy, die die Kaffeemaschine reinigte, fröhlich.

»Ich wusste, dass es ein Fehler war, euch alles zu erzählen.«

Josy hob entschuldigend die Hände. »Nein, Süße, war es nicht. Es war genau richtig. Weil nur so können wir dich immer bestens beraten und du musst nichts mit dir allein ausmachen.«

»Du hast recht, ihr seid meine *family*«, erwiderte Teresa lächelnd.

»Genau. Viel Spaß bei Mauro. Ich bin gespannt, ob er Simon von Bergen das Wasser reichen kann.«

»Quatschnudel«, sagte Teresa, immer noch lächelnd, und ging zu ihrem Polo.

Die Blütenfarm befand sich im Inselinneren und so fuhr Teresa los. Ihr Wagen röhrte und wieder fiel ihr ein, dass sie heute eigentlich einen Termin in der Werkstatt hatte ausmachen wollen. Jetzt war es zu spät dafür, die Werkstatt hatte bereits geschlossen.

Teresa hatte sich bei diesem Mauro telefonisch angemeldet, seine Stimme hatte sehr angenehm unkonventionell geklungen. Er sprach zum Glück auch Deutsch, wie so viele auf Mallorca.

Die Straße führte an Aleppokiefern, Oleanderbüschen und Olivenbäumen entlang. Sie wurde nach einiger Zeit immer schmaler, kleine Steinmauern säumten den Weg.

Nach gut einer halben Stunde kam Teresa bei Mauros Blütenfarm an. Ein altes Holztor stand weit offen, darüber ein Holzschild, auf dem auf Spanisch und Englisch stand: »Mauros Blütenfarm«. Selbst gezimmert, selbst beschriftet, verziert mit ein paar naiv aufgemalten Blumen. Da Teresa keine Klingel neben dem Tor sah, beschloss sie, hineinzufahren. Das offene Holztor wirkte einladend, dachte sie, während sie auf ein einfaches Steinhaus zusteuerte. Um das typisch mallorquinische Landhaus herum wuchsen Bougainvilleen, Lavendel, Begonien und verschiedene andere Blumen, dazwischen lagen Steine, es sah wunderschön aus. Teresa ging bei dieser Blütenpracht das Herz auf. Sie stieg aus, schnupperte, musste lächeln. Dieser Garten sah natürlicher, wilder gewachsen aus, als Simons angelegter Slow-Living-Garten. Aber beide besaßen einen unglaublichen Charme, jeder auf seine Weise, strahlten eine unglaubliche Ruhe aus.

Eine brummige, tiefe Stimme ließ Teresa zusammenzucken. »*Hola*, sind *Sie* das?« Der mallorquinische Akzent war unschwer herauszuhören. Teresa drehte sich um und erblickte einen gut gebauten Mann mit dunklen Haaren, braun gebrannt, mit nacktem Oberkörper. Mauro, vermutlich Mitte vierzig, wie auf dem Prospekt sah er aus wie ein Naturbursche, die dunklen, kinnlangen Haare etwas zerzaust. Ein Blatt hing ihm im Haar.

»Ja, ich bin's«, erwiderte Teresa lächelnd. So ähnlich hatte Simon sie angesprochen, als er in ihren Laden gekommen war. »Teresa Niedermayer.«

»Mauro.«

»Sie haben da was.« Sie deutete auf seinen Kopf. »Ein Blatt.«

Er zuckte nur die Schultern, machte keine Anstalten, es zu entfernen. »Macht mir nichts. Ich mag die Natur.«

Teresa musste erneut lächeln, ihr Blick blieb auf seinem Oberkörper hängen. Durch die Arbeit im Garten hatte er schön definierte Muskeln, einen tollen Oberkörper. Er schien es gemerkt zu haben. »Ich zieh mir kurz was über«, sagte er, ging in das Steinhaus und kam wenig später in einem T-Shirt wieder.

Wegen mir hätte er es auch weglassen können, dachte Teresa amüsiert.

»Sie behaupten also, Sie können mit Blüten kochen?«, fragte er jetzt provozierend.

»Ich behaupte es nicht. Aber ich habe es als Jugendliche öfter getan, für meine Mutter, seitdem zugegebenermaßen länger nicht.«

»Na hoffentlich ruinieren Sie mir nicht meinen Ruf bei den Sterneköchen der Insel. Die Blüten von Mauro, die schmecken nicht, heißt es dann. Weil *Sie* die falschen Gerichte zu den Blüten gewählt haben.«

»Moment mal, wie kommen Sie darauf? Ich werde Ihnen Ihren Ruf schon nicht ruinieren«, konterte Teresa forsch. Hoffentlich nicht, dachte sie im nächsten Moment.

Er sagte nichts mehr, sah sie nur mit einem undefinierbaren Blick an. Seine dunklen Augen glitzerten in der Sonne. Dann fuhr er sich mit beiden Händen übers Gesicht, drehte sich unvermittelt um, bedeutete ihr gestisch, ihm zu folgen.

Teresa zögerte kurz, tat es dann aber. Schließlich brauchte sie diese Blüten. Aber danach wollte sie schnellstmöglich nach Hause. Simon hatte recht, dieser Mann schien eigen. Vielleicht wurde man so hier draußen in der Natur. Viele Besucher kamen sicher nicht hierher. Höchstens ein paar wenige Sterneköche, oder vermutlich eher deren Assistenten … So viele konnte es auf der Insel davon ja nicht geben.

Auf dem Weg durch seinen Garten sagten beide kein Wort. Mauro blieb vor einem riesigen, wunderschönen Lavendel stehen.

»Es gibt bestimmt über hundert Arten Lavendel«, sagte er ruhig. »Aber ich züchte nur die zarten Sorten. Die besonders duften. Auf der Insel blüht er früher als in Deutschland.«

Teresa nickte, schnupperte. »Er duftet herrlich. Passt ausgezeichnet zu Lamm. Ich habe das Menü noch nicht ganz zusammengestellt. Aber Lamm mit Lavendel ist jetzt definitiv dabei, ich habe da ein tolles Rezept in einem Buch. Das geht auch als Fingerfood, es wird auf einer Jacht serviert.« Sie überlegte. »Dieser Lavendel passt auch sehr gut zu Eiscreme.«

Anerkennend sah Mauro sie an. »Sie scheinen es ja doch zu können«, sagte er und in seiner Stimme schwang Respekt mit.

»Das nehme ich jetzt als Kompliment.«

Er ging weiter, zeigte auf blassgelbe Minirosen, dann auf dunkelviolette Veilchen. »Die nehmen die Gourmetköche der Insel gern, sehen gut aus und haben einen besonderen Geschmack.«

Teresa gab ihm recht. »Veilchen, ja, ich habe mal einen Veilchen-Geflügelcocktail gemacht. Der hat meiner Mum so gut geschmeckt. Den mache ich als Vorspeise.«

Wieder sah sie Respekt in Mauros Blick. »Wie kamen Sie darauf, mit Blüten zu kochen?«, fragte er jetzt.

Teresa überlegte einen Moment, ob sie ihm die ganze, schmerzvolle Geschichte erzählen sollte, entschied sich dann für eine Kurzversion. Berührt hörte er ihr zu, ein gelber Schmetterling flog über ihnen. Teresa blinzelte Tränen weg. »Die Veilchen haben ihre Atemwegsbeschwerden gelindert, hat sie gemeint. Auch auf ihre Magenschleimhaut, die sich zwischendurch entzündet hatte, haben sie sich günstig ausgewirkt.«

Mauro nickte. »Blumen können mehr, als nur schön auszusehen. In allem steckt mehr.« Dabei betrachtete er sie intensiv. Ein Mann, der nicht nur nach dem Äußeren ging, dachte Teresa. Ob er hier allein lebte?

»Und wie sind Sie darauf gekommen, essbare Blüten anzubauen?«, erkundigte sich Teresa.

Er zögerte, aber da auch sie sich geöffnet hatte, fing er an, zu erzählen. »Meiner damaligen Freundin hat es nicht genügt, hier auf dem Land und von unserem Obst und Gemüse zu leben. Dabei war das erst ihr Traum gewesen, als sie von Deutschland hierherkam. Aber dann wollte Natalie mehr. Ich konnte es ihr nicht bieten. Sie wurde immer unzufriedener, hat damit gedroht, nach Berlin zurückzugehen. Dabei war sie auf diese Insel gekommen, um auszusteigen, in der Natur zu leben, nur weg von der Großstadt. Aber das ist nicht immer so einfach, wie man es sich vorstellt. Einige gehen nach ein paar Jahren wieder zurück.«

Teresa gab ihm recht. »Es kommt auf den Typ Mensch an. Aber man weiß es manchmal nicht, ob man es liebt. Manche Dinge muss man einfach ausprobieren.«

»Sie mochte es nicht, nur mit mir hier auf der Finca. Dann hat sie von einem Gourmetkoch gehört, der essbare Blüten verwendete. Und damit war die Idee geboren. Anfangs dachte ich, wie verrückt. Leute, die Blumen essen. Aber dann habe ich mich damit beschäftigt, mit der Heilkraft, die ihnen nachgesagt wird, und dem Geschmack der Blüten und Kräuter. Und war fasziniert.«

»Genauso ging es mir auch«, sagte Teresa sanft. Sie sahen sich einen Moment an, dann ließ Teresa ihren Blick über die vielen schönen Blüten in Mauros Garten wandern. Nach einer Weile fügte Mauro bitter hinzu. »Irgendwann hat ihr das auch nicht mehr gereicht. Sie wollte noch mehr. Und dann war sie eines Morgens auf und davon.«

»Wie? Ohne Verabschiedung?«, hakte Teresa erschüttert nach.

Er nickte. Seine Hände ballten sich zu Fäusten. Er atmete ein paarmal, dann löste er die Fäuste wieder. Schien wieder ruhiger zu werden. Aber Teresa spürte, wie nahe ihm das alles gegangen war. Was für ein Vertrauensbruch! Am liebsten hätte sie gesagt: »Ich wäre zufrieden hier.« Weil genau das in diesem Moment ihr Gefühl war. Aber natürlich war es Unsinn, das zu sagen, schließlich war sie nicht seine Freundin und sie liebte es auch, mit Menschen zusammen zu sein. Mit ihren Freundinnen, ihrer Kundschaft.

Mauro fuhr fort: »Dieser Garten hat mich gelehrt, bewusster zu leben. Ein Weltbewusstsein, nenne ich es. Manchmal gehe ich zum Meer und säubere die Strände. Finden Sie das verrückt? Sie fand es.«

»Was? Nein, im Gegenteil. Ich finde das toll.«

»Meine Freundin fand, es sei Zeitverschwendung.« Er fuhr sich wieder übers Gesicht. Dann wechselte er das Thema: »Wie wäre es mit einem Begoniencocktail zu Ihrem Menü? Begonien mit Orangen-Wodka«, sagte Mauro jetzt und deutete auf seine rot blühenden Begonien. »Orangen wachsen noch da hinten am Baum.«

»Fantastisch, von der Sonne verwöhnte mallorquinische Orangen dazu. Begoniencocktail, das passt perfekt zum Menü.«

Er brummelte: »Ja, das passt.«

Sie fachsimpelten noch eine Weile über Borretsch mit seinen sternförmigen, blauen Blüten und kamen wieder auf die faszinierende heilende Wirkung so mancher Kräuter und Blumen zu sprechen. Erst als die Sonne den Himmel mit einem orangefarbenen Licht übergoss, wurde Teresa bewusst, dass es schon spät war. Sie verabschiedete sich, lehnte Mauros Angebot, noch bei ihm mitzuessen, ab. Ein einfaches Gericht mit Blüten. Sie lachten.

»Danke, eigentlich gern, aber ich muss mich vorbereiten, das Menü weiter überlegen, mir eine Liste machen, was und wie viel davon ich genau brauche.«

»In Ordnung. Ich kann die Blüten auch gern zur Jacht liefern. Dann sparen Sie Zeit und müssen nicht noch mal hier rausfahren.«

»Wirklich? Das würden Sie tun?«

Mauro nickte, verschränkte die Arme vor der Brust.

»Wunderbar. Ich rufe Sie an, welche und wie viele Blüten ich genau brauche. Und die Orangen natürlich, für den Cocktail. Vielen, vielen Dank! Dann bis Samstag!«

Kapitel 6

Teresa betrat ihre kleine Wohnung, die sich im Dorf nur wenig entfernt von Josys und der von Amelie befand. Die Freundinnen so nah zu wissen, auch nach Feierabend, gab ihr ein gutes Gefühl. Auch Cristians Mama und Großmutter lebten hier im Dorf. Sie betrieben die Bäckerei Panadería Emilio, in der sich Teresa jeden Morgen köstliche Ensaimadas, ein traditionelles mallorquinisches Hefegebäck, holte. Sie liebte den Duft in der Panadería und hielt dann oft noch ein Schwätzchen mit den beiden Frauen. Alles fühlte sich hier familiär an, sie hatte nie das Gefühl, allein zu sein. Teresa streifte ihre Ballerinas ab, holte sich eine Limonade aus dem Kühlschrank und setzte sich mit der Flasche auf ihre Couch. Beine hoch, Zitronenlimo trinken, Musik an. Ihr Ritual jeden Tag nach der Arbeit. Dann Augen schließen und die Musik genießen, den Tag Revue passieren lassen und träumen. So viel Ungewöhnliches hatte sie heute erlebt. Sofort erschien Simon vor ihrem inneren Auge. Dieser attraktive Mann mit Stil, der so einen traumhaften Slow-Living-Garten *designed* hatte. Und dann Mauro, der verletzte Brummbär, der auf den ersten Eindruck tatsächlich ein wenig eigen wirkte. Aber immerhin hatte er angeboten, ihr die Blüten zu liefern. Vermutlich wirkte er auf manche ein wenig abweisend, weil er den Menschen nicht mehr vertraute, seit er von seiner Ex-Freundin so sehr verletzt worden war. Auch Simon hatte viel mitgemacht in seinem Leben. Seine Frau in so jungen Jahren zu verlieren, das machte etwas mit einem. Teresa fühlte mit diesen beiden Männern. Das Lied war zu Ende, Teresa stand auf. Es gab einiges zu tun. Aber diese paar Minuten, um zur Ruhe zu kommen, die brauchte sie abends immer, die mussten sein. Sie setzte sich an ihren Holzesstisch, notierte auf einem Block eine mögliche Menüfolge und die Zutatenliste. Zu viele Fingerfood-Gänge konnte sie in der kurzen Zeit nicht zaubern, erst recht nicht auf einer Jacht. Am besten wäre, zu Hause einiges vorzubereiten. Sie würde dann am Samstag ihren Laden schließen, um in Ruhe hier alles, was möglich war, zu kochen. Und am Tag vorher wollte sie nach Palma fahren, um die letzten frischen Sachen dafür einzukaufen. Sollte sie Mauro bitten, ihr die Blüten am Samstag schon früher und zu ihrer Wohnung zu bringen? Andererseits mussten die Blüten so frisch wie möglich verwendet werden, vor allem die für die Deko. Der Kunde von Simon sollte schließlich Augen machen. Teresa wollte noch mal drüber nachdenken, hielt inne, nahm das Ende des Kulis zwischen ihre Lippen, starrte vor sich hin. Sie wollte Simon beeindrucken, wurde ihr gerade bewusst. Sie dachte unentwegt an ihn. Dabei wusste sie nicht einmal, wie lange der Tod seiner Frau her war, ob er überhaupt offen sein konnte für etwas Neues. Vielleicht würde sie das durch seine Mutter erfahren. Sie war ihr auf Anhieb sympathisch gewesen, kein Wunder, dass sich ihre Mum mit ihr angefreundet hatte.

Teresa schrieb weiter Menüpunkte auf, spürte, wie sie immer nervöser wurde, wenn sie über das Kochevent nachdachte, weil es um Simon ging. Auch wenn bis Samstag noch ein paar Tage hin waren. Was sollte sie überhaupt anziehen? Was sah unter einer Kochschürze gut aus? Sollte sie Matilda fragen, die sich wie sie für Mode interessierte? Nein, Teresa beschloss, eines ihrer eng anliegenden selbst genähten Blütenkleider anzuziehen, passend zum Blütenkochen.

Sie stand auf, ging zu einer alten Kommode ihrer Mutter, die sie mit nach Mallorca genommen hatte, öffnete die obere Schublade und holte das alte Blütenkochbuch, das sie sich damals in Niederbayern gekauft hatte, heraus. Der Einband war wunderhübsch gestaltet, mit verschiedenen Blüten verziert. Das Blütenmuster war ein wenig erhaben, sodass man die Blüten spürte, wenn man mit der Hand darüberstrich. Das tat Teresa wieder, wie damals. Dann setzte sie sich gemütlich aufs Sofa, blätterte das Kochbuch durch, um passende Gerichte zu finden. Zuerst einmal die Vorspeise. Der Veilchen-Geflügelcocktail war wirklich eine gute Idee. Das Rezept hatte sie einmal für ihre Mum gekocht, hatte es aber nicht mehr im Detail in Erinnerung. Sie las es durch und hielt inne: »Von den Veilchen am Vortag die Stiele der Blüten entfernen, diese dann in Wein einweichen.«

»O Gott, am Vortag!« Sie musste sofort Mauro anrufen. Samstag wäre zu spät, sie brauchte die Blüten doch schon früher. Teresa stand auf, holte den Flyer, auf dem seine Nummer stand, hielt dann inne. Sie wollte ihn so spät nicht mehr stören, ging zurück, setzte sich wieder aufs Sofa, sah in ihrem Buch nach, fand das Rezept für »Mit Lavendel glasiertes Lamm«. Hoffentlich würde es da keine Überraschung geben. Aber doch, auch dafür brauchte sie den Lavendel und die Minze schon früher als gedacht, da das Lamm hier in ihrem Backofen länger garen musste. Einiges hatte sie wohl doch im Laufe der Jahre vergessen. Rasch googelte sie nach dem Rezept des Begonien-Orangen-Cocktails. Und sie las, dass sie auch die Begonien und Orangen schon eher benötigte, um sie ein paar Stunden einzulegen. Sie beschloss, Mauro gleich morgen früh anzurufen und ihm das alles zu sagen.

Am nächsten Morgen bereitete sie sich ihren Kaffee, rief Mauro dann gleich an.

»*Hola?*«, hörte sie seine Stimme. Er klang unwirsch, als hätte sie ihn bei irgendetwas gestört.

»Mauro, guten Morgen, ich bin es, Teresa Niedermayer. Ich habe eine Bitte, denn ich habe in dem Veilchenrezept gelesen, dass die Veilchen vom Stiel entfernt bereits am *Vortag* in Weißwein eingeweicht werden müssen. Ich hatte das nicht mehr in Erinnerung, tut mir leid. Sprich, ich brauche sie einen Tag früher.«

Sie hielt inne, Mauro brummelte: »Sí. Ich leg die Veilchen vorher ein.«

»Wirklich? Sie sind ein Schatz, vielen lieben Dank. Haben Sie denn einen guten Wein? Sonst kann ich vorher einen bringen.«

»No. Hab ich. Bon dia.«

»Moment!«, rief Teresa in den Hörer.

»Sí?«, fragte er irgendwie abweisend. Seltsam, gestern hatte er viel netter gewirkt.

»Ich brauche den Lavendel, etwas Minze, die Begonien und Orangen schon am Samstagvormittag, nicht erst am Mittag, wie gedacht.«

Stille am Ende der Leitung. Dann sagte Mauro wieder nur: »Sí.«

Teresa sagte ihm noch, wie viel sie brauchte und wo sie wohnte. Sie nannte ihm die genauen Mengen und ihre Adresse, während er immer nur zustimmend brummelte. Dann bat sie ihn, die verschiedenen Blüten und Orangen bitte rechtzeitig zu ihr nach Hause zu liefern. Wenn das ein Problem sei, könne sie diese auch in der Frühe bei ihm abholen.

»No«, erwiderte er vehement. Dann kam erneut ein »bon dia« und er legte einfach auf. Verwirrt und amüsiert sah sie auf ihr Handy. Aus diesem Mann sollte einer schlau werden.

Aber jetzt fühlte sie sich erleichtert, alles geregelt zu haben. Sie hatte in der Nacht schlecht geschlafen deshalb. Hindernisse waren dazu da, um sie zu überwinden, dachte sie lächelnd. Man durfte nur nie verzagen. Und auch wenn Mauro etwas stoffelig schien, so war er doch sehr hilfsbereit. Diese Hilfsbereitschaft der Mallorquiner hatte Teresa schon oft erfahren, seit sie auf der Insel lebte, und wieder einmal beeindruckte sie diese sehr.

Sie nippte an ihrem Kaffee, nahm das alte Buch über das Kochen mit Blüten und setzte sich damit auf ihre Terrasse. Ein paar Minuten hatte sie noch, bevor sie in ihren Laden musste. Lavendel wurde zum Kochen wohl bereits vor über zweieinhalbtausend Jahren genommen, las sie und trank erneut einen Schluck Kaffee. Beeindruckt hielt Teresa inne. Umso verwunderlicher, dass heutzutage dieses besondere Kraut kaum noch verwendet wurde, zumindest in Deutschland, im mediterranen Raum vermutlich eher. Teresa las weiter, erfuhr, dass Lavendel zur selben Familie wie viele andere mediterrane Kräuter gehörte. Er verlieh vielen Gerichten das gewisse Etwas. Das konnte Teresa nur bestätigen. Man konnte ihn zudem statt Rosmarin verwenden, »Lavendelblüten sehen auch wunderbar in einem Glas Champagner aus«, las sie weiter und nickte lächelnd. »Genauso passt er hervorragend zu Schokolade, Sorbets, Eiscreme, Panna cotta und vielen anderen Nachtischen. Sowohl die Blüten als auch die Blätter und Stängel kann man verwenden.«

Wieso nur hatte sie so lange nicht mehr mit Blüten gekocht? Da musste erst ein Simon von Bergen daherkommen und sie dazu überreden. Sie spürte wieder so ein wohliges Gefühl in der Magengegend, als sie an ihn dachte.

Kapitel 7

Die Morgensonne schien Simon ins Gesicht. Er saß am Schreibtisch in seinem Büro in der Villa im ersten Stock, konnte sich nicht konzentrieren. Der Raum war ganz in Weiß gehalten, ein paar Holzelemente und Grünpflanzen ließen die Augen verweilen. Immer wieder dachte er an Teresa. Das konnte doch nicht sein. Schon heute Nacht hatte er wach gelegen und dieses lange vermisste Gefühl gehabt, einer Frau so verdammt nahe zu sein. Einer Frau begegnet zu sein, die ähnliche Wertvorstellungen hatte wie er, die natürlich war, sensibel, herzlich. Die nicht an einem herumkritisierte, die nichts erwartete, eine selbstbewusste, selbstständige Frau, die einen eigenen Laden führte …

Er rieb sich über die Augen, stand auf, trat ans Fenster und sah in seinen Garten. Was dachte er da? Unmöglich! Auf keinen Fall durfte er weiter über Teresa nachdenken. Den morgigen Abend mit ihr auf der Jacht würde er irgendwie überstehen, sich so gut es ging von ihr distanzieren, das war das Beste. Und danach konnte sie von ihm aus auch Tee trinken mit seiner Mutter, er würde definitiv immer genau dann einen Termin haben.

Er sah auf die Uhr. So spät schon? Seine Mutter wollte mit ihm ihr Frühstück einnehmen, das hatte er ihr gestern versprochen. Sie schlief immer lange und für Simon war es das zweite Frühstück. Er verließ sein Büro, ging die Treppe hinunter ins Entrée. Wieso hatte er Teresa nicht schon vor einem Jahr kennengelernt? Dann wäre es eine ganz andere Situation gewesen.

Der Tisch im Garten war mit frischem Obst, Ensaimadas, Kaffee und Tee für zwei gedeckt. Clara hatte ein Händchen dafür, alles stilvoll herzurichten. Das Obst lag aufgeschnitten auf einem Teller, seine Mutter saß bereits da, ihm den Rücken zugewandt, mit Blick auf den Garten. Er ging zu ihr, begrüßte sie sanft, um sie nicht zu erschrecken.

»Guten Morgen, Mutter.«

Sie drehte sich lächelnd um. »Guten Morgen, mein Schatz. Schön, dass wir zusammen frühstücken können.«

»Ja, finde ich auch. Hast du gut geschlafen?« Er setzte sich, goss sich Kaffee ein, nahm einen Schluck. Auch wenn Tee gesünder war als Kaffee, ein paar Sünden musste schließlich jeder begehen.

»Danke, ja, herrlich. Und dieser Garten ist wirklich ein Traum. Du hast etwas Besonderes daraus gemacht. Eine Wohlfühloase, man kommt sofort zur Ruhe, entspannt.«

Er lächelte. »Freut mich.«

Seine Mutter sah ihn forschend an. »Und du? Nicht gut geschlafen?«

»Doch, wieso nicht?«

»Weil dir Teresa im Kopf herumspukt, habe ich recht?«

Direkt wie immer, dachte er. Sagte aber ausweichend: »Ich habe gut geschlafen.«

Sie lächelte wissend. »Und ich habe Augen im Kopf. Sie mag dich auch, das habe ich ihr gestern angesehen. Ich bin ja der festen Überzeugung, dass es sie gibt, die Liebe auf den ersten Blick.«

»Was du alles zu sehen meinst in ein paar Sekunden. Und wenn schon.«

Sie seufzte. »Ja, leider. Du weißt, ich war mit deiner Entscheidung nie besonders glücklich. Aber jetzt ist es zu spät. Teresa wurde mir von ihrer Mutter als natürliche, herzliche Frau beschrieben, und den Eindruck hatte ich auch sofort.«

»Können wir das jetzt bitte lassen?«, entgegnete er.

»In Ordnung. Es ist nur so schade. Im Leben gibt es immer mehrere Wege, die man einschlagen kann.«

»Mutter!« Es hatte genervter geklungen, als es sollte. Simon nahm erneut einen Schluck Kaffee. »Entschuldige.«

Sie nickte. »Weißt du was, ich habe dir den eigentlichen Grund, warum ich Teresa gesucht habe, bislang verschwiegen. Warum ich dich zu ihr in den Laden geschickt habe, nachdem ich den Artikel in der Inselzeitung online gelesen habe. Gut, dass ich sie abonniert habe. Und gut, dass es wirklich *die* Teresa war.«

»Ja. Und warum hast du sie wirklich gesucht?«

»Weil ich mit ihrer Mutter zusammen in der Reha eine Liste für Teresa erstellt habe.«

»Was für eine Liste?« Er bemühte sich, nicht interessiert zu klingen.

»Eine Liste, die ihr helfen soll, ein glückliches Leben zu führen, falls es ihr gerade mal wieder nicht gut geht. Was damals der Fall war. Aber dann muss sie wieder zufriedener in ihrer Beziehung gewesen sein und ihre Mutter wollte ihr die Liste doch nicht geben. Aber als sie dann im Krankenhaus lag, hat mich ihre Mutter angeschrieben, ich solle Teresa die Liste doch geben, jedoch erst *nach* ihrem Tod. Dazu einen Brief. Ich war schockiert, wollte zu Martha ins Krankenhaus, konnte aber ja leider nicht zu ihr, auch nicht zur Beerdigung, weil ich selbst so krank war zu der Zeit. Mein Brustkrebs, die Chemo, du weißt ja. Und als es mir endlich wieder besser ging, wollte ich Teresa wegen der Liste kontaktieren, aber sie schien wie vom Erdboden verschluckt, lebte nicht mehr auf dem Hof in Niederbayern. Martha hatte noch dazugeschrieben, dass es in dem Brief um ein Geheimnis von ihr gehe, das Teresa erst nach dem Erledigen der Liste erfahren dürfe. Also auf keinen Fall zu ihren Lebzeiten. Sie schämte sich, wie es klang.«

Er sah seine Mutter an. »Ein Geheimnis?«

»Ja, Marthas Geheimnis. Sie hat mir das alles kurz vor ihrem Tod geschrieben, wie gesagt, und der Brief ist verschlossen. Ich weiß nicht, um was es geht. Sie schrieb, dass ich Teresa alles geben solle, sie wollte nicht, dass Menschen in ihrem näheren Umkreis auch nur irgendwas davon mitbekämen. Sie hat noch geschrieben, sie hoffe, dass es Teresa etwas für ihr Leben mitgebe. Sie konnte nie mit ihrer Tochter darüber reden, sonst hätte sie ihre Mutter bestimmt verachtet.«

»Oh.« Nachdenklich sahen beide vor sich hin.

»Das muss ja etwas Gravierendes gewesen sein«, mutmaßte Simon. »Ich schätze Teresa nicht so ein, dass sie Menschen für irgendetwas verachtet. Erst recht nicht ihre eigene Mutter. Aber zugegeben, ich kenne sie kaum.«

»Ja, ich kann es mir bei ihr auch überhaupt nicht vorstellen«, bestätigte seine Mutter. »Auf mich wirkt Teresa auf Anhieb eher mitfühlend. Ich habe sie zwar nur kurz gesehen, aber wie gesagt, hat mir ihre Mutter damals viel von ihr erzählt. Sie hat einen lieben Charakter.«

Ein Blick zu ihrem Sohn. Simon sah weg, nahm sich ein Stück Orange. Ein lieber Charakter. Wie Linda, seine Frau, dachte er traurig. Ihr Tod hatte alles verändert. Für immer.

»Als wir die Liste in der Reha erstellt haben, war Teresa in einer Beziehung, die ihr nicht gutgetan hat, wie Martha meinte«, hörte er seine Mutter sagen. »Sie hat sich große Sorgen gemacht um ihre einzige Tochter. Teresa hatte für diesen Mann ihr Studium aufgegeben, aber er hat sie behandelt, als wäre sie ihm nicht wichtig. Zuvor war sie an einen Mann geraten, der zu ihrem Stalker wurde, als sie Schluss gemacht hat. Sie haben damals wohl sogar die Polizei eingeschaltet, aber solange nichts passiert, können die ja nichts tun. Martha hatte Angst, dass dieser Adi auch nicht gut für sie war.«

»Schrecklich. Die Arme«, erwiderte Simon.

»Ja, ihre Mutter konnte ihr damals nicht helfen. Teresa hätte sich nie auf diesen Mann einlassen sollen. Weißt du, Simon, das ist das Schlimmste, wenn man als Mutter zusehen muss, dass das eigene Kind falsche Entscheidungen trifft in Beziehungssachen und man ahnt, dass es damit in Zukunft nicht glücklich wird.«

Simon sah seine Mutter streng an. »Ich verstehe, es reicht jetzt.«

»In Ordnung.« Sie führte ihre Teetasse zum Mund, nahm einen Schluck Tee.

»Was genau für eine Liste ist es?«, hakte Simon nach, um das Thema zu wechseln. Aber auch, weil es ihn interessierte.

»Eine Bucket List«, erklärte seine Mutter. »Ich kannte den Begriff vorher nicht, aber Martha hat es mir damals erklärt. Es ist eine Liste, auf der man die Dinge aufschreibt, die man in seinem Leben noch gern tun oder erreichen möchte.«

»Ich kenne den Begriff, Mutter«, sagte Simon.

Sie fuhr fort: »Weißt du auch, dass die englische Redewendung ›*kick the bucket*‹ das Gleiche bedeutet wie ›den Löffel abgeben‹ im Deutschen?«

Simon musste lächeln. »Nein, das nicht.« Er wurde nachdenklich. »Eigentlich sollte jeder so eine Liste erstellen.«

»Und die Punkte darauf dann auch ausführen«, ergänzte seine Mutter. »Das Besondere ist, dass Martha so eine Liste für Teresa geschrieben hat. Eine Mutter für die Tochter. Sie kannte ihre Tochter gut, meinte auch, dass Teresa viel zu viel zurückstecken würde für andere, sehr bescheiden sei, dass sie zwar ein positiver Mensch sei, es trotzdem oft nicht wage, ihre Träume zu verwirklichen.«

»Mit ihrem Laden und ihrem Neuanfang auf Mallorca hat sie das doch vermutlich getan«, erwiderte er.

»Ja, es freut mich auch sehr, dass sie sich so mutig entwickelt hat. Damals war sie eine zurückhaltende junge Frau. Der Tod ihres Vaters und die Krankheit ihrer Mutter haben ihr sehr zugesetzt. Vielleicht ist sie deshalb an diesen unsensiblen Kerl geraten.«

»Mag sein.«

Seine Mutter nickte. »Aber wir Frauen sind stärker, als wir manchmal denken. Martha hat sich so eine Mühe mit der Liste gegeben in der Reha damals. Sie hat sie in meinen Laptop getippt, da ist sie immer noch. Eigentlich sind es einzelne Aufgaben, die Teresa nach und nach erledigen soll. Ich bin so froh, dass ich durch dich, durch diese Mallorca-Zeitung auf sie gestoßen bin.«

»Du hast sie damals nach Marthas Tod nicht durchs Internet oder Nachbarn gefunden?«

»Nein, ihr Name tauchte nirgends auf, die Nachbarn haben keine Auskunft gegeben. Inzwischen weiß ich, dass Teresa Marthas Mädchennamen angenommen hat, aber darauf bin ich erst gekommen, als ich ihn in dieser Inselzeitung gelesen habe. Miss-Marple-Fähigkeiten scheine ich nicht zu haben, leider. Vermutlich hat Teresa ihren Nachnamen geändert, um von keinem auf der Insel belästigt zu werden, nach dieser Stalker-Erfahrung mit diesem einen Typen damals.«

»Schrecklich so etwas«, stellte Simon fest. »Deshalb warst du so aufgeregt, als du ihr Bild und den Beitrag gesehen hast, weil du diese Liste für sie hast. Wieso hast du mir nicht gleich etwas davon und von Marthas Geheimnis erzählt?«

»Du hattest von diesem Auftraggeber mit dem Garten für die Kinderklinik berichtet, von der Idee mit dem Blütenkochen, ich dachte, so ist alles irgendwie natürlicher, sie lernt uns erst mal ein bisschen kennen, bevor ich mit der Tür ins Haus falle, dass es ein Familiengeheimnis gibt.«

»Vielleicht war das sogar richtig«, stellte Simon fest.

»Vielen Dank, Sohn.« Seine Mutter lächelte und fuhr fort:

»Ich hoffe, Teresa wird sich über diese Liste ihrer Mutter freuen. Je nachdem, was es am Ende für ein Geheimnis ist«, fügte sie hinzu. »Oder soll ich sie ihr nicht geben?«

»Also ich würde von unserem Familiengeheimnis erfahren wollen, egal was es ist«, erwiderte Simon. »Denn die Vergangenheit prägt einen Menschen doch, im Hier und Jetzt.«

Nachdenklich sah seine Mutter ihn an. »Du hast recht, außerdem habe ich es ihrer Mutter ja versprochen. Hoffen wir nur, dass es Teresa nicht irgendwie aus der Bahn wirft.«

Kapitel 8

»Mit über achtzig soll ich mich auf einen Verehrer einlassen? So ein Unsinn!« Die alte Dame schüttelte entschlossen den Kopf. Teresa stand hinter ihrer Theke im Laden, vor ihr Josy und neben dieser Cecilia, ihrer aller Ladenvermieterin. »Auf keinen Fall treffe ich mich mit Federico«, wiederholte Cecilia mit ihrem mallorquinischen Akzent vehement.

Teresa und Josy warfen sich heimlich amüsierte Blicke zu. Dann wandte sich Teresa an die alte Dame. »Willst du ihm wirklich einen Korb geben? Genieß es doch einfach, Cecilia«, sagte sie empathisch. »Außerdem: Für die Liebe ist es nie zu spät.«

»In meinem Alter. No.«

»Wieso denn nicht?«, schaltete sich Josy ein. »Also ich werde in deinem Alter sicher keinen Verehrer abwimmeln. Falls ich da überhaupt noch einen haben werde und falls ich solo bin. Fühl dich doch geehrt.«

»Ach. Federico … Ich kenne ihn kaum. Als Kinder waren wir zusammen in der Schule, ja. Aber danach ist er hier weggezogen. Erst seit er Witwer ist, lebt er wieder hier, beobachtet mich die ganze Zeit und seit ein paar Tagen reden wir ab und zu.«

»Man muss einen Menschen nicht in- und auswendig kennen, um sich in ihn zu verlieben«, sagte Teresa und dachte an Simon.

Josy nickte zustimmend. »Da muss ich unserer romantischen Teresa inzwischen recht geben. Vor allem, wann kennt man einen Menschen schon? Es gibt keine Regel für die Liebe. Und kein Alter.«

Teresa fügte verträumt hinzu: »Ich finde das so romantisch.«

Cecilia rollte die Augen. »Der alte Federico sucht sicher nur eine Dumme, die ihn dann pflegt und ihn im Rollstuhl herumschiebt, wenn es bald so weit ist.«

Die Frauen lachten, auch Cecilia.

»Noch ist er doch gut zu Fuß, hab ich zumindest den Eindruck«, sagte Josy dann amüsiert.

»Männer haben immer irgendwelche Wehwehchen und jammern.«

»Nicht alle sind so. Du meintest doch, ihr könnt euch gut unterhalten, nicht wahr?«, fragte Teresa nach.

Cecilia wiegte den Kopf, gab dann zu: »Sí. Und er bringt mich zum Lachen. Immerhin. Das haben nicht viele Männer in meinem Leben geschafft.« Leise und versonnen fügte sie hinzu: »Nur Liz' Großvater, mein Benito, damals.«

»Das ist doch schön«, erklärte Teresa. »Gib deinem Kavalier eine Chance, geh zu dem Date, danach siehst du weiter.«

Josy nickte. »Ich war ja auch lange der Meinung, lieber allein zu bleiben, als mich jemals noch mal auf einen Mann einzulassen. Aber mittlerweile muss ich sagen, es ist schon sehr, sehr schön zu zweit. *Kann* sehr schön sein. Was spielt das Alter für eine Rolle?«

Cecilia sah die beiden an. »Ihr meint also, ich soll wirklich mit Federico ausgehen?«

Teresa nickte lächelnd. Josy scherzte: »Oder du lässt ihn erst mal ein bisschen zappeln wie einen Fisch an der Angel, dabei kannst du es dir immer noch überlegen.«

»Also wenn ich eins nicht mehr habe, dann ist es Zeit für solche Spielchen«, entgegnete Cecilia. Sie dachte einen Moment nach, schüttelte wieder den Kopf. »Nein, das ganze Dorf würde über uns tratschen.«

Josy ließ nicht locker, schlug vor: »Dann triff ihn doch erst mal heimlich.«

Cecilia sah zögerlich vor sich hin.

Teresas Handy klingelte. »Simon von Bergen« stand auf ihrem Display. Sie spürte, wie ihr Herz augenblicklich klopfte, ein Lächeln stahl sich auf ihre Lippen.

»Wer ruft da an? Du strahlst ja so«, stellte Josy fest.

»Quatsch. Es ist Simon von Bergen, wegen des Blütenevents. Ich muss rangehen.«

Sie entschuldigte sich, gleichzeitig verabschiedeten sich Josy und Cecilia lächelnd nach draußen.

Teresa hatte den Anruf angenommen. Simons Stimme erklang und erzeugte in ihrem Bauch sofort ein wohliges Gefühl.

»Hallo, Teresa.«

»Hallo.«

Er atmete hörbar. Ging es ihm genauso?

»Meine Mutter, ich meine, *ich* wollte dich fragen, ob du heute Zeit hast, noch mal zu uns zu kommen. Außer, du bist so mit dem Blütenkochevent und deinem Laden beschäftigt, dass …«

»Nein, ich meine, es geht. Ich habe schon etwas für das Kochen vorbereitet. Und in ein paar Stunden habe ich Pause.« Was sagte sie da? Natürlich hatte sie noch jede Menge zu tun.

»Gut. Meine Mutter hat nämlich etwas für dich, was dich sicher interessiert.«

»Oh, ich komme gern. Was ist es denn?«

Er zögerte. »Es ist etwas von *deiner* Mutter.«

Ihr Herz raste jetzt. Von ihrer Mutter? Was mochte es sein? »Natürlich, ich mache bald Mittagspause, in Ordnung?«

»Perfekt.«

Einen Moment sagte keiner etwas. Dann fügte er hinzu: »Ich freue mich.«

»Ich mich auch«, sagte sie, ehe sie darüber nachdenken konnte, ob sie zu viel von ihrem Gefühlswirrwarr preisgab. Sie verabschiedeten sich und Teresa legte ihr Handy beiseite, sah hinaus auf das Meer, das heute wieder unruhig aussah. So wie sie sich fühlte. Positiv unruhig, aufgeregt, mit einem warmen Gefühl im Bauch.

Die Stunden bis zur Mittagspause zogen sich endlos. Teresa beriet ihre Kundschaft freundlich wie immer, aber sie merkte selbst, dass ihre Gedanken immer wieder abschweiften.

Endlich konnte sie ihren Laden abschließen, das »Mittagspause«-Schild in die Tür hängen und Josy, die auf der Terrasse ihres Cafés gerade ein Sandwich servierte, zuwinken.

»Gehst du shoppen?«, fragte diese noch.

Teresa schüttelte nur den Kopf, bedeutete, dass sie es eilig hatte. »Erzähl ich dir später.«

Was konnte Simons Mutter von ihrer Mutter haben? Teresa stieg in ihren alten Polo, drehte den Schlüssel um, zündete, gab Gas, aber der Wagen sprang nicht an. »Oh nein, bitte nicht! Komm schon, Frosch, sei kein Frosch!« Sie versuchte es erneut, aber der Motor stotterte herum, um dann abzusaufen. Frustriert hielt Teresa inne. Sie konnte Josy um ihren Wagen bitten, oder Matilda. Aber die brauchten ihn vielleicht auch mittags, und so schnell wollte Teresa nicht aufgeben. »Los, Frosch, hüpf hier nicht rum!« Sie zündete, gab Gas, wieder stotterte der Wagen. In dem Moment kam Cristian, der seinen Esel am Halfter mit sich führte, den Weg zwischen den Olivenbäumen hervor.

»Picasso!«, rief Teresa erfreut. Sie liebte Cristians Esel, ließ das Fenster herunter, um Cristian zu grüßen.

»Brauchst du ihn, weil dein Wagen nicht anspringt?«, fragte Cristian lächelnd. Er war Mallorquiner, sah gut aus, dachte Teresa, die Arbeit auf seinem Olivenhain und mit den Tieren erdete ihn, ein muskulöser, attraktiver Mann. Liz hatte Glück mit ihm.

»Nein, nein, das wäre zu weit auf Picassos Rücken«, erklärte sie. »Ich glaube, ich frage Josy nach ihrem Wagen.« Sie versuchte es noch ein letztes Mal. Der Frosch rödelte, Picasso schnaubte, scharrte mit den Hufen. »Mehr Gas, meinst du?« Sie gab etwas mehr Gas und der Motor lief. »Puh, ein Glück, danke Fröschchen, danke Picasso. Er läuft«, rief sie zu Cristian.

Der machte das Daumen-nach-oben-Zeichen.

»Wieso gehst du eigentlich mit Picasso hier spazieren?«, erkundigte sich Teresa noch.

»Er ist mal wieder ausgebüchst«, erklärte Cristian amüsiert. »Ich hab ihn gerade eingefangen.«

»Verstehe. Habt einen schönen Tag«, verabschiedete sich Teresa.

Sie parkte aus, fuhr auf die Straße, die am Meer entlangführte, und ließ ihre Gedanken schweifen. Was konnte Simon von Bergens Mutter von ihrer besitzen?

* * *

Am Tor der Villa der von Bergens angekommen, ließ sie sicherheitshalber den Motor laufen, stieg aus und drückte auf die Klingel. Kurz darauf hörte sie Claras Stimme, die erfreut klang, als Teresa ihren Namen nannte.

Sie setzte sich schnell wieder in ihren »Frosch« und fuhr röhrend die Auffahrt zur Villa entlang. Sie musste unbedingt bald zur Werkstatt, der Auspuff klang schlimm, aber im Moment hatte sie wirklich keine Zeit dafür.

Clara öffnete ihr die Tür, begrüßte sie nett und führte sie gleich in den Garten. Dort saßen Mutter und Sohn in der hübschen Sitzecke neben dem Lavendel. Simon stand sofort auf und kam ihr entgegen, um sie zu begrüßen. Ihm geht es genauso, dachte Teresa glücklich, als sie sein Gesicht sah. Ihr Herz hüpfte. Sein Blick verriet es. Er reichte ihr wieder die Hand, die die ihre warm umschloss, küsste sie sanft rechts und links auf die Wangen. Wie gut er roch, dachte Teresa und schloss für einen kurzen Moment die Augen. Als sie diese wieder öffnete, ein paar Sekunden zu spät, sah er sie lächelnd an.

»Schön, dass du die Zeit gefunden hast«, sagte er.

»Die Arbeit kann warten, Slow Living, die Idee habe ich mir schon einverleibt«, entgegnete sie lächelnd.

Er lachte. Dann bedeutete er, sie solle sich zu seiner Mutter setzten. Teresa gab auch ihr die Hand und Gabriele, die kurz aufgestanden war, um sie herzlich zu begrüßen, ließ sich lächelnd ebenfalls wieder nieder. Hatte sie etwa gesehen, dass Teresa die Augen einen Moment zu lang geschlossen hatte, als sie Simon auf die Wange geküsst hatte? Wie unangenehm! Aber Gabriele ließ sich nichts anmerken, sondern fragte Teresa nett, wie es ihr gehe, und erkundigte sich nach ihrem Laden.

Teresa freute sich über ihr Interesse, wartete, bis sie das Gespräch auf das viel spannendere Thema lenkte. Irgendwann konnte sie es nicht mehr aushalten, fragte nach. »Simon meinte, Sie haben etwas von meiner Mutter?«, rutschte es ihr heraus.

»Ja, in der Tat. Tut mir leid, natürlich, Sie haben ja nicht so lange Mittagspause. Im Urlaub vergesse ich manchmal die Zeit.« Gabriele holte ein Blatt Papier aus ihrer Handtasche und hielt es zunächst in den Händen. Simon schien Teresa die ganze Zeit interessiert zu beobachten, wie diese aus dem Augenwinkel sah. Hatte er heute keine Termine?

Teresa wurde nervös. »Ist das ein Testament?«

»Nein, ich meine, wenn man so will, etwas in der Art. Aber es geht nicht um Geld oder Besitztümer.«

»Mutter, jetzt spann sie doch nicht so auf die Folter.« Er wandte sich an Teresa. »Deine Mutter hat damals für dich eine Art Bucket List erstellt. Das ist …«

»Ich weiß, was das ist, ich kenne den Begriff«, erwiderte Teresa überrumpelt. »Eine Bucket List? Von meiner Mum für mich?«

»Ja, als sie mit mir in der Reha war. Damals haben wir viel über Sie geredet, Teresa. Deshalb habe ich auch das Gefühl, Sie recht gut zu kennen.« Sie lächelte Teresa herzlich an.

»Wow. Das ist … wunderschön von meiner Mum.«

»Ja, das ist es«, gab ihr Gabriele recht. »Sie hat die Liste damals in meinen Laptop getippt. Dort hat sie eine Weile geschlummert, weil Ihre Mutter dann doch erst mal nicht wollte, dass sie die Liste bekommen.«

»Wieso nicht?«

»Weil es Ihnen wieder so gut ging, meinte sie. Es hätte nicht gepasst. Aber kurz vor ihrem Tod hat sie mir geschrieben, weil sie befürchtet hat, diese Lungenentzündung nicht zu überleben. Weil sie sich Sorgen um Sie gemacht hat, dass Sie ihren Tod nicht verkraften. Sie hat geschrieben, dass Sie ihre Bucket List bekommen sollen, wenn sie nicht mehr ist, um über ihren Tod besser hinwegzukommen. Und wenn Sie jeden Punkt von der Liste ausgeführt haben, also die Aufgaben erledigt haben, die sie Ihnen damit gestellt hat, sollen Sie schließlich auch das Geheimnis Ihrer Mutter erfahren. Durch einen Brief, den sie mir mitgeschickt hat, an Sie.«

»Oh, ein Brief. Sie hatte ein Geheimnis?«

»Ja, es hat mich auch gewundert. Mir hat sie nichts davon erzählt. Als Martha mir diese Nachricht aus dem Krankenhaus geschickt hat, dass ich Ihnen die Liste nach ihrem Tod geben soll, war ich selbst sehr krank, konnte weder zu ihr noch zu Ihnen kommen. Als ich dann, als es mir wieder besser ging, Kontakt mit Ihnen aufnehmen wollte wegen der Liste, waren Sie nicht mehr in Niederbayern zu finden. Haben Sie wenigstens mein Beileidskärtchen erhalten?«

»Ich denke schon. Es waren so viele. Ja, ich bin ziemlich überstürzt ausgewandert, hierher auf die Insel, und es war die beste Entscheidung, auch um über den Tod meiner Mutter hinwegzukommen. Es zu versuchen«, bestätigte Teresa.

Einen Moment sahen sich die Frauen traurig an.

Gabriele fuhr fort: »Wollen wir Du sagen?«

»Sehr gern.«

»Ich habe dein Foto in einer Inselzeitschrift gesehen, mitsamt Namen, da wurde mir klar, dass du Marthas Mädchennamen angenommen hast. Sie hat ihn damals aus irgendeinem unwichtigen Grund erwähnt und da ich jemanden kenne, der auch so heißt, ist er mir in Erinnerung geblieben. Ich dusselige Kuh, dass ich nicht selbst darauf gekommen bin. Entschuldige. Jetzt hast du die Liste drei Jahre nicht bekommen.«

»Sie, ich meine, du hast nichts falsch gemacht. Ich habe meinen Nachnamen geändert, als ich ausgewandert bin, damit mich mein Ex-Freund nicht findet. Leider habe ich nämlich keine guten Erfahrungen mit Ex-Freunden. Der davor hat sich zu einem Stalker entwickelt. Und bei dem letzten war ich mir nicht sicher, ob es nicht auch in diese Richtung gehen könnte.«

»Das tut mir sehr leid.«

»Egal, das ist abgehakt. Eine Nachricht von meiner Mutter kommt jetzt genau richtig«, sagte Teresa.

Gabriele reichte ihr das Papier. »Ich sollte dir immer eine Aufgabe nach der anderen geben. Deshalb habe ich erst mal nur das Blatt hier ausgedruckt. Martha hat sie ›Lebensaufgaben‹ genannt, und dies hier ist die erste. Und weil du dich damals so für Blumen interessiert hast, hat deine Mutter die bezaubernde

Idee gehabt, sie in der Sprache der Blumen zu schreiben, sich immer eine in der Bedeutung passende blühende Pflanze dazu auszusuchen. Es sind sechs Aufgaben.«

Teresa nahm das Papier überwältigt und mit zittriger Hand entgegen und las:

Bucket List für Teresa, meinen größten Schatz.
Erstens: Der Klatschmohn, auch Klatschrose genannt. Er steht für Liebe und auch für Liebesleid. Mein Kind, ich liebe dich so sehr und da du gerade Liebeskummer hast und das im Leben ja leider öfter vorkommt, habe ich diese Blume gewählt. Der Klatschmohn wirft seine Blütenblätter ab und genau so soll der Mensch mit seinen Emotionen umgehen, wenn sie ihm nicht guttun. Wenn etwas zum Ballast wird, schaffe dir Platz für Neues in deinem Leben. Ich weiß, es ist nicht einfach, es wie die Blumen zu machen. Aber versuch es bitte. Deine Lebensliste soll dir dabei helfen. Von dir habe ich so viel gelernt, mein Schatz. Zum Beispiel auch, wie heilend Blumen und Kräuter sein können. Der Klatschmohn wirkt beruhigend und schmerzlindernd, habe ich gelesen. Ich hoffe, er hilft dir. Er steht für das Vergehen, für das Sterben, aber auch für das Leben, den Neuanfang. Wie du sicher weißt, schmecken die jungen Blätter vor der Blüte gut in Salaten. Und die roten Blütenblätter sind eine so wundervolle, essbare Dekoration. Mach dir das Leben bunt, erinnere dich an das, was dir schon als Kind gefallen und gutgetan hat. Und damit kommen wir auch zur ersten Aufgabe:

Reite auf einem Pferd den Strand entlang. So sehr hast du die Pferde geliebt, genauso wie das Meer. Es wird dir guttun.

Teresas Herz raste. Ihre Hand war schweißnass geworden. Diese liebevoll geschriebenen Worte ihrer Mutter gingen ihr so nah. Ihre Mum hatte sie geschrieben, als Teresa Liebeskummer hatte, als sie an sich selbst so sehr gezweifelt hatte.

»Alles in Ordnung, Teresa?«, hörte sie die Stimme von Gabriele.

Teresa sah auf, direkt in Simons Augen, der sie ebenfalls besorgt ansah. Die bernsteinfarbenen Punkte darin funkelten. Dann blickte sie Gabriele an, hatte Mühe, eine Träne wegzublinzeln. »Ja, es ist so lieb von ihr, wie viele Gedanken sie sich für mich gemacht hat.«

»Ja, das ist es«, pflichtete ihr Gabriele bei. »Wir haben in der Reha zusammen über diese Blüten recherchiert, ich war ganz fasziniert, wusste das alles gar nicht, dass so viele Blüten essbar sind und eine heilsame Wirkung haben. Sie war so stolz auf dich, dass du dich damit auskanntest, und so dankbar, dass du einige ihrer Beschwerden lindern konntest.«

»Aber die Lungenentzündung konnte ich damit nicht heilen«, entgegnete Teresa traurig. »Auch die klassische Medizin hat das nicht geschafft.«

»Ja, das war wirklich traurig.«

Teresa straffte sich, wollte vor den beiden nicht hineinfallen in ihre Trauer. »Danke, liebe Gabriele. Ich bin tatsächlich viel zu lange nicht mehr geritten. Und als hätte Mum es geahnt, lebe ich ja quasi an einem Strand. Ich werde mich mal erkundigen, wo man das auf Mallorca kann.«

»Wenn du Unterstützung brauchst …«, sagte Simon.

»Danke. Erst mal nicht.«

Aufgewühlt sah sie die beiden an. »Vielen, vielen Dank noch mal, Mums Liste bedeutet mir sehr viel. Ich bin gespannt, wie es weitergeht.« Sie drückte das Papier an ihr Herz. »Und ich freue mich sehr darauf, mal wieder mit Blüten zu kochen.«

Gabriele lächelte nett, wandte sich dann an ihren Sohn. »Hast du Teresa eigentlich schon die Küche auf unserer Jacht gezeigt, Simon? Nicht, dass ihr für das Kochen etwas fehlt.«

»Nein, noch nicht. Stimmt, das sollten wir tun.«

»Ja, das wäre gut«, bestätigte Teresa. »Wann passt es dir denn?«

Simon ging rasch in seinem Handy seine Termine durch. »Heute Abend? Falls man noch etwas besorgen muss. Am Nachmittag habe ich Termine.«

»Gern abends. Ich muss ja auch zurück in meinen Laden.« Und diverse Dinge einkaufen musste sie auch noch. Eigentlich hatte sie kaum Zeit. Aber die Küche sollte sie sich ja schon vorher ansehen.

»Sehr schön.«

Gabriele lud sie ein, noch einen leichten Lunch mit ihnen zu essen. Teresa zögerte kurz, sagte dann aber zu, als sie Clara bereits mit einem Tablett herankommen sah. »Ewig kann ich meine Mittagspause nicht ausdehnen, aber Hunger habe ich immer«, gab sie lachend zu.

Simon und seine Mutter mussten auch lachen und die Stimmung war so nett und gelöst, als hätten sie sich wirklich schon lange gekannt. Während Clara köstliche Slow-Food-Tapas servierte und Teresa jeden Bissen genoss, hörte sie Gabriele fasziniert zu, die von der Zeit in der Reha mit Teresas Mutter erzählte. »Martha war eine außergewöhnliche Frau und das bist du auch, Teresa, nach ihren Erzählungen und dem, was ich vor mir sehe«, sagte sie abschließend.

Teresa fühlte sich geehrt, wehrte aber ab. »Ist das nicht jede Frau?«

»Da hast du auch wieder recht, fast jede.« Gabriele nickte, sah nachdenklich vor sich hin.

Teresa stand auf. »So, herzlichen Dank für das Essen und alles, ich muss jetzt leider wieder in meinen Laden.«

»Ich begleite dich hinaus«, sagte Simon und stand ebenfalls auf.

Gabriele trat zu Teresa und umarmte sie herzlich. »Wenn du sonst noch mal Lust auf einen Tee mit mir hast, würde ich mich sehr freuen. Spätestens, wenn du deine zweite Aufgabe sehen möchtest.«

»Sehr gern, Gabriele. Auf jeden Fall.«

Simon geleitete Teresa durch die Villa zu ihrem Wagen. »Meine Mutter ist großartig, aber sie ist auch sehr geradeheraus, ich hoffe, es war dir nicht zu viel.«

»Überhaupt nicht, ich finde es sehr wichtig, offen und ehrlich zu sein. Sei froh, dass du so eine tolle Mutter hast«, sagte Teresa wehmütig lächelnd. »Dass meine Mum so eine Lebensliste für mich erstellt hat, macht mich wirklich glücklich.«

»Das ist schön.«

»Gleichzeitig macht es mich traurig, dass ich nicht *mehr* weiß über meine Mum, über ihr Geheimnis. Ich hatte damals im Krankenhaus einmal kurz das Gefühl, dass sie überlegt hat, mir etwas zu sagen. Ich hätte sie ermuntern sollen, offen zu mir zu sein, weil es entlastet, über alles zu reden. Was hat sie mir verschwiegen? Warum hatte sie ein Geheimnis vor mir? War ich es ihr nicht wert, sich mir zu öffnen?« Sie trug ihr Herz viel zu oft auf der Zunge, merkte sie selbst, aber es war so aus ihr herausgebrochen, zu spät.

Bestürzt sah Simon sie an. »Was, so denkst du? Nein, das kann ich mir nicht vorstellen. Daran, dass sie sich die Liste für dich überlegt hat, damit du wieder glücklich wirst, das sagt doch, wie wichtig und wert du ihr warst.«

»Ja, schon, aber was war es, was sie belastet hat?«

»Ich weiß es nicht. Und meine Mutter auch nicht, wie gesagt. Das glaube ich ihr auch. Ich bin mir sicher, dass du es herausfinden wirst.«

»Danke, dass du an mich glaubst«, erwiderte sie und lächelte, fühlte sich aufgefangen.

»Ich freue mich auf heute Abend auf der Jacht«, sagte er.

»Ich auch. Mal schaun, ob alles passt. Sonst stehe ich womöglich bei dem Event ohne Pfanne in der Kombüse«, scherzte sie. »Dann kann ich mir aus den Blüten nur noch einen Kranz fürs Haar flechten, um deine Kunden zu beeindrucken.«

Er lachte. Sah sie fasziniert an. »Das stelle ich mir gerade vor. Weißt du was, bitte mach das, das kommt sicher auch bei meinem Kunden sehr gut an. Würdest du das für mich tun?«

»Mit einem Blütenkranz im Haar kochen?«, hakte sie amüsiert nach. »Kein Problem, solange es nicht nackt kochen ist.«

Sie lachten.

»Gott, nein, also ja?«

Sie lächelte, zuckte keck die Schultern »Mal schaun.«

Dann drehte sie sich um und stieg in ihren Wagen. »Bitte spring jetzt an, Frosch«, betete sie leise und ein Glück, er tat es. Teresa parkte schwungvoll aus und fuhr röhrend und mit der Linken aus dem geöffneten Fenster winkend vom Gelände der Villa. Simon stand mit den Händen in den Hosentaschen da und sah ihr nach, mit einem Lächeln auf den Lippen, wie sie im Rückspiegel sah. Sie dachte an ihre Mum, an ihr Vermächtnis, und was auch immer am Schluss dabei herauskommen würde, es war das wunderbarste Geschenk, das sie jemals bekommen hatte. Ihr Herz machte einen Hüpfer und ihr Frosch tat es im nächsten Moment ebenso.

Kapitel 9

»Auf einem Pferd den Strand entlangreiten«, las Teresa die erste Aufgabe ihrer Mutter erneut durch. Sie stand in ihrem Laden, sah auf und hinaus aufs Meer. Als kleines Mädchen war sie oft geritten, hatte es geliebt, bei den Pferden zu sein, ihnen über die weichen Nüstern zu streicheln, ihren Kopf an sie zu schmiegen. Vielleicht mochte sie deshalb Cristians Esel so sehr. Doch nach dem Tod ihres Vaters hatten sie sich keine Reitstunden mehr leisten können. Ihrer Mutter hatte das sehr leidgetan, sie arbeitete viel, aber als Alleinerziehender blieb ihr am Ende eines Monats kaum Geld übrig. Ab und an durfte Teresa bei einem Bauern auf dessen Ackergaul reiten, aber nur selten, und irgendwann wurde dieser verkauft. Ihrer Mutter hatte es das Herz zerrissen, dass sie ihrer Tochter den Traum nicht erfüllen konnte, egal wie oft Teresa versicherte, dass es nicht schlimm sei. »Mama, mach dir keine Sorgen«, hatte sie damals gesagt. »Du bist eine tolle Mami. Ich hab dich lieb. Und Pferde auch, aber die laufen mir ja nicht davon. Wenn ich erwachsen bin, kann ich ja auch noch reiten.« Ihre Mutter hatte gelacht, sie in den Arm genommen und fest gedrückt.

Lange hatte sie nicht mehr daran gedacht, wie glücklich sie das Reiten gemacht hatte. Erst jetzt, durch die Liste ihrer Mum, wurde ihr bewusst, wie gern sie es mal wieder tun wollte. Teresa war sehr gespannt, was am Ende, wenn sie alle Punkte ihrer Bucket List erledigt hatte, durch diesen Brief herauskam. Sie beschloss, gleich Josy zu fragen, ob diese so eine Tour mit einem Pferd am Strand für sie organisieren konnte.

Da gerade keine Kundschaft im Laden war, trat sie hinaus, ging nach links und in Josys Laden »Schokoladenglück & Meer«. Der Duft von Kaffee und Kuchen strömte ihr wie immer entgegen und Teresa sog ihn ein, hielt die Liste in ihrer Hand. Josy kassierte einen jungen Mann ab, der anschließend mit seinem Café con leche und einer Schoki to go den Laden verließ.

»Hey, Teresa. Alles gut?«

»Ja. Stell dir vor, was mir meine Mutter hinterlassen hat.«

»Sie hat dir etwas hinterlassen? Etwas Wertvolles?«

»Ja«, erwiderte Teresa glücklich. »Sehr.«

»Eine Villa am Meer?«, scherzte Josy.

»Nein, etwas noch viel Wertvolleres. Zumindest für mich. Eine Lebensliste, für mich. Eine Bucket List, sagt dir das was?«

»Ja klar. Wow. *Sie* hat sie für *dich* geschrieben?«

»Genau. Ist das nicht megalieb?«

Josy kam hinter der Theke vor und trat zu ihrer Freundin. »Ja, sehr sogar. Magst du sie mir zeigen?«

Teresa nickte. »Ich bekomme jeden Punkt einzeln, es sind alles Aufgaben für mich. Sie hat sich zu jeder Aufgabe eine Blume oder blühende Kräuter überlegt, die passen. Sie haben ja verschiedene Bedeutungen. Und Heilkräfte. Ich bekomme eine Aufgabe nach der anderen, immer wenn ich eine erledigt habe, erhalte ich die nächste. Von Simons Mutter, die die Liste in der Reha mit ihr zusammen erstellt hat.«

»Oh«, entfuhr es Josy. »Ist das spannend. Jetzt verrate schon deine erste Aufgabe.«

Teresa zeigte ihrer Freundin das Papier und fügte an: »Und wenn ich alles gemacht habe, erfahre ich Mums Geheimnis. Ich wusste gar nicht, dass sie eines hatte.«

Josy sah sie nur an, nahm ehrfürchtig das Blatt und las. Matilda war hereingekommen, hatte offenbar die letzten Sätze gehört. »Was höre ich da von einem Geheimnis? Ich habe gesehen, dass Teresa zu dir in den Laden gekommen ist, und ich habe auch schon wieder Lust auf einen Café solo«, erklärte sie.

»Mach ich uns gleich«, sagte Josy, während sie las. »Das ist wirklich unglaublich süß von deiner Mum. Klatschmohnblätter kann man auch essen?«

Teresa nickte. »Ja, sie hat sich dafür so sehr eingelesen in das, was mich damals interessiert hat.« Sie seufzte. »Und Reiten ist etwas, das mich wirklich glücklich gemacht hat früher, aber ich bin so lange nicht mehr geritten.«

»Und warum nicht?«, wollte Matilda wissen, die Josy über die Schulter gesehen und mitgelesen hatte.

»Gute Frage«, erwiderte Teresa. »Der Alltag, kein Geld, keine Zeit, viele Ausreden, noch mehr Ausreden.«

»Kommt mir bekannt vor«, sagte Matilda. »Jeder hat als Kind oder Jugendlicher etwas getan oder von etwas geträumt, das ihn selig gemacht hat. Auch wenn es nur kleine Träume sind, die man nicht weiterverfolgt hat. Mit den Jahren wurden diese Träume in eine Schublade gesteckt. Aus den unterschiedlichsten Gründen. Zumindest bei mir.«

»Und welche Träume waren das?«, erkundigte sich Teresa.

»Mädels, redet weiter, ich mach uns solange einen Kaffee«, schlug Josy vor. Sie begann drei Café solo zuzubereiten, hörte zu, während Matilda zuerst etwas unsicher erzählte. »Als kleines Mädchen habe ich davon geträumt, frei zu sein.« Die Kaffeemaschine gurgelte.

»Frei?«, fragte Josy verwundert nach.

»Ja, ich hab mich irgendwie ... gefangen gefühlt. Meine Eltern sind sehr konservative Mallorquiner, wisst ihr? Meine ganze Großfamilie. Und die Schule war eine reine Mädchenschule, ich habe sie immer als Kindergefängnis empfunden. Sie wurde von strengen Nonnen geführt.«

»Oh weh, du Arme«, sagte Josy und reichte den beiden ihren Café solo.

»Danke. Und wie ist es jetzt, fühlst du dich frei?«, wollte Teresa wissen.

»Mit Alvaro meinst du?«, fragte Matilda.

Sie war mit einem Mallorquiner verlobt, der schon auch konservative Ansichten hatte. Wann die Hochzeit stattfinden sollte, hatte sie nie gesagt. Teresa nickte.

»Ja«, antwortete Matilda nachdenklich. »Ich denke schon. Seit ich selbstständig bin und diesen Laden habe, auf jeden Fall. Endlich. Ich liebe es, Schmuck und Perlen zu verkaufen. Mein Laden bedeutet mir sehr viel.«

Josy lächelte sie an. »Geht mir genauso mit meinem Laden. Es ist wichtig als Frau, finanziell unabhängig zu sein. Und ich habe immer davon geträumt, am Meer zu leben. Ich hatte diesen Traum lange vergessen. Außerdem träumen ja sicher viele davon, man glaubt selbst nicht, dass man es irgendwann erleben wird. Aber ich habe es geschafft.«

»Und dann arbeitest du auch noch mit Blick aufs Meer«, fügte Teresa lächelnd hinzu. »Wir alle.«

Josy lächelte, sah sie an, dann Matilda. »Wisst ihr was? Jeder sollte eigentlich eine Bucket List haben. Die Dinge aufschreiben, die man noch erreichen oder machen möchte, bevor man den Löffel abgibt, findet ihr nicht auch? Egal wie verrückt oder banal sie sind.«

Matilda pflichtete ihr bei. »Sí. Eine gute Idee.« Josy wandte sich an Teresa. »Für dich hat es ja deine Mutter aufgeschrieben. Das ist etwas ganz Besonderes.«

Teresa nickte. »Das ist es.«

»Was denkst du, steht noch darauf?«

Teresa überlegte. »Ich könnte mir vorstellen, dass ich ein Kind bekommen soll. Nein, drei, das wollte ich schon immer«, ergänzte sie seufzend. »Bereits als kleines Mädchen hab ich mir meine Zukunft so vorgestellt, als *big happy family*. Aber dann … wer weiß, ob ich jemals auch nur ein Kind bekommen kann.« Sie hielt inne. Josy streichelte sie über den Arm.

»Wie kommst du denn darauf?«, fragte Matilda zaghaft nach. »Oder willst du nicht darüber sprechen?«

Teresa schluckte. »Doch, Josy weiß es ja auch. Ich … hatte eine Fehlgeburt.«

»Oje, das tut mir so leid.«

»Danke. Das Baby war von Adi, meinem letzten langjährigen Freund. Im Nachhinein bin ich froh, dass er nicht der Vater meines Kindes geworden ist. Aber damals war ich am Boden zerstört, nur hat er mich in meiner Trauer nicht verstanden. Sorry, dass ich dir bisher nichts darüber erzählt habe.«

»Das macht doch nichts. Das verstehe ich gut, dass man darüber nicht gern redet.«

»Ja. Ich hoffe so, dass es nicht noch einmal passiert. Falls ich überhaupt noch mal schwanger werde, wie gesagt«, schloss sie.

»Das tut mir so leid, was du durchmachen musstest«, erklärte Matilda mitleidig. »Es muss schrecklich für eine Frau sein.«

»Ja, das war es, zumindest für mich. Jede Frau verkraftet es anders. Aber bei mir kam dazu, dass es meiner Mum so schlecht ging. Sie hatte sich so auf ihr Enkelkind gefreut, dann ist sie gestorben und ich habe das Kind verloren.« Teresa konnte ihre Tränen nicht mehr zurückhalten. Die Freundinnen nahmen sie in die Arme und hielten sie. Als sich Teresa wieder etwas gefangen hatte, löste sie sich, bedankte sich bei den beiden und wischte sich ihre Tränen weg. »Ihr seid so lieb.«

»Du wirst ganz sicher wieder schwanger, ich habe zwei Freundinnen, die auch eine Fehlgeburt hatten und danach Kinder bekommen haben«, erklärte Matilda.

»Ja, ich kenne auch welche. Viele reden nicht darüber, aber das mussten schon viele Frauen durchmachen«, sagte Josy.

Teresa nickte tapfer. »Ich bleibe ja auch zuversichtlich, ihr kennt mich ja, das war nur ein kurzes Zwischentief. Aber einen guten Vater sollte mein Baby schon auch haben. Das alles als Frau allein durchstehen, das ist nichts für mich.«

Matilda gab ihr recht. »Vor allem nicht mit drei Kindern.« Die Freundinnen lachten.

»Eines ist sicher«, fügte Teresa aufgefangen hinzu. »Ein Mann, der schon ein, zwei Kinder hat, will nicht unbedingt noch drei dazu. Adi hatte schon welche, wollte nicht wirklich noch eines. Ich sollte mich auf keinen Fall mehr auf Männer einlassen, die schon Kinder haben.«

Josy stimmte ihr zu, wenn es unbedingt drei werden sollten, und sagte mit einem Augenzwinkern: »Dieser Simon von Bergen wäre doch was, der hat ja offenbar keine.«

Teresa lächelte, tat so, als wäre das totaler Unsinn.

Dabei merkte sie erneut, dass sie mit einem warmen Gefühl an Simon dachte. Sie stellte sich ihn als einfühlsamen Vater vor, so sensibel wie er auf sie wirkte. Aber von diesen verrückten Gedanken verriet sie den Freundinnen besser nichts. Sie war froh, dass Matilda jetzt etwas von einem Kunden erzählte, der ein toller Vater war, nippte an ihrem Café solo und freute sich auf den Abend, auf ihre Verabredung mit Simon auf seiner Jacht, auch wenn diese nur geschäftlicher Natur war.

Teresa verabschiedete sich von den Freundinnen, trat hinaus, um wieder in ihren Laden zu gehen. Dabei sah sie einen Moment in den Himmel. Die Vorstellung, dass ihre Mum von dort oben hier auf der Insel so einiges lenkte, gefiel ihr und gab ihr ein Gefühl der Geborgenheit, wie sie es lange nicht mehr gekannt hatte. Hatte ihre Mutter ihr gar Simon geschickt, durchfuhr sie ein wunderschöner Gedanke, der ihr ein Kribbeln im Bauch verursachte.

Kapitel 10

Die Abendsonne warf ihr orangefarbenes Licht auf die alten Häuser des Dorfes. Simon wartete vor der Bäckerei, der Panadería Emilio, wie Teresa ihn gebeten hatte. Er hatte vorgeschlagen, sie abzuholen, da ihre Wohnung auf seinem Weg lag. Sein Wagen parkte um die Ecke. In diesem kleinen Ort lebte sie also, dachte er angetan und sah sich um. Das »Dorf«, wie Teresa es nannte, war eher eine Häuseransammlung im typisch mallorquinischen Stil, mit vielen Geranientöpfen vor den Fenstern oder neben den Türen. Es herrschte eine heimelige Atmosphäre. Eine alte Frau trat aus der Panadería, ging lächelnd an ihm vorbei und er lächelte automatisch zurück. Vermutlich kannte hier jeder jeden. Wohl deshalb hatte Teresa nicht gewollt, dass er bei ihr klingelte. Simon wusste, dass es ein Fehler war, hierherzukommen. Ebenso der Termin gleich auf der Jacht. Hätte er doch besser seine Angestellte Clara geschickt, um Teresa die Küche der Jacht zu zeigen. Aber etwas in ihm setzte sich über seinen Verstand hinweg, etwas in ihm zog ihn zu Teresa hin.

Ein kleines Mädchen mit einem Springseil lief an ihm vorbei, hüpfte fröhlich über ihr Seil. Noch einmal Kind sein, dachte er. Keine Sorgen haben, keine Nöte, das Leben war ihm früher so schwerelos erschienen. Jetzt dagegen fühlte er sich wie in einem Schraubstock. Gefangen in einer ausweglosen Situation. Wie sehr er so etwas hasste. Gerade als er umdrehen und gehen wollte – wohl eher fliehen –, ging eine Haustür auf und Teresa trat lächelnd heraus. Wie sie strahlte. Sie trug ein eng anliegendes Kleid, das ihre weiblichen Formen betonte. Simon hatte von sich selbst nicht gewusst, dass er Frauen mit Kurven mochte, hatte immer sehr schlanke Freundinnen gehabt. Auch Linda, die früher einmal als Model gearbeitet hatte, war sehr dünn gewesen. Aber es stand Teresa so gut. Kein Gramm weniger sollte sie sein.

»Hallo«, sagte sie lächelnd, kam zu ihm und wieder zog es ihn zu ihr hin. Er trat zu ihr, ganz nah, Wange an Wange, um sie zu begrüßen. So konnte er ihren Duft einatmen, ihre zarte Haut spüren, wenigstens einen Moment.

»Hallo«, flüsterte er fast.

Auch sie verharrte an seiner Wange, oder bildete er es sich ein? Es geht nicht, auf keinen Fall. Du bist ihr Chef, wies er sein Inneres zurecht. Aber er konnte nicht anders, berührte wie unabsichtlich ihre nackten Oberarme, als sie sich voneinander lösten, ein Kribbeln durchlief ihn.

»Danke fürs Abholen«, sagte sie fröhlich. »Dann komm ich wenigstens sicher an. Mein Frosch, ich meine, mein Wagen springt nicht immer an. Ein eigenwilliger Frosch.«

Er lachte. »Sehr gern, keine Ursache. Mein Wagen steht da hinten.«

Sie gingen zu seinem Jeep. Er hatte extra nicht das Cabrio aus dem Fundus seines Vaters genommen, um in ihren Augen nicht als Angeber dazustehen. Denn das war er nicht, er hatte es schon in seiner Jugend verachtet, dieses Zurschaustellen von Reichtum, wie es sein Vater geliebt hatte. Aber gleich würde sie die Jacht der Familie sehen, was machte er sich überhaupt für Gedanken?

Die alte Dame von zuvor stand jetzt bei einem alten Mann und empörte sich. »Federico, du bist unmöglich!«, hörte man.

»Oh, da ist ja Cecilia mit ihrem Federico«, sagte Teresa. »Wie romantisch.«

»Romantisch? Sie hat sich doch gerade über ihn empört.«

»Das verstehst du nicht«, sagte Teresa lächelnd und beobachtete die beiden Alten, die sich weiter unterhielten, nur hörte man leider nichts Genaues.

»Wollen wir?«, schlug Simon vor.

Teresa nickte und riss sich von dem Anblick der beiden los.

Auf der Fahrt nach Port Andratx unterhielten sie sich über Teresas Laden, die Ikat-Stoffe und ihre selbst kreierten und gefertigten Dekogegenstände.

»DIY, do it yourself, ist ja total im Trend, ich mag es«, sagte er.

»Ich auch. Meine Oma hat das schon immer gemacht«, entgegnete sie lachend. »Heute nennt man das Basteln eben anders. Ich hab mit ihr schon als Kind immer viel genäht, gestrickt und gebastelt. Damals in Niederbayern …« Versonnen sah sie vor sich hin.

Wie gern wäre Simon damals dabeigewesen, dachte er unwillkürlich. Bei einer lieben Großmutter, die sich Zeit für einen nahm. Seine Großeltern hatten nicht viel mit ihrem Enkel im Sinn gehabt. Dafür war seine Mutter immer für ihn da gewesen, auch wenn sie nie mit ihm gebastelt hatte. Und sein Vater hatte von Handwerken oder überhaupt von der Arbeit mit den Händen absolut keine Ahnung gehabt, viel zu selten war er zu Hause gewesen, bis er seine Mutter und ihn verlassen hatte. Nach diversen Affären, nachdem ihn seine Mutter vor die Tür gesetzt hatte. Vor fünf Jahren war er dann gestorben, allein und reich, bei einem Autounfall mit einem neuen Wagen. Sein Tod, so kurz nach Lindas Tod, hatte Simon extrem belastet, da er sich nicht mit ihm ausgesprochen hatte. Ihm nicht gesagt hatte, wie verletzend und abweisend er seinen Sohn oft behandelt hatte. Denn so durfte man nicht umgehen mit seinem eigenen Kind, niemals. Zum Glück war Simons Verhältnis zu seiner Mutter schon immer sehr gut gewesen. Auch deshalb lag es ihm so im Magen, dass sie nicht glücklich mit seinen aktuellen Zukunftsplänen war.

Die Landschaft flog an ihnen vorbei und Simon wäre am liebsten ewig weiter über die Insel gefahren mit Teresa neben sich auf dem Beifahrersitz.

Sie plapperte nicht, sie redete. Sie erzählte über sich, kein belangloses Zeug, keinen Small Talk, wie es so viele Frauen taten. Sie öffnete ihm ihr Herz. Ihre Gefühle, ihre Gedanken. Sie gab zu, wie sehr sie der Verlust ihrer Mutter schmerzte, auch heute noch. Und er dachte, ja. Genau. Er dachte an Linda und wusste genau, was sie meinte. Dass Trauer nicht weniger wurde, sondern nur leiser. Dass man sie mit sich tragen musste, im Stillen. Sie verstanden sich. *Er* verstand zumindest *sie*.

Als sie am Hafen ankamen, überlegte er einen Moment, noch eine Extrarunde zu drehen, um ihr länger nahe zu sein. Aber das war natürlich Unsinn und die Aussicht, mit ihr in einer engen Bootskabine zu stehen, ihr alles zeigen zu können, war auch nicht schlecht.

Er parkte den Jeep, erklärte ihr noch mal, dass die Jacht sein Vater gekauft hatte. »Nicht dass du denkst, ich bin völlig abgehoben. Das bin ich nicht.«

»Das denke ich nicht«, sagte sie und sah ihn mit ihren großen, offenen Augen an. Sie lächelte und er tat es auch. Eine Möwe kreiste über ihnen, flog weiter in den Himmel.

»Komm, ich zeige dir alles.«

Sie folgte ihm. Ließ sich nicht anmerken, dass sie diese Jacht übertrieben fand. Denn das dachte sie bestimmt und das war sie auch. Sein Vater hatte Wert darauf gelegt, immer den äußeren Schein zu wahren. »Für unsere Geschäfte ist so eine Jacht unabdingbar«, hatte er immer gesagt. »Junge, auch für dich ist die Jacht wichtig, mach darauf Geschäfte, gib Dinnerpartys. Glaube mir, es macht einen Unterschied im Business, selbst in deinem.« Wie abfällig er das betont hatte.

Seine Mutter fand es in seinem Sinne, die Jacht auch nach seinem Tod noch zu behalten. »Zwei Nummern kleiner hätte es zwar auch getan, aber ich fahre so gern übers Meer«, hatte sie gesagt. »Und wo sie ihm doch immer so wichtig gewesen ist.« Simon ging es ähnlich. Er liebte das Meer, das Gefühl von Freiheit, Unendlichkeit, das es vermittelte. Also hatten sie die Jacht behalten. Und jetzt würde sie ihm hoffentlich wirklich helfen, ein gutes Geschäft abzuschließen. Aber vor allem dank Teresa, dank ihrer Blütenrezepte. Die Idee, Teresa darum zu bitten, hatte seine Mutter ganz spontan gehabt, als sie in dieser Inselzeitschrift über ihren Laden gelesen hatte. »Blütentraum & Meer«. Dieser Name hatte auch etwas in ihm angestoßen, ihn fasziniert, ihn an dieses Bild in seinem Kopf erinnert, das er, seit der Erzählung ihrer Mutter damals, hatte. Eine junge Frau mit einem Blütenkranz im Haar, die für ihre kranke Mutter Rezepte mit Blüten und Heilkräutern kochte, um ihre Beschwerden möglichst zu lindern. Es hatte ihn damals sehr fasziniert. Dass eine junge Frau in seinem Alter sich mit so etwas beschäftigte und nicht wie die meisten Mädchen mit Handtaschenlabels und Schminktipps. Teresa schien damals schon ungewöhnlich zu sein und sein Eindruck war: Sie war es immer noch.

Sie standen jetzt vor der Familienjacht und Simon streckte seine Hand aus, um Teresa auf das Boot zu helfen. Teresa zögerte einen Moment, sagte dann amüsiert: »Das schaff ich schon allein.«

»Sicher ist sicher«, entgegnete er lächelnd. Im Grunde hatte er mit dieser Reaktion gerechnet bei dieser Frau, aber er wollte ihre Hand in seiner spüren.

Teresa reichte sie ihm, und so betraten sie die Jacht. Interessiert sah sie sich um, Simon schloss die Kabinentür auf und ging hinein in die Kajüte, in der sich auch die Küche befand. Teresa trat hinter ihm ein. »Oh, wow, das ist ja eine richtige Küche, nicht wie in einem Campingbus«, entfuhr es Teresa. Simon lachte.

»Wie gesagt, mein Vater hat es ein bisschen übertrieben mit der Jacht. Dabei wurde hier nie wirklich gekocht, wenn, dann kam ein Caterer. Er meinte, für seine Geschäfte sei es unabdingbar, ein bisschen zu protzen. Ich fand das noch nie gut.«

»Du betonst das so oft. Das musst du nicht.«

»Ist wohl eine Macke von mir.«

Teresa lächelte nur, strich mit der Hand über die Edelstahlarmatur.

Simon klappte einen Hochschrank auf, in dem sich Geschirr befand, dann eine Klappe neben einem Backofen, in dem Edelstahltöpfe und Pfannen lagen. »Sieh gern durch, ob alles da ist, was du benötigst. Ansonsten kann ich es noch besorgen.«

»Ich komme mir gerade vor wie Alice im Wunderland«, sagte Teresa lächelnd. »Das Boot und diese Küche sind wirklich ein Traum für jemanden, der wie ich gern kocht. Ich freu mich riesig, hier den Kochlöffel schwingen zu dürfen. Wobei ich natürlich viel zu Hause vorbereite.«

»Freut mich, dass sie dir zusagt.« Ihre Blicke begegneten sich. Er stand nah neben ihr, was in der Kabine unvermeidlich war, aber im Grunde hätte er doch etwas mehr Abstand halten können. Würde sein Körper nicht so sehr von ihrem angezogen. Verdammt! Was tat er hier? Am liebsten hätte er sie gepackt, an sich gezogen, gespürt und dann erst vorsichtig und immer leidenschaftlicher geküsst. Aber das ging auf keinen Fall. *Never ever.* Vergiss es, befahl er sich insgeheim und rückte etwas von ihr ab. Immerhin schaffte er das.

Er räusperte sich. »Ich lasse Clara noch mehr Geschirr für das Fingerfood besorgen. Mehr kleine Teller und ein bisschen Besteck, um die Happen aufzunehmen.«

»Sehr gut. Darum muss ich mich also nicht kümmern?«, hakte sie nach.

»Nein, auf keinen Fall. Du konzentrierst dich auf das Blütenmenü.«

»Perfekt.«

Sie zog ein paar Schubladen auf, öffnete weitere Schränke und nickte dann. »Alles da. Vieles muss ich wie gesagt ja eh in meiner Küche vorbereiten, aus zeitlichen Gründen.«

»Klar. Dann hole ich dich am Samstag vorher zu Hause ab und helfe dir, alles zu tragen.«

»Nein, danke, brauchst du nicht. Da helfen mir meine Freundinnen, haben sie schon gesagt.« Er sah ihr an, dass er nicht weiter insistieren musste. Eine starke Frau, zweifelsohne.

Im Grunde hätte er sie nach der Vorortbegehung jetzt nach Hause fahren können und der Abend wäre zu Ende gewesen. Aber er wollte sie nicht gehen lassen.

»Magst du noch einen Wein mit mir trinken? Also ich alkoholfreies Bier, weil ich fahren muss, du einen sehr guten Wein, hier auf der Jacht, dazu den Sonnenuntergang betrachten? Ich habe mir vorgenommen, die Augenblicke zu genießen, und so einen Sonnenuntergang sollte man jeden Tag genießen, außer es sind Wolken am Himmel.« Er lächelte.

Sie zögerte.

»Es ist noch eine Flasche offen«, versicherte er schnell. »Ein Cabernet Sauvignon, zwölf Monate im Eichenfass gereift. Und bisschen was Süßes ist auch da, Clara hat gestern gebacken und etwas davon hierherbringen lassen, falls meine Mutter heute mit der Jacht rausgewollt hätte. Wollte sie aber nicht. Petits Fours mallorquines, und du musst nicht fahren.«

»Überredet. Wegen der Petits Fours mallorquines.« Sie lachte. »Aber nur, wenn ich deiner Mutter keine wegesse.«

»Keine Sorge, es sind sicher genug da. Clara denkt immer, wir verhungern alle beinahe.«

Erleichtert holte er den *vino tinto*, ein Glas, sein Bier, eine Schachtel, in der sich die Petits Fours befanden, das wusste er von Clara, und gemeinsam setzten sie sich oben auf eine gepolsterte Bank mit Blick in Richtung Sonne. Sie stand schon tief, ein glühender Ball, der das glitzernde Meer in Farbe tauchte.

Simon goss Teresa Wein ein, reichte ihr das Glas, dabei berührte er ihre Hand.

* * *

Teresas Herz wummerte so laut, dass sie sich wunderte, warum er es nicht hörte. Seine Hand fühlte sich warm und gut an und am liebsten hätte sie ihre nicht zurückgezogen, aber sie konnte das Weinglas unmöglich ewig in der Luft halten. Sie prosteten sich zu, Teresa nahm einen Schluck Rotwein und ließ ihn im Mund wirken. Sie war zwar kein Weinkenner, aber Simons Familie ganz offenbar. Er schmeckte köstlich.

»Schmeckt er dir?«

Sie nickte.

»Und was schmeckst du heraus?«, fragte er lächelnd.

Sie kostete erneut: »Johannis- und Brombeere … mediterrane Kräuter, Rosmarin und Thymian …«

»Wow, Respekt. Ja, er ist sehr kraftvoll, fruchtig, würzig, sehr mallorquin.«

Was für ein Abend, dachte Teresa. Sie saß hier mit einem superattraktiven, supernetten Mann auf einer Jacht, sah aufs Meer hinaus, dem Sonnenuntergang entgegen. Danke, Mum, dachte sie, du hast ihn mir geschickt, auch deine Bucket List, du wolltest immer nur, dass ich glücklich bin, und ich bin es, in diesem Moment aber so was von.

Sie unterhielten sich über die Liste, über die Dinge, die Teresa als Nächstes angehen wollte. Das war zwar sehr persönlich, aber er wusste schließlich davon, und obwohl sie ihn kaum kannte, fühlte sie sich vertraut genug, um mit ihm darüber zu reden. »Auf einem Pferd den Strand entlangreiten will ich ganz bald, damit ich rasch erfahre, was in dem Brief steht. Ich habe Josy schon gebeten, das Reiten für mich zu organisieren. Sie bietet alle möglichen Touren an, weißt du?«

»Ah, ja.« Er war plötzlich blass geworden. Was hatte er? Dann schien er sich zu besinnen. »Sonst hätte ich dir auch ein Pferd vermitteln können.«

»Habt ihr auch Pferde?«

Er schüttelte ernst den Kopf. »Nein, haben wir nicht. Aber ein Bekannter von mir.«

Je mehr Wein Teresa trank, umso größer wurde ihr Bedürfnis, sich an seine Schulter zu lehnen. Er saß nah neben ihr, roch so gut, strahlte Wärme aus. Die Petits Fours mallorquines schmeckten herrlich. Nach Mandeln, Marzipan, Zitrone.

Sie leckte ihre Lippen ab, fuhr fort: »Und was würde auf deiner Bucket List stehen?«

»Ich … weiß es nicht. Da muss ich länger drüber nachdenken«, erwiderte er.

»Tu das. Das sollte wirklich jeder. Es muss ja auch nichts Großes sein. Gerade die Kleinigkeiten machen glücklich und dankbar. Mich zumindest.«

Er sah sie ernst an. »Mich auch. Sehr sogar.«

Wieder spürte sie dieses Ziehen im Bauch, seinen Atem, seine Nähe. Und es fühlte sich so gut an.

»Was steht wohl noch auf der Liste von deiner Mutter?«, fragte er nach.

Sie überlegte. Das mit den drei Kindern würde sie ihm auf keinen Fall sagen. »Keine Ahnung. Vielleicht eine ganze Nacht die Sterne beobachten? Darüber haben wir früher mal gesprochen. So simpel es klingt, ich habe es noch nie getan.«

»Ich tatsächlich auch nicht.« Nach einer Weile fügte er leise hinzu: »Wir könnten hier einfach sitzen bleiben.«

»Das wäre so schön, aber … ich muss morgen fit sein. In ein paar Tagen ist ja auch schon das Blütenkochen, also besser danach. Ich brauche viel Schlaf und so eine ganze Nacht durchmachen in meinem Alter, das haut rein«, scherzte sie. »Sonst vertue ich mich noch beim Kochen. Und dann schimpft mein Chef.«

Er lächelte kurz, sah sie einen Moment an, als sei er mit dem Kopf ganz woanders gewesen. »Ja, natürlich. Es war auch nur Spaß«, entgegnete er verhalten.

Was hatte er plötzlich? Er rückte ein wenig ab von ihr. Hatte sie etwas Falsches gesagt? Oder interpretierte sie mal wieder zu viel in alles hinein? Was sie gern tat, wie ihr die Freundinnen des Öfteren sagten.

»Ich bringe dich jetzt nach Hause«, sagte er nach einer schweigsamen Minute.

Die Sonne war noch nicht untergegangen, aber das würde auch noch etwas dauern.

»Klar«, erwiderte sie. Wieso zog er sich zurück? Die Stimmung war so romantisch gewesen. Hatte ihn irgendetwas an seine verstorbene Frau erinnert? Das musste es sein.

Gemeinsam, nachdem Teresa ein weiteres Petit Four mallorquin genascht hatte – es waren noch einige übrig –, räumten sie alles weg. Simon schloss die Jacht ab und sie gingen zu seinem Jeep. Er wirkte schweigsamer als auf der Hinfahrt, fuhr sie bis zu ihrer Haustür, küsste sie auf die Wangen zur Verabschiedung wie bisher, wirkte aber distanzierter als zuvor auf dem Meer. Irritiert verabschiedete sich Teresa, stieg aus, schloss die Haustür auf und ging hoch in ihre kleine Wohnung. Was war sie für eine Idiotin! *Ich brauche viel Schlaf.* Wieso um Himmels willen hatte sie das gesagt? Angst vor zu viel Nähe? Aber seine Reaktion war auch sehr merkwürdig gewesen. Ein anderer Mann hätte sie geküsst an so einem romantischen Abend. Oder zumindest ihre Hand genommen, wenn er sich für sie interessiert hätte. Tat er offenbar doch nicht. Sie streifte die Schuhe ab, ließ sich seufzend auf ihr Sofa fallen und starrte an die Wand. Ihr Blick fiel auf die kleinen Leuchttürme auf der Kommode, die Leuchtturm-Sammlung ihrer Mum. Was sie wohl dazu gesagt hätte. Was für ein verrückter Abend! Sie nahm das Blüten-Kochbuch vom Couchtisch, wollte noch etwas darin schmökern, um gut vorbereitet zu sein für das Kochen auf der Jacht. Es durfte nichts schiefgehen, sie wollte sich auf keinen Fall vor Simon blamieren.

Kapitel 11

Am nächsten Morgen betrat Teresa müde ihren Laden, drückte auf den Knopf, um die Markise herauszufahren. Sie hatte schlecht geschlafen, da hätte sie auch die Sterne beobachten können. Ihr Handy gab einen Signalton von sich. Teresa zog es müde heraus. Eine Nachricht von Simon. Sofort war sie hellwach und las:

> Guten Morgen. Habe lange über meine Bucket List nachgedacht. Da steht auch Reiten am Strand ;-) Wenn du möchtest und Josy noch ein Pferd auftun kann, könnte ich dich begleiten.

Sie musste grinsen. Und wie durch Gedankenübertragung streckte Josy im gleichen Moment ihren Kopf herein.

»Hey, guten Morgen, Süße, na, wie war die Kombüsenbesichtigung auf der Jacht? Offenbar sehr, sehr nett, so wie du grinst.« Die Freundin trat ein.

Teresa lächelte. »Das liegt nur an dem Pferd.«

»Äh, Pferd? Bahnhof?«

»Simon will mich begleiten. Es steht auch auf seiner Bucket List, schreibt er. Kannst du zwei Pferde organisieren?«

»Ach, was für ein Zufall!«, entgegnete Josy trocken.

Teresa musste lachen.

Josy trat zu ihr, umarmte sie. »Mensch, Süße, na klar, der klingt so unkompliziert und sympathisch, der isses.«

Teresa schmiegte sich überglücklich in ihre Arme. Josy roch immer so gut nach Keksen. Dann lösten sich die Freundinnen voneinander. »Zumindest ist er supersympathisch. Kein reiches Söhnchen, sondern ein kleiner Rebell. Er fand das Geprotze seines Vaters wohl schon immer sehr nervig, hat er mir erzählt, hat deshalb auch nicht Jura studiert, wie von seinem alten Herrn gefordert, sondern Landschaftsarchitektur, nachhaltige Landschaftsarchitektur. Und hat Erfolg damit. Toll, oder?«

»Klingt richtig cool.«

»Ja, aber jetzt erst mal abwarten, ich bin ja ein gebranntes Kind und so. Ich sag nur Juan, der Fischer, wirkte auch erst sehr sympathisch.«

»Ja, ja. Verstehe ich. Aber es spricht doch nichts dagegen? Dass in deinem Bauch riesige bunte Schmetterlinge herumwirbeln, seit Simon hier reingeschneit ist, sieht ja ein Blinder.«

»Was du dir wieder einbildest.«

»Die anderen sehen das auch.« Josy lächelte.

»Ihr redet über mich und Simon?«, fragte Teresa nach.

»Nur kurz mal und wir freuen uns für dich. Wenn so ein lässiger Typ kommt und dich zum Blütenkochen auf seiner Jacht engagiert, da wird ja sogar unsere norddeutsche Amelie romantisch«, erwiderte Josy auflachend. Teresa lächelte, dachte an Amelie, die auch noch nicht den Richtigen kennengelernt hatte. Sie betrieb hier ihren Laden »Mandelduft & Meer« und war Teresa wie die anderen Freundinnen sehr ans Herz gewachsen.

Josy unterbrach ihre Gedanken. »Weißt du was, dann muss ich natürlich einen Schimmel für ihn buchen.«

Teresa lachte. »Du wieder, Josy. Du hast immer Ideen. Ich wusste übrigens gar nicht, dass es auf der Insel Pferde gibt.«

»O doch. Trabrennen ist sogar Nationalsport auf Mallorca. Es gibt zwei Trabrennbahnen, eine in Palma, eine in Manacor. Regelmäßig werden auch Turniere in verschiedenen Disziplinen ausgetragen. Außerdem gibt es einige Reitclubs auf der Insel.«

»Wow! Das eröffnet ja ganz neue Möglichkeiten. Ich bin als Kind so gern geritten, wie gesagt.«

Josy fuhr fort: »Es gibt Fincas mit viel Land, auf denen die Besitzer Pferde halten. Pferdebegeisterten Touristen bietet die Insel viele Möglichkeiten, das auszuleben. Man kann Reitunterricht mit eigenem Trainer oder in Gruppen nehmen und sogar direkt auf einer Pferdefinca wohnen. Und gemütliche Wanderausritte durch die schöne Landschaft kann man auch buchen.«

»Das klingt großartig.«

»Ist es. Die sogenannten Ranchos oder Clubs Hipic gibt es fast überall auf der Insel. Ich habe auch schon Kontakt zu einem hier in der Nähe aufgenommen. Die anderen sind weiter weg. Der Betreiber meinte allerdings, er habe für einen Ausritt am Strand nur noch zwei Pferde frei. Wenn du dich schnell entscheidest, wäre es also möglich.«

»Aber?«

»Richtig, es gibt einen Haken.«

»Und welchen?«, wollte Teresa enttäuscht wissen.

Josy grinste. »Es geht nur heute am frühen Abend, danach ist er wieder wochenlang ausgebucht.«

»Heute?«, fragte Teresa aufgeregt nach. Hastig überschlug sie in ihrem Kopf, was sie für das Blütenkochen noch alles vorbereiten musste und ob ihr Zeit blieb, heute zu reiten. Mit Simon. Natürlich hatte sie Zeit. Ihr Herz polterte. Im Grunde hatte sie für Samstag alles Wesentliche vorbereitet. In der Mittagspause und am Freitag würde sie noch ein paar Einkäufe erledigen, das Menü stand, Mauro würde ihr die Blüten liefern. Sie konnte sich also auf die Erfüllung ihrer Bucket List stürzen, umso schneller würde sie erfahren, was ihre Mum ihr in diesem Brief geschrieben hatte. Hoffentlich hatte Simon auch so kurzfristig Zeit.

»Also ich könnte. Ich frage gleich Simon.«

»Alles klar, sag mir dann Bescheid.«

»Mach ich.« Hoffentlich machte sie auf ihrem Pferd eine gute Figur, sorgte Teresa sich, so lange war es her, dass sie zuletzt geritten war. »Was kostet das denn überhaupt?«, fiel ihr dann ein.

Josy nannte ihr den ungefähren Preis.

Teresa schluckte.

»Wäre das okay? Ich sag dir nachher, was es genau kostet, je nachdem, wie lange ihr ausreitet natürlich.«

»Klar. Danke, Josy, du bist die Beste.« Teresa umarmte ihre Freundin, drückte sie fest an sich, löste sich dann wieder. »Gibst du mir bitte sofort Bescheid, ob er kann?«, fragte Josy noch.

»Mach ich.«

»Und vorher trinkst du einen Kamillentee zur Beruhigung«, frotzelte Josy. »Kaffee kriegst du heute keinen mehr von mir, sonst bekommst du noch einen Herzinfarkt.«

Teresa lachte auf. »Da könntest du recht haben.«

Josy verließ den Laden und ließ Teresa zurück. Dass dieser einfache Punkt auf der Bucket List ihrer Mum schon derart viel in ihr auslöste! Wieder war sie ihrer Mutter im Himmel so dankbar und war gespannt, wie die anderen Punkte auf dieser Liste ihr Leben verändern würden. Sie nahm ihr Handy zur Hand und schrieb Simon.

Der Tag schlich dahin wie eine satte Raupe. Mittags, nachdem sie rasch ein paar Einkäufe erledigt hatte, fand Teresa auf dem

Weg zu ihrem Laden die Freundinnen bei Josy im Café vor. Sie tranken einen Café solo auf der Terrasse. Da kein Kunde in Sicht war, stellte Teresa die verderblichen Sachen kurz in die Minibar, die sie in ihrem Laden für sich hatte, ging dann zu den Mädels raus und bestellte eine Zitronenlimo bei Josy. Besser kein Koffein, sie war ohnehin schon sehr nervös. Simon hatte sofort zugesagt und sie hatte es Josy für die Orga weitergegeben.

Josy ging hinein, um die Limo zu holen, und Amelie freute sich mit Teresa, dass Simon heute mit ihr ausreiten wollte.

»Ich seh schon, ihr wisst alle Bescheid«, stellte Teresa lächelnd fest.

»Klar. Und wir haben es abgesegnet. Nach der Enttäuschung mit diesem Fischer, wie hieß er noch …?« Sie überlegte.

»Juan«, half Josy, die mit der geöffneten Limo kam und sie Teresa gab.

»Genau, Juan. Danach hast du wirklich so einen Tollen verdient, Teresa.«

»Ihr seid süß, Mädels, aber jetzt hört mal wieder auf«, sagte Teresa lächelnd und nippte an ihrer Limo.

Liz pflichtete ihr bei. »Man sollte nicht zu früh zu viel darüber reden. Teresa, ich hab Cristian von der heilsamen Kraft der Olivenblätter erzählt …«

»Und da ist er schon«, sagte eine tiefe Stimme und alle drehten sich zu Cristian um und begrüßten ihn freudig. Teresa hatte sich so für Liz gefreut, als die beiden zusammengekommen waren. Er küsste Liz zärtlich auf den Mund, wandte sich dann an Josy, bat sie, ihm auch einen Café solo zu bereiten, und fragte schließlich bei Teresa nach: »Olivenblätter haben wirklich so eine heilsame Wirkung?«

»Ja, das haben sie.«

»Vermutlich weiß das jeder alte Olivenbauer, aber da ich eigentlich Notarzt war … man lernt immer dazu.«

Liz streichelte seinen Arm. »Das tut man, Schatz. Und nicht alles zu wissen ist nicht schlimm. Im Gegenteil. Es ist toll, immer wieder Neues zu erfahren.«

Die anderen gaben ihr recht.

Teresa erklärte, dass Olivenblätter sogar gut für mehreres seien. »Dem Extrakt daraus sagt man nach, dass er den Cholesterinspiegel senken und so bei Diabetes und Störungen des Fettstoffwechsels helfen kann. Außerdem soll er förderlich für das Herz-Kreislauf-System sein.«

Beeindruckt hörte Cristian ihr zu. »Ich habe es schon lange gesagt. Im klassischen Medizinstudium lernt man viel zu einseitig, womit man den Menschen helfen kann. Über die Seele lernst du zu wenig. Und auch nicht viel über die möglichen Wirkungen von Kräutern, Blüten oder anderen Pflanzenteilen.«

Josy gab ihm recht. »Ich habe mich auch schon oft gefragt, warum man die Medizinstudenten nicht viel offener für alternative Heilmethoden ausbildet. Die meisten Ärzte bestehen dann auf ihrer klassischen Medizin, finden alles darüber hinaus suspekt und wirkungslos.«

Teresa pflichtete ihr bei. »Dabei gibt es so viele Kräuter, Pflanzen, Blüten, die Symptome und Schmerzen erfolgreich lindern. Und ich habe es oft erlebt, dass sie wirken.«

Cristian nickte. »Wie gesagt, ich bin schon länger offen dafür. Auch wenn ich zugeben muss, dass ich es in meiner Anfangszeit als Mediziner nicht war. Die Natur, meine Tiere und die Menschen hier auf der Insel haben mich einiges gelehrt.«

Matilda lächelte stolz. »Auf unserer Insel wachsen ja auch jede Menge Pflanzen, die den Menschen helfen können.«

Teresa gab ihr recht. »Ja, in Deutschland auch, überall auf der Welt. Ich habe mich mit den mallorquinischen Kräutern und Blüten jetzt erst beschäftigt, viel gegoogelt abends im Bett, und ich muss sagen, es ist wirklich toll. Vor allem gibt es sogar eine App, mit der man die mallorquinischen Pflanzen bestimmen kann.«

»Was? Das ist ja genial«, befand Amelie. »Die muss ich mir runterladen. Ich geb ja zu, ich erkenne zwar noch einen Olivenbaum, aber viel mehr auch nicht.«

Sie lachten.

Alle mussten wieder an die Arbeit, und Cristian verkündete, dass er die Olivenblätter nach der nächsten Olivenernte nicht mehr wegwerfen wolle. »Ich mache Tee daraus und wenn du möchtest, Teresa, darfst du ihn in deinem Laden auch verkaufen, mit entsprechender Gewinnbeteiligung natürlich.«

»Sehr gern«, erwiderte sie. »Gut, dass unsere Läden immer den Zusatz ›und Meer‹ haben, so können wir alles verkaufen, was uns noch so einfällt.«

Die Freundinnen gaben ihr lächelnd recht, verabschiedeten sich in ihre Läden.

Kurz vor Feierabend sah Teresa erneut auf die Uhr und ihre Nervosität wuchs. Bald schon würde sie Simon treffen, um mit ihm über den Strand zu reiten. Josy hatte ihr davor gesagt, dass es klappte. Auch wenn es alles ein wenig viel war, so kurz vor dem Blütenkochen, fühlte sie sich überhaupt nicht gestresst, konnte sich im Moment nichts Schöneres vorstellen.

Kapitel 12

Auf der Fahrt zur Rancho Cartwright in Cala Ratjada machte ihr ohnehin röhrender Frosch schon wieder so seltsame neue Geräusche. Verflixt, sie hatte jetzt wirklich keine Zeit für ihn. Plötzlich leuchtete auch noch die Öllampe auf. Morgen, schwor sie sich, morgen rufe ich bei der Werkstatt an. Jetzt freute sie sich erst mal darauf, auf eine Pferdestärke umzusteigen, und vor allem darauf, dies mit Simon zu erleben. Zum Glück schaffte es ihr Wagen zur Rancho, ein Holzschild wies ihr den Weg. Teresa parkte, stieg aus und sah sich angetan um. Die Rancho sah einladend aus, wie eine Cowboyranch. Ein paar Pferde standen auf dem Gelände, sie schienen hier ausreichend Platz zu haben.

Josy hatte leider keinen Schimmel mehr bekommen, dafür zwei andere hübsche Pferde. Simon würde direkt hierherkommen, hatte er Teresa geschrieben. Teresa war nach der Arbeit noch rasch nach Hause gefahren, hatte die Einkäufe eingeräumt und sich umgezogen. In ihrem kurzen Kleid ließ sich schlecht reiten. Jetzt trug sie eine Leggins, darüber ein figurbetontes, längeres rotes T-Shirt mit Gürtel. Sie hatte lange überlegt, was sie anziehen sollte, wie immer eigentlich, denn zum Reiten war eines ihrer geliebten Kleider eindeutig suboptimal.

Teresa wurde von einer sympathischen Deutschen begrüßt, die hier angestellt war. Sonja aus Kaiserslautern, eine herzliche Person. Die Ranch wurde von zwei deutschen Frauen geführt, wie sie erzählte, also echte Frauenpower herrschte hier, mit viel Liebe zu den Pferden. Teresa freute sich, verstand sich auf Anhieb mit Sonja und sah auch sofort, dass die Pferde hier gut gepflegt und ernährt wurden. Während sie auf Simon warteten, trat Teresa zu einer Stute, streichelte ihre Nüstern und wurde augenblicklich an ihre Kindheit erinnert. So oft war sie bei den Pferden gewesen, hatte mit ihnen geschmust, sie gestriegelt, gefüttert. Und mit ihnen gesprochen. Ihnen ihr Herz ausgeschüttet und auf das gelauscht, was ihr die Tiere erzählten. Sie hatte wirklich die Sprache der Pferde verstanden, zumindest bildete sie sich das damals ein.

»Wann kommt denn dein Freund?«, wollte Sonja wissen.

»Simon ist nicht mein Freund«, verbesserte Teresa schnell. Sonja lächelte, vermutlich verstand sie Teresas Miene. »Er müsste jeden Moment kommen«, sagte Teresa dann.

Sonja nickte, zeigte ihr schon mal das Putzzeug, den Sattel und das Zaumzeug. »Du hast Reiterfahrung, hat Josy gesagt?«

»Als Kind bin ich viel geritten. Jetzt länger nicht mehr, leider. Keine Ahnung, warum.«

Sonja nickte erneut, erklärte, dass viele ihre Träume im Alltag vergessen würden. In dem Moment hörte man den Wagen von Simon, er parkte den Jeep neben Teresas Frosch und stieg aus.

Teresa wurde sofort nervös. Wie gut er wieder aussah, leger gekleidet, mit Jeans und weißem T-Shirt, ein offenes, schönes Lächeln, seine blonden Haare leuchteten in der Abendsonne.

Er kam zu ihnen, begrüßte Teresa mit Küsschen links und rechts, gab dann Sonja die Hand. Die sah zu diesem großen Mann lächelnd auf, war selbst höchstens eins sechzig groß.

Teresa betrachtete ihn glücklich von der Seite, auch wie er auf das Pferd, das ihm zugeteilt wurde, zuging. Vorsichtig, voller Respekt. Er redete mit ihm, die genauen Worte verstand sie nicht, weil er leise und sanft sprach. Er berührte das Tier nicht. Erst jetzt bemerkte Teresa, dass er angespannt wirkte. Hatte er etwa Angst vor Pferden? Aber dann wäre er doch nicht mitgekommen …

Auch Sonja schien das zu registrieren, warf ihr einen Blick zu, erkundigte sich dann nett bei Simon, ob er Reiterfahrung habe. Er musste zerknirscht zugeben, dass er keine besaß. Und ziemlichen Respekt vor den Tieren hatte, aber genau deshalb sei er hier. »Es ist höchste Zeit«, fügte er noch hinzu.

»Kein Problem«, sagte Sonja einfühlsam. »Du bekommst ein ganz braves Pferd.« Und sie gab ihm eine Einweisung.

Nach und nach fasste er Vertrauen, das konnte Teresa richtig sehen. Sie freute sich darüber, dass er trotz seiner Scheu vor Pferden mitgekommen war, sie für sie überwand. Das hatte doch etwas zu bedeuten … Sie legten mit Sonjas Hilfe das Zaumzeug an, sattelten die Pferde. Jetzt hieß es aufsitzen. Simon sah das Tier an, als hätte es ihm etwas angetan. »Geht es?«, fragte Teresa sanft.

Er nickte schnell. »Ja, ich schaff das schon. Weil ich es will.«

Teresa beobachtete ihn. Simon stellte seinen Fuß in den Steigbügel, schwang sich hoch in den Sattel. Er saß, atmete, lächelte. »Geschafft.«

»Super.«

Dann stieg auch Teresa auf, Sonja ebenso, sie ritt als Guide voraus und es ging los, dem Strand entgegen durch wunderschöne Natur.

»Danke, Teresa, dass du mich mitnimmst«, sagte er ernst, während er noch ein wenig unsicher neben ihr herritt. Sie lächelte ihn an.

»Sehr gern«, antwortete sie leise und dachte: »Mum, wie sehr hab ich die Pferde vermisst, und du hast genau gewusst, was mich glücklich macht.«

Sonja ritt mit etwas Abstand vor ihnen. Die Ranch lag direkt am Wald, und so führte ihr Weg durch den Pinienwald, weiter zu den Dünen und schließlich zum Strand.

»In der Hauptsaison bieten wir normal keine Ausritte am Strand an, nur im Winter«, erklärte Sonja. »Aber Josy hat mich überredet, für euch eine Ausnahme zu machen. Und abends ist ja nicht mehr viel los an diesem Strandabschnitt.«

Die letzten Badegäste packten ihre Taschen, um in ihre Unterkünfte zum Duschen und Essen zu gehen, eine Frau sah den Reitern begeistert nach.

Die Sonne färbte den Himmel bereits orangerot, die Luft fühlte sich weich und sanft an. Als sich außer ihnen keiner an diesem Strandabschnitt befand, erlaubte Sonja Teresa sogar, zu galoppieren. Das ließ sie sich nicht zweimal sagen, galoppierte los und fühlte sich schwerelos, wie damals. Tatsächlich hatte sie nichts verlernt, wurde eins mit der Stute, fühlte sich frei und glücklich. Sie wendete, galoppierte zurück zu den anderen beiden, sodass der Sand nur so aufstob, dann hielt sie ihr Pferd an und lachte.

»Es ist so wahnsinnig toll. Am Strand, mit Blick aufs Meer, mit diesen lieben Tieren.«

Auch Simon blickte entspannter drein. »Ja, sie können nichts dafür«, sagte er und Teresa fragte nach, was er meinte.

»Meine Frau war eine begeisterte Reiterin … Aber egal …«, erwiderte er nur. Schweigend ritten sie weiter. Er wollte nicht über sie reden und das akzeptierte sie.

»Du hattest so recht mit dem, was du auf dem Boot gesagt hast. Man vergisst es immer wieder, jeden Tag zu genießen«, sagte Teresa. »Erst recht, wenn man oft traurig ist. Aber gerade dann ist es wichtig.«

Ihre Blicke trafen sich. Sonja räusperte sich. »Wenn ihr wollt, könnt ihr noch einen Moment bleiben und dann allein zurückreiten. Teresa, du bist ja eine super Reiterin und Josy kennt dich, ich vertraue dir da voll und ganz.«

»Oh, danke, das wäre toll.«

»Findest du den Weg?«

»Ja, auf jeden Fall. Danke, Sonja, und bis gleich.«

Sonja lächelte und ließ sie allein.

Teresa und Simon standen mit ihren Pferden so nah nebeneinander, dass sich ihre Schenkel berührten. Simon sah Teresa überwältigt an, suchte nach Worten, schüttelte dann nur den Kopf. Ihm geht es wie dir, dachte Teresa glücklich. Es gibt sie, die echte, ehrliche Liebe, auch wenn man den anderen kaum kennt.

»Wollen wir einen Moment absteigen?«, fragte er vorsichtig.

»Gern.«

Sie sah kurz in den Himmel und dachte: »Danke, Mum, dass du mir gezeigt hast, was für mich wichtig ist im Leben.«

Sie stiegen ab, führten ihre Pferde zum Wasser und ließen sich dort in den Sand nieder.

Jetzt küsst er mich gleich, durchfuhr es Teresa, aber nichts dergleichen geschah. Sie schalt sich innerlich selbst, mal wieder viel zu romantisch zu denken. Er braucht Zeit, dachte sie. Und ich werde sie ihm geben.

Er erzählte, wie es sich für ihn angefühlt hatte, auf diesem Pferd zu sitzen, ganz offensichtlich war er wieder sehr nervös.

Teresa hörte ihm zu, blickte immer wieder aufs Meer, die Pferde standen neben ihnen, schnaubten ab und zu und sie fühlte sich unfassbar glücklich.

»Simon«, brach es aus ihr heraus. »Danke, dass du diesen Moment mit mir geteilt hast, dass du mitgekommen bist.«

»Es hat einfach gepasst. Ich meine, es stand auf meiner Bucket List und erst durch dich wurde mir das klar. Es war höchste Zeit, dass ich mich auf ein Pferd setzte.« Dann räusperte er sich, schien nicht weiterreden zu wollen, fügte hinzu. »Ich denke, wir sollten jetzt besser gehen. Ich meine, die Pferde wollen in ihren Stall zurück, sie haben bestimmt Durst und Hunger.«

Irritiert sah sie ihn an. »Ja, sicher, und wir können Sonja nicht so lange warten lassen.«

Er erhob sich sofort, stieg auf sein Pferd. Sie tat es ihm gleich und nebeneinander ritten sie im Schritt in Richtung Rancho zurück.

Auf der Ranch angekommen stieg Teresa von ihrem Pferd ab, strich ihm über die Nüstern, atmete eine Nase seines Dufts ein und führte es zum Wassertrog. Simon seines ebenso.

»Ihr müsst sie nicht absatteln und putzen, wenn ihr noch was vorhabt.«

»Aber ich mache das gern«, erklärte Teresa.

»Ich auch, wenn ihr mir sagt, was ich tun soll, das gehört ja schließlich dazu«, erklärte Simon. Er schien wirklich nicht abgehoben zu sein.

Also ließ Sonja sie beide absatteln, die Hufe auskratzen, das Pferd abreiben und zum Futtertrog bringen. Simon wirkte gelöst. Teresa betrachtete ihn neben seinem Pferd immer wieder heimlich, diesen Mann, der so auf dem Boden geblieben war, obwohl er bei reichen Eltern aufgewachsen war. Er sah jetzt glücklich aus, dachte sie. Wie sie.

Sie verabschiedeten sich herzlich von Sonja und gingen gemeinsam zu ihren Autos. Teresa schlug vor, noch etwas trinken zu gehen. Er zögerte, wurde ernster, schüttelte den Kopf. »Nein, das … geht leider nicht, tut mir leid.«

Verdutzt sah sie ihn an. »Okay, dann ein andermal. War ein sehr schöner Abend.«

»Ja, das war er.« Er beugte sich zu ihr, um sie zu küssen. Rechts und links auf die Wange. »Möchtest du deinen nächsten Punkt auf deiner Bucket List? Meine Mutter hat mir den Ausdruck für dich mitgegeben, als ich ihr erzählt habe, was wir heute vorhatten.«

»Oh, ja gern. Und ich würde mich freuen, wenn du auch den nächsten Punkt auf meiner Bucket List mit mir erleben möchtest«, sagte sie, ohne länger darüber nachzudenken.

»Wirklich?« Er lächelte, zog ein zusammengefaltetes Blatt aus seinem Jackett und reichte es ihr. »Ich habe es nicht gelesen, ich schwöre.«

Teresa faltete es auseinander und las leise:

Das Veilchen. Es steht für Demut, Bescheidenheit und Hoffnung. All das zeichnet dich aus, meine liebe Teresa, für all das liebe ich dich so sehr. Aber manchmal ist es gut für einen selbst, sich mehr Raum zu verschaffen, nicht zu bescheiden zu sein. Du bist im Herzen ein so positiver Mensch. Bitte, gibt die Hoffnung nie auf, dass alles wieder gut wird. Jeder Mensch hat solche Phasen, und wenn ich eines gelernt habe, dann ist es: Wenn man gefallen ist, muss man wieder aufstehen. Vielleicht mehr als einmal, so lange, bis man stehen bleibt. Das muss man üben. Und deshalb habe ich eine gute Aufgabe für dich. Lerne Stand-up-Paddling. Lerne aufstehen, wenn du hingefallen bist. Krönchen richten und weitermachen. Du wirst sehen, es macht sogar Spaß. Du liebst das Meer, am besten übst du im warmen Mittelmeer und nicht wie ich im kalten Bergsee in der Reha. Aber auch das hat mir gutgetan. Das Veilchen steht zudem für Liebe und Treue und ich bin mir sicher, dass du beides wieder finden wirst.

Teresa musste lächeln bei den Worten ihrer Mutter. Wie passend sie ihr erschienen, wo Simon gerade vor ihr stand. Sie sah ihn an und sagte: »Ich soll Stand-up-Paddling lernen. Aber ich habe noch nie auf so einem Board gestanden.«

»Irgendwann ist immer das erste Mal. Ich kann es dir zeigen, ich habe es früher oft gemacht«, sagte er lächelnd.

»Wirklich? Danke. Aber ich warne dich. Ich bin schon als Kind ständig vom Schwebebalken gefallen.«

Er lachte. »Im Wasser kann dir nichts passieren. Sonst halte ich dich. Ich habe sogar noch ein Board.«

»Wirklich? Das ist ja wunderbar. Aber wie gesagt, mein Gleichgewichtssinn ist echt nicht gut.«

»Vielleicht wollte deine Mutter ja genau das. Dass du wieder ins Gleichgewicht kommst«, entgegnete er lächelnd.

Verblüfft sah sie ihn an und gab ihm recht. Nachdenklich sah sie vor sich hin. »Damals, als sie in Reha war und die Liste geschrieben hat, ging es mir wirklich nicht gut. Ich war so was von aus dem Gleichgewicht.«

»Kenne ich.« Er wurde wieder ernst, stieg ohne ein weiteres Wort in seinen Jeep. Dann ließ er die Fensterscheibe herunter. »Morgen in der Mittagspause? Ab dem Nachmittag bin ich wieder länger verplant.«

»Gern. Vielen lieben Dank.«

»Ich hol dich ab.«

»Ich freue mich«, sagte sie. Er nickte ernst, fuhr los.

Teresa sah ihm nachdenklich nach und in ihrem Magen zog es so sehr, wie sie es noch nie erlebt hatte.

Kapitel 13

»Simon? Du fährst wieder mit dem SUP-Board? Wie schön!«, sagte seine Mutter, die ausgerechnet jetzt die Treppe der Villa in den Empfangsraum herunterkam. Simon stand mit einer Sporttasche in der Hand da, in der sich Wechselwäsche befand.

»Hast du mich am Gartenhaus mit dem Board beobachtet?«, fragte er nach.

»Ich beobachte dich schon seit Tagen, mein Lieber.« Sie lächelte und trat zu ihm. »Und ich sehe einen Mann, der wieder glücklich aussieht.«

»Mutter, ich muss los.«

»Was hast du denn vor? Willst du nicht mit mir lunchen?«

»Heute nicht. Ich habe Teresa versprochen, ihr ein bisschen SUP-Unterricht zu geben, es steht auf ihrer Bucket List, wie du weißt.«

»Ja.« Sie musterte ihn, strich ihm eine Haarsträhne aus dem Gesicht wie einem kleinen Kind.

»Bitte nicht.«

»Bitte tu ihr nicht weh«, entgegnete sie sanft.

»Ich helfe ihr mit dem SUP, mehr nicht.« Er biss sich auf die Unterlippe.

Ihre Miene wirkte sehr ernst, sie seufzte. »Hätten wir Teresa nicht ein Jahr früher ausfindig machen können?«

»Tja, haben wir aber nicht.«

»Es ist wirklich wie verhext.«

»Ich muss los. Sonst bin ich nachmittags nicht pünktlich am Flughafen.«

»Sicher, um Gottes willen. Beziehungsweise, zur Not hole ich die beiden ab.«

»Unsinn, das mache ich selbst. Auch wenn es meine ganzen Termine durcheinanderbringt.«

»Verstehe ich. Ich hätte ja auch nicht so früh mit ihnen gerechnet. Ich gehe so lange mit Clara alles für das Blütenevent durch. Welches Geschirr und Besteck und so.«

»Danke, bis später.« Er küsste sie auf die Wange, ging mit seiner Tasche hinaus.

Die Sonne blendete ihn. Seine Sonnenbrille – er hatte sie im Wohnzimmer liegen lassen. Aber um jetzt nicht weiter mit seiner Mutter reden zu müssen, entschied er sich, ohne Sonnenbrille zu fahren.

Was hatte Teresa nur mit ihm gemacht? So konfus hatte er sich zuletzt in seiner Pubertät gefühlt. Er stellte das Autoradio laut, ein sommerlicher Song erklang. Simon schaltete auf seine Playlist um, Klänge von Astor Piazzolla ertönten. Die Melancholie dieser Musik passte zu seiner Gemütslage. Zu einer Liebe, die er nicht leben durfte. Abrupt trat Simon auf die Bremse. Zum Glück war gerade kein Wagen hinter ihm. Er fuhr an den Rand, legte sich mit den Armen auf sein Lenkrad und hätte am liebsten geheult. Stattdessen richtete er sich wieder auf, schlug zweimal auf das Lenkrad, verteufelte das Schicksal, das schon wieder so ungnädig zu ihm war. Sag ihr ab, sagte eine Stimme in ihm. Das SUP-Fahren und auch das Blütenkochen. Aber Letzteres konnte er auf keinen Fall tun. Jetzt nicht mehr.

Der Kunde war wichtig, sein Image als Landschaftsarchitekt auf der Insel stand auf dem Spiel.

Nach ein paar Minuten hatte er sich wieder beruhigt. Das Leben war nun mal ungerecht. Kein Wunder, dass er pessimistisch war, seit Lindas Tod. Seitdem hatte er sich diese Denkweise zu eigen gemacht. Lieber nichts erhoffen vom Leben, dann kann man auch nicht enttäuscht werden. Auf ein Pferd zu steigen, war für ihn eine große Überwindung gewesen. Es hatte ihn sehr an ihren Tod erinnert, aber er hatte gehofft, sie so besser verstehen zu können, ihr einen Moment nahe zu sein. Es hatte funktioniert. Die warmen Nüstern des Pferdes, dieses friedliche Tier, ihr Pferd hatte keine Schuld an ihrem Unfall gehabt. Es war von einer Wespe gestochen worden, war durchgegangen, vor Panik.

Er startete den Wagen wieder, fuhr weiter. Etwas in ihm wollte Teresa sehen. Wollte bei ihr sein, mit ihr lachen, mit ihr reden. Und außerdem hatte er es versprochen und auf sein Wort konnte man sich verlassen. Immer. Verdammt.

Sie trafen sich an einem Parkplatz an der Playa de Muro. Simon hatte das Board schon auf dem Boden ausgebreitet und blies es mit der elektrischen Pumpe, die an seinen Jeep angeschlossen war, auf.

»Hey, schön, dass du pünktlich bist«, begrüßte Teresa ihn, als sie aus ihrem Polo ausstieg. Sie sah heute wieder umwerfend aus. Das enge Kleid mit dem Blütenmuster stand ihr so gut, betonte ihre Brüste, sodass Simon Mühe hatte, nicht darauf zu starren.

»Hey, ich bin immer pünktlich«, entgegnete er lächelnd. Zu gern hätte er hinzugefügt »bei dir sowieso« oder irgendeinen ähnlichen Spruch, aber er durfte nicht mit ihr flirten. Für sie wäre es auch zu plump gewesen.

»Hier pumpst du das Board also auf?«, fragte sie. »Ich habe mich schon gewundert, wie man das Riesending im Auto transportieren kann.«

»Ein aufblasbares Board ist sehr praktisch. Von Hand aufpumpen geht natürlich auch, aber es ist viel anstrengender.« Er lächelte, fuhr sich durch sein blondes, längeres Deckhaar, verstrubbelte es und grinste sie an.

Teresa lachte, sah zum Board, das sich immer mehr mit Luft füllte. Die Pumpe war recht laut, sodass es keinen Sinn hatte, sich zu unterhalten. Sie sahen dem Board zu, das nach einigen Minuten fertig aufgepumpt war.

»Und wie kriegen wir das jetzt zum Strand?«, wollte sie wissen.

Er zeigte seinen Bizeps. »Damit.«

Amüsiert erklärte sie, ihm helfen zu wollen, aber Simon wehrte ab. »Das ist kein Problem für mich. Ich bin groß und stark, früher bin ich oft mit dem SUP zum Meer gegangen. Es ist so schön entschleunigend, auf dem SUP zu fahren. Sich dahingleiten zu lassen auf dem Meer. Slow Living eben.«

»Stimmt. Es ist bestimmt ein bisschen wie meditieren.«

Er nickte.

Die Frage, wieso er es lange nicht mehr getan hatte, verkniff sie sich zum Glück.

»Dann nehme ich aber das Paddel«, sagte Teresa und nahm es hoch.

Er willigte ein, hob das Board hoch, legte es auf seinem Kopf ab, trug es so zum Meer, spürte in seinem Rücken, dass sie ihm folgte. Es war einiges los am Strand, aber zum Glück noch nicht so viel wie in der Hauptsaison. Simon legte das Board im Sand ab, Teresa das Paddel daneben. Rasch zog er seine Klamotten aus, darunter trug er seine Badeshorts. Er spürte ihren Blick. Spürte, wie sie unsicher wurde. Vermutlich, weil sie nicht so durchtrainiert war wie er, dabei war ihm das total egal. Doch dann streifte sie kurzerhand ihr Kleid ab, stand da im Bikini und lachte ihn an. Wieder wurde sein Blick von ihrem Körper angezogen. Ihre Formen sahen halb nackt noch schöner aus. Wie gern hätte er sie berührt, wie gern so vieles mit ihr angestellt.

Er atmete durch. Wieso nur hatte er sich darauf eingelassen, ihr das SUP-Fahren beizubringen. Natürlich musste er sie dabei berühren, ihre nackte Haut spüren und dabei wahnsinnig werden.

Er drehte sich schnell um, klemmte das Paddel auf das Board, nahm es hoch, ging damit ins Meer, setzte es ab und schob es so weit ins Wasser, dass es ihm etwa bis zur Hüfte reichte. Das Paddel nahm er herunter, hielt es in der Hand.

»Setz dich erst mal drauf, lass die Beine ins Wasser baumeln, genieß den Moment und schließ die Augen«, rief er ihr zu.

Teresa lächelte, kam zu ihm ins Wasser, setzte sich nach seinen Anweisungen etwas umständlich aufs Board, das prompt seitlich in Schieflage geriet. »Uaah, das ist ja echt total wackelig, ich komm mir vor wie eine gestrandete Robbe.« Sie lachte über sich und brachte damit auch Simon zum Lachen. Eine Frau, die über sich selbst lachen konnte, da kannte er nur wenige. Er hielt das Board fest, das gerade wirklich sehr wackelte, weil ein Motorboot Wellen verursacht hatte.

»Man kann auf Mallorca auch SUP-Yoga buchen, also Yoga auf dem SUP-Board«, sagte er amüsiert.

»Oh ja, ich mach den Hund auf diesem wackeligen Ding, super Idee.« Sie lachte wieder, hievte sich aufs Board hoch, fühlte sich sichtlich nicht wohl darauf. Aber sie saß, ließ die Beine rechts und links ins Wasser hängen, wie er ihr anwies. Sollte er sie festhalten?

»Puh, mein Gleichgewicht muss sich erst noch einstellen«, sagte sie amüsiert. »Auf dem See wäre es einfacher. Aber wieso einfach, wenn es auch kompliziert geht. Typisch mein Leben eben«, fügte sie lächelnd hinzu.

»Scheint auch mein Lebensmotto zu sein«, erwiderte er.

»Wirklich? Immer noch?«, fragte sie vorsichtig nach. Aber er ging nicht darauf ein.

»Ich halte dich fest.« Er hielt das Board, stand ganz nah bei ihr im Wasser. Atmete ihren Duft nach Sonnencreme und Teresa ein. Hätte am liebsten seine Arme um sie geschlungen, sie zu sich gezogen, hielt sich aber mit aller Kraft zurück.

Das Board geriet durch eine kleine Welle erneut ins Wanken, und da sie gerade aufstehen wollte, fiel sie beinahe. Im Reflex klammerte sich Teresa an ihn, sodass er ihre Brüste an seinem Oberkörper spürte. »Entschuldige«, flüsterte sie, ihre Arme waren um seinen Hals geschlungen.

Küss sie, sagte eine Stimme in ihm, aber eine andere: Auf keinen Fall! Es geht nicht.

Sie löste sich auch schon wieder von ihm, setzte sich aufrecht hin. Der Moment war dahin. »Okay, ich stehe wieder auf. Das war es schließlich, was mir meine Mutter sagen wollte: Stand-up-Paddling ist eine Parabel für das Leben. Wenn man mal runterfällt, steht man halt wieder auf und versucht es von Neuem. Ich soll meine innere Balance finden, und dieses Board unterstützt mich dabei.«

»Genau, deine Mutter war eine kluge Frau.«

»Das war sie. Und herzlich und immer gut gelaunt.«

»Wie du.« Sein Atem ging flach. Sie lächelte und stellte sich vorsichtig auf. Er reichte ihr das Paddel. Sie nahm es, stand zwar noch recht wackelig auf dem Board, aber sie blieb stehen und strahlte stolz. Fasziniert beobachtete er diese starke Frau, ihr herzliches Lächeln, ihre Augen, die ihn voller Sehnsucht ansahen.

Kapitel 14

Zurück in ihrem Laden schnappte sie sich, da sich nach der Mittagspause noch keine Kundschaft im Laden befand, ihr Blütenkochbuch und las erneut die Rezepte durch. Morgen Abend war es so weit. Dann würde sie ihn schon wiedersehen, wollte alles geben für ihn und seinen Kunden, als Blütenköchin mit Blütenkranz im Haar. Sie lächelte, sah aufs Meer, ihr Herz klopfte. Die Mittagspause auf dem SUP hatte so gutgetan. Sie sollte sich die Zeit viel öfter nehmen, es noch mehr genießen, dass sie hier am warmen Mittelmeer leben und arbeiten durfte. Und selbst wenn man nicht am Meer, sondern in einer Stadt arbeitete, gab es da sicher einen Park oder eine Grünfläche in der Nähe, in der man mittags Atem schöpfen konnte. Die Natur tat einfach gut. Und mit Simon machte alles Spaß, dachte sie und musste lächeln. Wo war nur der Haken? Dieser Mann schien perfekt für sie. Okay, der Verlust seiner Frau hatte offenbar Spuren hinterlassen. Aber sie war einfühlsam genug, ihm Zeit zu geben.

Teresa vertiefte sich wieder in ihr Blütenkochbuch, als ihr Handy aufplingte. Hoffentlich Simon. Sofort griff sie danach und las. Es war eine Nachricht von Mauro. Er wollte wissen, wann genau er die Blüten liefern sollte. Teresa schrieb es ihm, auch dass sie noch Blüten für einen Blütenkranz benötigte, ob er da welche hatte. Das hätte sie fast ganz vergessen. Mauro schickte ihr umgehend Bilder verschiedener Blütenkränze, die Frauen im Haar trugen, wohl Beispiele, die er früher einmal gefertigt hatte.

Wunderschön, dachte Teresa. In diesem Mann steckte ja ein richtiger Künstler. Sie schrieb ihm dieses Kompliment, auch welchen Kranz sie am schönsten fand. Er antwortete mit dem Bild eines Veilchens. Liebe und Hoffnung.

Da kam Matilda, mit Cecilia eingehakt, in ihren Laden. Die alte Dame sah hübsch zurechtgemacht aus, lächelte mit apfelroten Wangen.

»*Hola*, Teresa«, sagte Matilda und auch Cecilia begrüßte sie.

»*Hola*, schön, dass ihr mich besuchen kommt.« Teresa ging lächelnd um die Theke herum, umarmte die beiden herzlich.

»Du strahlst ja so, habe ich etwas verpasst?«, wollte Matilda wissen.

Cecilia erklärte weise: »Dieses Lächeln kenne ich. Es ist das Lächeln der Liebe.«

Teresa seufzte und schwärmte: »Er ist so wundervoll, es stimmt einfach alles, ich komme mir vor wie ein kleines Schulmädchen, nicht wie eine Frau Mitte dreißig, aber ich bin total verschossen.«

Matilda und Cecilia freuten sich mit ihr. »Mein Kind, das ist das Schönste, was es gibt auf der Welt«, sagte Cecilia und tätschelte ihre Hand.«

»Das stimmt. Cecilia, was gibt es denn Neues von Federico und dir?«

Cecilia wiegte den Kopf. »Ich habe ihn zappeln lassen. Aber gleich treffe ich ihn am Meer.«

»Oh, wie aufregend! Soll ich dich hinbringen?«

»Danke, dass macht Matilda schon.«

Die nickte. »Wir wollten dich nur noch nach einem deiner hübschen Blütentücher fragen. Cecilia würde gern eines kaufen.«

»Ich schenke dir natürlich eines, das ist doch selbstverständlich«, entgegnete Teresa und ging zu dem Körbchen mit den Blütenschals.

»Auf keinen Fall«, wetterte Cecilia sofort. Die alte Dame konnte rigoros sein. Und da Teresa das schon kannte, zuckte sie die Schultern. »Es kommt aber von Herzen.«

»Das weiß ich«, entgegnete Cecilia. »Aber ich möchte es bezahlen.«

»Also gut, dich kann man ja eh nicht überreden, das kenne ich schon.« Sie nannte ihr den Preis, ein wenig reduziert.

Cecilia bewunderte das Tuch, legte es sich um den Hals und drehte sich lächelnd damit, wie ein junges Mädchen, im Kreis.

»Du siehst bezaubernd aus, Cecilia«, befand Teresa. »Federico ist ein Glückspilz auf seine alten Tage.«

Matildas Handy klingelte. Sie schaute drauf. »Das ist Alvaro, ich geh mal kurz ran.« Sie nahm ab, meldete sich, lauschte, runzelte die Stirn und trat hinaus. Teresa und Cecilia warfen sich Blicke zu. »Ihr Verlobter«, erklärte Teresa.

»Das weiß ich doch. Vergesslich bin ich noch nicht«, sagte Cecilia amüsiert.

»Entschuldige, natürlich.«

Von draußen hörten sie Matilda auf Mallorquin auf Alvaro einreden. Teresa, die nichts verstand, wandte sich an Cecilia. »Das ist so romantisch mit euch beiden.«

»Warten wir es ab. Ich bin skeptisch. In dem Alter hat doch jeder seine Marotten.«

»Stimmt, aber auch schon mit Mitte dreißig, glaube mir.«

»So ein Unsinn. Ihr fühlt euch alle alt, als hättet ihr das Leben schon fast hinter euch. Aber das meiste steht euch noch bevor. Und deshalb müsst ihr endlich aufwachen, euer Leben genießen und nicht immer nur das Haar in der Suppe suchen. Die Suppe duftet, eine jede. Sie schmeckt. Riecht sie, esst sie auf.« Cecilia lächelte. »Ich weiß, Teresa, du bist ein positiver Mensch, du schaffst es immer wieder, dich selbst aufzubauen. Aber die meisten in deinem Alter seltsamerweise nicht.«

Teresa nickte nachdenklich und gab zu: »Immer schaffe ich es auch nicht.« Sie dachte an die Enttäuschung, die der Fischer Juan in ihr ausgelöst hatte, die Angst, den Richtigen vielleicht erst zu finden, wenn es zu spät für sie wäre, Kinder zu bekommen. Denn mit Mitte dreißig blieb ihr nicht mehr allzu viel Zeit. Die Bucket List ihrer Mum hatte ihr jedoch wieder Hoffnung gegeben. Bereits die ersten beiden Punkte, die sie erfüllt hatte, halfen ihr, sich besser zu fühlen und wieder auf eine schöne Zukunft zu vertrauen.

»Eine neue Liebe tut natürlich immer gut«, sagte Cecilia lächelnd. Teresa pflichtete ihr bei. »Ja, du hast so was von recht. Auf Deutsch gibt es ein Lied, das heißt ›Eine neue Liebe ist wie ein neues Leben‹. Das stimmt einfach so sehr.«

Matilda hatte ihr Telefonat beendet und kam wieder herein. Sie wirkte unglücklich.

»Alles okay?«, fragte Teresa vorsichtig nach.

Matilda schüttelte den Kopf. »Alvaro ist mal wieder eifersüchtig. Nur weil ich gestern etwas Nettes von einem Kunden erzählt habe, denkt er jetzt, dass ich diesen Mann treffe.«

»Oh weh«, sagte Teresa. »Dabei bist du ja wirklich die treueste, liebste Person, die ich kenne.«

Matilda lächelte aufgefangen. »Danke. Aber sag das mal Alvaro.«

»Kann ich gern tun.«

»Nein, nein. Jedenfalls will er, dass ich jetzt zu ihm komme. Den Laden für heute schließe und etwas für seine Mutter erledige.«

»Ich kann auch allein zum Strand gehen«, erklärte Cecilia. »Familie ist wichtig.«

Matilda seufzte. »Ja, ich weiß.«

Teresa schlug sofort vor, Cecilia zu bringen. »Bitte, keine Widerrede. Ich will nicht, dass du hinfällst. Im Sand kann das schnell mal passieren.«

Cecilia seufzte, sah es ein. »Von mir aus. So gut zu Fuß wie ihr jungen Mädchen bin ich ja leider nicht mehr.«

Teresa schloss rasch den Laden ab, hängte ein Schild mit Aufschrift *»only 10 minutes«* in die Tür und geleitete die alte Dame zu ihrem Date am Meer.

»Mein Gott ist das romantisch«, entfuhr es ihr, als sie kurz darauf unten am Strand ankamen und der alte Federico dort in einem feinen Anzug stand, als würde er gleich zu einer Hochzeit gehen. In der Hand hielt er einen Blumenstrauß, überreichte ihn Cecilia, die ihn sofort an Teresa weiterreichte. »Danke, aber die Blumen brauchen Wasser«, sagte sie nur.

»Das bekommen sie bei mir im Laden«, versicherte Teresa und nahm sie entgegen. Was für ein hübscher, zart duftender Strauß.

Die beiden alten Leute verhielten sich wie ein jüngeres Paar bei einem Rendezvous. Die gleichen Blicke, die gleichen Unsicherheiten. Hörte das nie auf? Teresa wünschte es Cecilia so sehr, ihren Lebensabend mit einem neuen Partner verbringen zu können. Sehr lange war sie schon allein. Und das, was man im Dorf über Federico hörte, war durchweg positiv. Er schien ein guter Kerl zu sein, seine Frau war vor vier Jahren verstorben und er schien eine treue Seele und sehr aufrichtig zu sein.

Cecilia wandte sich an Teresa und versicherte ihr, sie könne sie allein lassen und in ihren Laden zurückgehen.

»Cecilia und ich stellen schon nichts an«, scherzte Federico auf Mallorquin. Ein bisschen hatte Teresa verstanden. »Obwohl, wer weiß«, fügte er noch hinzu.

Cecilia lachte und sah so glücklich aus. Erfreut ging Teresa in ihren Laden zurück. Ob Simon und sie einmal ein solches Paar werden würden? Alt und glücklich und zusammen lachend?

Kurz vor Ladenschluss kam Matilda zurück. Mit geröteten Augen, einer Schniefnase, zutiefst unglücklich. »Diese Frau als Schwiegermutter hält kein Mensch aus«, sagte sie aufgewühlt. »Sie mischt sich die ganze Zeit in unsere Beziehung ein.«

»Das tut mir leid.« Teresa kannte das Problem schon, ging zu ihr, legte den Arm um sie. Matilda war immer so zurückhaltend, sie brauchte öfter einen Schubs, um ihre Wünsche klar zu formulieren. »Dann sag Alvaro noch einmal, dass er mit ihr reden soll.«

Matilda schüttelte den Kopf. »Er ist Mallorquiner. Seine Madre ist sehr wichtig für ihn. Er würde nie etwas zu ihr sagen, das sie verletzt.«

Teresa seufzte. »Was ja auch gut ist, wer will schon einen Mann, der seine Mutter nicht achtet«, erwiderte sie diplomatisch. »Sieh es positiv. Er ist ein wirklich Lieber. So wie Männer zu ihren Müttern sind, sind sie später auch zu ihren Ehefrauen.«

Matilda musste lächeln. »Du findest auch immer noch das Gute in allem.«

»Wenn man Dinge nicht ändern kann, sollte man sich die Vorzüge vergegenwärtigen. Sonst wird man doch nur unglücklich.«

»Ja, das stimmt.«

»Aber du musst ihm auch noch mal deutlich sagen, dass ihr nicht im Haus deiner Schwiegermutter wohnen werdet.«

Matilda sah sie verhalten an.

»Matilda, wirklich. Das ist wichtig. Überlebenswichtig sozusagen. Tust du das?«

»Ich versuche es.« Matilda lächelte etwas. In dem Moment trat eine Kundin ein. Teresa schlug vor, heute Abend etwas in

Port Alcúdia trinken zu gehen und noch mal darüber zu reden, und Matilda willigte dankbar ein.

* * *

»Ariadna liebt ihren Alvaro abgöttisch und wenn er eifersüchtig ist, glaubt sie ihrem Sohn sofort«, erklärte Matilda nach Feierabend bei einem Aperol Sprizz in der Marblanc-Bar, einer Bar mit Restaurant und einem herrlichen Blick auf den Hafen. Hier trafen sich die Freundinnen ab und zu auf einen After-Work-Cocktail. Teresa und Matilda saßen jede vor einem Aperol Sprizz und blickten aufs Meer. »Ich würde meinem Sohn vermutlich auch glauben«, gestand Teresa. »Andererseits, wenn ich so eine liebe Schwiegertochter in spe wie dich hätte, würde ich ins Grübeln kommen, ob er sich nicht in etwas hineinsteigert.«

Matilda lächelte, saugte an ihrem Trinkhalm. »Lassen wir das, ich kann sie nicht ändern.«

»Stimmt vermutlich. Dann ändere deine Einstellung.«

»Und wie?«

»Du weißt, dass du ihm treu bist. Wenn du diese Sicherheit ausstrahlst, wird er bald merken, dass er sich in etwas verrennt. Setze ihm Grenzen, lass ihn dich nicht ständig überwachen.« Denn das tat Alvaro wohl in letzter Zeit. Mehrmals am Tag kamen »Kontrollanrufe«, wie es Matilda nannte, mit Fragen, wo sie sich befand, was für Geräusche das im Hintergrund waren. Und wehe, ein männlicher Kunde im Laden sagte gerade etwas, dann musste sie auf Videotelefonie gehen, um ihm zu beweisen, dass sie in ihrem Laden stand.

»Früher habe ich mich immer gefreut, wenn er angerufen hat, weil er Sehnsucht hatte. Jetzt merke ich schon, dass ich etwas genervt bin, weil er mich ja nur überwacht.«

»Verstehe ich total. Es hilft nichts, du musst über deinen Schatten springen und ihm sagen, dass es so nicht geht.«

»Ja, ich drehe mich im Kreis. Du hast recht. Lass uns über etwas anderes reden. Über deinen Simon.« Matilda lächelte.

Teresa ebenso. »Er ist nicht *mein* Simon.«

»Aber hoffentlich bald, oder nicht?«

Teresa nickte, nahm einen Schluck und strahlte. »Ja.« Matilda freute sich für sie.

In dem Moment erstarrte Teresa. Am Hafen lief Simon in einiger Entfernung, seinen Arm hatte er um einen etwa zehnjährigen Jungen gelegt, der aussah wie Simon in kleiner. Blond, längeres Deckhaar, ein sehr ähnliches hübsches Gesicht. Simon drückte ihm jetzt einen Kuss auf die Stirn.

Matilda folgte ihrem Blick.

»Was schaust du so?«

»Da ist Simon. Mit einem Jungen. Und der ist ihm wie aus dem Gesicht geschnitten. Und er hat ihn geküsst.«

»Dann ist es sein Sohn? Hat er dir nichts von ihm gesagt?«

»Nein, kein Wort.« Teresa presste die Lippen zusammen. Wieso hatte er den Jungen mit keinem Wort erwähnt?

»Aber es ist im Grunde ja nicht schlimm, wenn er einen Sohn hat, oder?«, wollte Matilda wissen.

»Na ja, nein. Nur, ich wollte mich auf keinen Mann mehr einlassen, der selbst schon Kinder hat. Weil er dann vermutlich keine eigenen mehr möchte. Zumindest nicht mehrere. Und das ist mir wirklich wichtig. Und vor allem wollte ich mich auf keinen Mann mehr einlassen, der nicht offen und ehrlich ist von Anfang an.«

»Verstehe ich. Aber vielleicht hat er es nicht erwähnt, weil ihr viel über diesen Job, das Blütenkochen geredet habt. Vielleicht hat es einfach nie gepasst.«

»Ja, oder ich habe mich da wieder mal in etwas hineingesteigert«, sagte Teresa traurig und nahm erneut einen Schluck Aperol Sprizz.

»Nein, das glaube ich nicht. So wie du es erzählt hast. Sonst hätte er sich nicht die Zeit genommen, um mit dir am Strand zu reiten und um dir das SUP-Fahren beizubringen.«

Etwas aufgefangen gab Teresa ihr recht. Sie wusste ja, dass er eine Frau gehabt hatte, vielleicht hatte er einfach nicht darüber reden können, dass es einen gemeinsamen Sohn gab. Weil es zu sehr schmerzte. Sie verstand das, sie musste das verstehen.

Die Freundinnen tranken ihre Drinks aus, dann wollte Teresa nach Hause gehen. »Morgen ist das Blütenkochen. Ich will früh schlafen gehen, ich will diesen Job gut machen, und danach frage ich Simon nach seinem Sohn.«

»Und alles wird gut«, bestätigte Matilda.

Kapitel 15

Simon hatte lange wach gelegen diese Nacht. Er stand im Bad, starrte sein Spiegelbild an. Alter Mann, dachte er. Bald würde er vierzig werden. Die letzten Jahre hatten Spuren hinterlassen. Krähenfüße nannte man das, oder? Ob sich Teresa wirklich für ihn interessierte? Er hatte das Gefühl, dass es so war, aber wer wusste schon, was wirklich in ihrem Kopf vor sich ging, welche Verehrer sie noch so hatte. Eine tolle Frau wie sie. Unabhängig, herzlich, liebevoll, emotional. In seinem Kopf gab es nur noch Teresa, ein bisschen Watte und dann wieder Teresa. Sie machte etwas mit ihm, wovon er nicht mehr geglaubt hatte, es noch mal zu erleben. Verdammt! Wenn er gewusst hätte, dass sein Sohn früher auf die Insel zurückkommen würde als geplant, hätte er das Blütenkochen nicht auf morgen gelegt. Wieso nur musste sich Max bei seiner anderen Großmutter in Hamburg immer langweilen? Aber jetzt konnte Simon dem Kunden nicht mehr so kurzfristig absagen, Teresa ebenso wenig. Dabei wäre es das Vernünftigste gewesen. Nur hatte sich seine Vernunft von ihm verabschiedet. Sein Handeln, sein Körper, seine Sehnsucht schienen ferngesteuert.

Simon öffnete den Wasserhahn, klatschte sich kaltes Wasser ins Gesicht, sah wieder in den Spiegel. Schüttelte sich wie ein Hund, trocknete sich dann mit dem Handtuch ab. Es half nichts. Er ging die Treppe hinunter ins Foyer, weiter durchs Wohnzimmer, betrat den Garten. Düfte schlugen ihm entgegen, erdeten ihn. Clara hatte den Frühstückstisch opulent und wie immer geschmackvoll gedeckt. Seine Mutter und Max saßen bereits da und lachten zusammen. Max liebte seine Mutter, mit seiner anderen Omi, der Mutter von Linda in Hamburg, konnte er einfach nicht viel anfangen. Sie war ihm zu steif. Aber sie wollte ihren Enkel, den Sohn ihrer verstorbenen Tochter natürlich regelmäßig sehen. Simon verstand das. Wie schrecklich, sein eigenes Kind zu verlieren! Er betrachtete Max, diesen hübschen, aufgeweckten Kerl. Seine kurzen blonden Haare, seine blauen Augen. Er kam vom Aussehen her eindeutig nach ihm. Simon liebte Max abgöttisch, war stolz auf seinen Sohn, auch wenn er in der Schule Probleme hatte. Mit seiner Lese-Rechtschreib-Schwäche gehörte er nicht zu den Besten, aber er war aufgeweckt, sehr sozial, einfühlsam für sein Alter, ein toller Kerl.

»Hey, guten Morgen, ihr beiden«, grüßte Simon, küsste erst Max, dann seine Mutter auf die Wange. Noch ließ sich Max das gefallen, wer wusste schon wie lange noch. Die Pubertät stand bevor und wenn er nach ihm kam, würde das aufregend werden. Der Duft von Lavendel und Rosmarin kitzelte seine Nase.

»Da bist du ja endlich, Papa«, sagte Max. »Ich hab mega Hunger, kann ich anfangen?«

»Na klar, hau rein.«

Max ließ sich das nicht zweimal sagen, biss in seine Ensaimada.

Auch seine Mutter und er fingen an zu frühstücken. Im Gegensatz zu Simon war Max Frühaufsteher, schon als

Kleinkind gewesen. Die Umstellung, nach der Geburt immer früh aufzustehen, um fünf Uhr bereits mit Lego-Duplo-Teilen spielen zu müssen, war Simon nicht leichtgefallen. Aber inzwischen hatte er sich an dieses neue Leben längst gewöhnt. Für seinen Sohn hätte er sowieso alles getan, wirklich alles, dachte er, als er Max beobachtete, der genussvoll in sein Hefegebäck biss.

»Simon, Max möchte heute Abend auch dabei sein«, sagte seine Mutter jetzt und riss ihn aus seinen Gedanken. Sie sah ihn vielsagend an.

»Wobei?«, fragte er irritiert nach.

»Auf der Jacht, beim Blütenkochen.«

Sofort schüttelte Simon den Kopf. »Nein, das ist ein Geschäftstermin, das ist gar keine gute Idee.«

»Ich weiß«, erwiderte seine Mutter betreten.

»Doch«, sagte Max umso lauter. Wenn er etwas wollte, konnte er sehr entschlossen sein. »Ich will unbedingt.«

Seine Mutter sah Simon forschend an, erklärte: »Ich habe schon versucht, ihn davon abzubringen. Und vorgeschlagen, dass wir zu Hause seine Lieblingspaella kochen. Aber es ist nichts zu machen.«

»Ich will dabei sein«, wiederholte Max jetzt noch mal fest. »Bitte, Papa.«

Simon seufzte. Er kannte seinen Sohn. Obwohl sie versucht hatten, ihm als Einzelkind nicht alle Wünsche zu erfüllen, konnte Max ebenso stur sein wie er selbst, wenn er etwas wirklich wollte. Und da es nicht um ein teures neues Star-Wars-Schiff oder Ähnliches ging, fielen ihm keine kindertauglichen Argumente dagegen ein.

»Ich will wissen, wie Blüten schmecken.«

»Ich kann dir essbare Blüten besorgen. Du kannst nicht einfach irgendwelche essen.«

»Ich weiß, hat Oma schon gesagt. Auch dass da eine tolle Köchin kocht.«

»So, hat sie das gesagt?«

»Entschuldige. Mir war nicht klar, dass der Junge plötzlich ein Gourmet geworden ist und bei langweiligen Geschäftsempfängen dabei sein will.«

Simon nickte angespannt. »Max, nein. Es geht nicht.«

»Ich will aber.«

Konsequent zu bleiben bei Kindern war nicht einfach.

»Ich aber nicht.«

Simon strubbelte ihm über den Kopf. Max machte ein langes Gesicht, lächelte nicht mehr. Sah fast so ernst aus wie in der Zeit nach dem Tod seiner Mutter. Der Junge hatte mehrere Monate kein einziges Mal mehr gelächelt. Zu sehr hatte ihn der Verlust traumatisiert, so lange hatte der kleine Kerl gelitten. Und Simon, selbst gefangen in seiner Trauer, war ihm vermutlich keine große Hilfe gewesen, sosehr er sich bemüht hatte. Dank seiner Mutter Gabriele, die sofort angereist gekommen war, hatte sich Max nach Monaten wieder etwas gefangen.

Sie mussten nach vorne schauen, hatte man ihnen gesagt, nicht immer zurück. Nur hatte die Zukunft bisher so wenig verlockend gewirkt.

Erst jetzt wieder, seit Teresa. O Gott, in was hatte er sich da hineinmanövriert?

»Du musst endlich mit ihr reden«, hörte er seine Mutter sagen.

»Ich weiß, das werde ich, danach.«

* * *

Den ganzen Morgen schon stand Teresa in ihrer kleinen Küche, sie hatte sich noch nicht einmal die Zeit genommen, sich anzuziehen. Über ihrer Unterwäsche trug sie nur eine Küchenschürze mit Rüschen, die ihr Cecilia einmal genäht hatte. Geschminkt war sie auch noch nicht, hatte Herzklopfen, vermutlich weil sie einen Kaffee nach dem anderen getrunken hatte. Oder wegen Simon? Teresa hatte unruhig geschlafen. Unruhig vor Freude. Heute durfte nichts schiefgehen. Sie wollte Simon beeindrucken, auch seinen Geschäftspartner, wollte ihr Wissen über heilsame, wohlschmeckende Blüten in die Welt tragen, zu wenige kannten sich damit aus. Die Natur besaß so viel Kraft, gab neue Energie, neuen Schwung. Sie nahm ihren iPod, machte ihre Musik an, hatte ein neues Lied in ihre Playlist aufgenommen. Beschwingt tanzte Teresa in der Küche herum, der Kochlöffel wurde ihr Mikro. Sie sang erst leise, dann immer lauter mit Schlagerstar Jürgen Marcus mit. »Eine neue Liebe ist wie ein neues Leben, nanananaaa…« Textsicher war sie nicht, aber sie summte weiter und wackelte mit dem Hintern. Dabei betrachtete sie die im Schmortopf liegende Lammkeule, die auf den Lavendel wartete, und musste lachen. Sie freute sich auf den Abend, so sehr. Viel romantischer konnte ein Abend nicht sein. Erst ein köstliches Essen, und wenn dann der Geschäftspartner und alle gegangen waren, dann würde Simon ganz sicher noch ein wenig mit ihr auf der Jacht bleiben und einen leckeren Vino trinken. Heute würde sie ihren Frosch dort am Hafen stehen lassen und ein Taxi nehmen. Dann konnte sie Alkohol trinken. Und dann würde er sie ganz bestimmt endlich küssen. Teresa schloss bei dem Gedanken einen Moment ihre Augen, öffnete sie wieder, nahm ein Messer, machte in die Lammkeule ein paar zwei Zentimeter tiefe Schnitte, um diese gleich mit den Knoblauchscheiben, Anchovis und dem Lavendel zu füllen.

Es klingelte. Endlich. Das war hoffentlich Mauro. Sie hatte sich schon Sorgen gemacht, was werden sollte, wenn er nicht rechtzeitig käme mit den Blüten und Kräutern.

Teresa stellte rasch den Ofen an, rieb sich die Hände an der Schürze ab, stoppte die Musik, ging zur Tür und drückte auf den Türöffner.

Im Kopf ging sie derweil durch, was sie als Nächstes vorbereiten musste, jetzt, wo sie gleich die Blüten zum Kochen hatte.

Sie hörte Schritte die Treppe emporkommen. Kurz darauf stand Mauro vor ihr, mit zwei Körben voll mit Blüten und Kräutern in der Hand.

Was für eine Duftexplosion! Und wie seltsam, diesen Naturburschen hier in ihrem Appartement zu sehen. Aber er hatte darauf bestanden, die Ware persönlich zu bringen. Ein wenig hatte sich Teresa gewundert, aber Mauro hatte am Telefon erneut versichert, dass er das für sie gern tue.

»*Hola*«, sagte er zurückhaltend. Dann verstummte er, sah sie an.

»*Hola*, hey, da bist du ja, komm rein«, sagte sie zu ihm, drehte sich um und ging vor in ihr kleines Wohnzimmer. Mauro folgte ihr mit seinen Körben. Wie das duftete! Der Raum war sofort erfüllt von einem lieblichen, würzigen Duftgemisch. Er stand da, betrachtete sie amüsiert. Erst jetzt wurde Teresa bewusst, dass sie nicht geschminkt war und – noch viel schlimmer – nur in Unterwäsche vor ihm stand. In BH und Schlüpfer und der um den halb nackten Körper gebundenen Schürze. Und Mauro hatte sie gerade von hinten gesehen. Ihr Gesicht wurde heiß. »Oooh, entschuldige, wenn ich koche, vergesse ich alles«, entfuhr es ihr.

Er lächelte. »*Està bien.* Ist gut. Ich vergesse auch alles, wenn ich mich um meine Blüten kümmere.«

Wie sympathisch! Was solls, dachte Teresa. Jetzt hatte er sie eh schon so gesehen. Sie nahm ihm rasch die Blütenkörbe ab, wollte sich umdrehen, um sie abzustellen, dabei fiel ihr gerade noch rechtzeitig ein, dass sie sich besser nicht wieder umdrehen sollte. Also ging sie zerknirscht lächelnd rückwärts damit in die kleine Küche. »Danke, was bekommst du?«, rief sie zu ihm.

»Nichts. Das übernimmt Herr von Bergen.«

»Ah, supi. Vielen Dank fürs Bringen.« Teresa hatte die Körbe in der Küche abgestellt, kam zurück, darauf bedacht, sich nicht zu drehen, um nicht wieder ihren Hintern zu präsentieren.

»Das habe ich wie gesagt gern gemacht. Der Blütenkranz liegt in dem einen Korb.«

»Sehr gut, vielen Dank.«

»Und die Veilchen habe ich gestern abgezupft und in Wein eingelegt, wie ausgemacht.«

»Toll, danke!«

»Die Orangenschale ist im Wodka.«

»Ich weiß gar nicht, wie ich dir danken kann. Ehrlich.«

Er nickte. Sie wartete. Das wäre jetzt der Part gewesen, an dem Mauro hätte gehen können, aber stattdessen stand er weiter in ihrem Wohnzimmer, wie ein Baum, der dort aus dem Nichts gewachsen war.

»Ich würde dir ja gern etwas anbieten, aber ich muss mich wirklich ranhalten mit den Vorbereitungen.«

»Sí, sí. Ich wollte auch noch fragen, was ist das heute eigentlich für ein Event? Meinst du, ich kann dazukommen? Mich würde sehr interessieren, was du aus meinen Blüten zauberst.«

Verblüfft sah sie ihn an. »Äh, es ist ein Geschäftsessen. Ein wichtiger Kunde. Keine Ahnung, vielleicht fragst du Simon, ich meine, Herrn von Bergen einfach mal.«

Er überlegte. Die Antwort schien ihm nicht zu gefallen. Was musste dieser Kerl so wortkarg sein. Vor allem drängte jetzt langsam die Zeit.

»Ich überlege.«

»Das sehe ich. Ich meine, ja, tu das.« Mit einem Lächeln, aber auch auffordernd sah sie ihn an.

»Du bist natürlich schön«, platzte es aus ihm heraus.

Sie lachte überrumpelt auf. »Ich bin ungeschminkt, ich kann mich da gar nicht leiden.«

»Ich aber.« Sagte er, drehte sich um und ging. Verdutzt sah sie ihm nach, hörte die Tür ins Schloss fallen, seine Schritte die Treppe hinunter.

Männer, dachte sie. Da gab man sich oft so große Mühe, sich hübsch zurechtzumachen und zu schminken, und dann gefiel man ihnen ungeschminkt und im Schlüppi genauso gut.

Sie musste grinsen. Ihre Laune wurde immer besser. Komplimente konnte man nie genug haben. Noch dazu Komplimente von attraktiven Kerlen. Denn das war Mauro definitiv. Ein Naturbursche, ein gut gebauter Mann. Er erinnerte sie an Adi, ihren Ex. Auch der war eher maulfaul, ein wenig unsensibel, wobei sie das von Mauro nicht wusste. Und Adi war auch attraktiv. Aber jetzt wollte sie nicht mehr an Adi denken, selbst wenn gerade nicht einmal er ihr die gute Laune verderben konnte. Sie wollte nur noch an Simon denken, diesen besonderen, feinfühligen Mann, bei dem sie sich so wohl fühlte. Wieder nahm Teresa den Kochlöffel in die Hand, suchte in ihrer Playlist einen Gute-Laune-Song heraus und tanzte dazu singend und hüftschwingend durch die Wohnung, weiter in die Küche zu der Lammkeule, die jetzt mit Mauros Lavendel gekrönt werden würde.

* * *

Teresa hatte mit Josys Hilfe die Schüsseln und gefüllten Töpfe in den Kofferraum ihres Froschs getragen. »Und denk dran, bring die Reste mit, ich will das alles morgen probieren«, sagte Josy.

»Wenn es Reste gibt, gern.« Sie stellte ihre Tasche dazu, in der sich unter anderem ihre Schürze befand.

»Stimmt, vermutlich wird nichts übrig bleiben. Mist. Aber dann kochst du das bitte bald mal für unser Mädelstreffen am Strand, okay? Vor allem den Begoniencocktail mit Orangenwodka.« Sie kicherte, hatte schon ein paar Schlückchen verkostet.

»Wird gemacht«, versprach Teresa lächelnd. »Danke fürs Helfen.«

»Ist doch klar. Wir helfen uns ja immer.«

Josy hatte ihr nicht nur die letzte Stunde geholfen, alles in Schüsseln zu verpacken und diese abzudecken, sondern hatte Teresa auch bei einem Begoniencocktail beraten, was sie anziehen sollte. Es kamen natürlich nur ihre Blütenkleider infrage, aber da es davon mehrere gab und Teresa immer nervöser wurde, war es ein gutes Gefühl, dass ihre Freundin ihr zur Seite stand.

»Jetzt beeil dich«, wurde sie von Josy, die einen von Mauros Körben in der Hand hielt, in ihren Tagträumereien unterbrochen. »Die eingelegten Veilchen mischst du dann erst kurz davor unter, richtig?«

»Richtig.«

Josy hob den Blütenkranz von Mauro vorsichtig aus dem Korb. »Komm her, Süße.« Teresa trat zu ihr, beugte ihren Kopf etwas, sodass Josy das Kunstwerk in ihr Haar setzen konnte. »Wow! Das setzt dem Ganzen die Krone auf«, sagte Josy leise.

»Wirklich?«

»Wirklich. Du siehst aus wie eine Blütenkönigin, wie im Märchen.«

Teresa ging etwas in die Hocke, um sich im Außenspiegel ihres Wagens zu sehen. Dabei sah sie nur ihre Stirn und den Kranz. Er sah wunderschön aus. Mauro hatte ihn aus vielen verschiedenen bunten Blumen gebunden. Sie fiel beinahe um, als sie in die Knie ging, sah nicht wirklich, wie er ihr stand. »Der Kranz ist wunderschön, aber sieht das nicht albern aus auf meinem Kopf?«

»Überhaupt nicht. Und das sage *ich*, die immer schnell alles kitschig findet«, erwiderte Josy lächelnd. »Teresa, das bist einfach du. So schön romantisch, steh dazu.« Sie betrachtete Teresa. »Weißt du, wie du aussiehst?«

»Wie denn?«

»Wie eine Braut.«

Wieder wurde Teresas Gesicht warm. Genau so fühlte sie sich, wurde ihr bewusst. Als würde sie gleich zu ihrer eigenen Trauung gehen, mit Simon. Und es fühlte sich so richtig an.

* * *

Wo war nur die Zeit geblieben? Sie durfte nicht zu spät kommen. Teresa hatte ihre Schürze schon angezogen, gab Gas, sodass der Auspuff ihres Froschs noch lauter röhrte als sonst. Wieder fiel ihr ein, dass sie dringend einen Werkstatttermin ausmachen musste. Hoffentlich hielt er jetzt durch. Sie sauste die Landstraße an der Küste entlang, sah immer wieder in ihren Rückspiegel, um einen Blick auf den Blütenkranz in ihrem Haar zu erhaschen. Josy hatte recht, es sah toll aus. Normalerweise hätte sie sich nie getraut, so herumzulaufen, aber heute passte es, Simon hatte es sich gewünscht.

Plötzlich tat der Wagen mehrmals einen Knall. Teresa trat sofort auf die Bremse, der Wagen geriet ins Schlittern, neben ihr ging es eine Klippe tief hinunter ins Meer. Mit angstgeweiteten Augen umkrampfte Teresa das Lenkrad, versuchte, nicht die Böschung hinunterzufahren, und schaffte es, ihren Frosch am Straßenrand zum Stehen zu bringen. Puh.

Das musste der Auspuff gewesen sein. War er jetzt ganz abgefallen? Oje! Zum Glück war heute nicht viel Verkehr, sodass keiner aufgefahren war. Ein Auto nach dem anderen fuhr an ihr vorbei, ein paar wurden kurz sehr langsam, gaben dann jedoch wieder Gas, wohl weil sie keine blutenden Verletzten sahen. Teresas Beine zitterten.

Sie stieg aus, ging an den Straßenrand, bückte sich und sah unters Auto. Ein Glück. Der Auspuff hing noch am Wagen. Er sah auch nicht locker aus, aber sie entdeckte eine durchgerostete Stelle. Sie musste also wirklich sehr bald zur Werkstatt. Gleich am Montag! Entschlossen stieg sie wieder ein. Ja, so mache ich es, dachte sie. Dann startete sie beherzt den Wagen und gab Gas. Er klang noch etwas lauter, vermutlich war das Loch durch die ständige Vibration größer geworden, noch mehr Rost abgefallen. Wie unangenehm! Schnell weiter. Sie war eh schon sehr spät dran für die letzten Vorbereitungen in der Bordküche.

Noch lauter als bisher röhrend erreichte sie den Hafen und parkte den Wagen, da kam ihr Simon schon entgegen. »Was ist denn passiert? Der Polo klingt ja fast wie ein Ferrari«, sagte er besorgt.

Teresa lachte auf. »Wie ein Ferrari? Auweia. Ich glaube, mein Auspuff hat Löcher oder so, ich muss ihn dringend reparieren lassen.«

»Hauptsache, dir ist nichts passiert«, entfuhr es ihm besorgt.

»Nein, mir geht es prima.« Sie strahlte. Wieso nur sah er so bedrückt aus? Er sagte auch gar nichts zu dem Blütenkranz in ihrem Haar. Als hätte sie ihn gar nicht auf. Als wäre er unsichtbar. Sie tastete danach, doch er saß noch. »Alles gut bei dir?«, hakte sie nach.

»Was? Ja, nein. Ich meine, bringen wir es hinter uns.«

Bringen wir es hinter uns, dachte sie irritiert. Irgendetwas schien ihm die Laune verhagelt zu haben.

»Okay. Ich habe alles im Kofferraum, wenn du mir helfen magst? Sonst schaff ich es auch allein.«

»Nein, nein, natürlich.«

Er ging an ihr vorbei, ohne sie mit Küsschen rechts und links zu begrüßen, angespannt, geradezu gestresst. Dieser Geschäftspartner schien wirklich extrem wichtig für ihn zu sein. Teresa beschloss, auch in den Jobmodus umzuschalten. Sie schloss den Wagen ab, steckte den Schlüssel schnell in die Tasche ihrer Schürze. Simon trug die Schüsseln, die sie in eine Tragebox gestellt hatte. Teresa nahm mit der Linken eine andere Schüssel, den Bräter mit der Lammkeule unter den rechten Arm. Bis zur Jacht musste das gehen.

Plötzlich blieb Simon abrupt stehen. »Teresa, ich muss dir etwas sagen«, begann er.

Aber da sie den schweren Bräter hielt, dazu noch die Schüssel, und das ziemlich unhandlich war und jeden Moment wegzurutschen drohte, unterbrach sie ihn. »Ja, gleich, lass uns erst mal alles in der Bordküche abstellen.«

»Aber …«, versuchte er es erneut.

»Mir flutscht das gleich alles aus den Fingern«, versuchte sie, gute Laune zu versprühen und lachte. »Lamm-Fingerfood vom Boden will sicher keiner mehr essen, auch nicht mit Lavendel.«

Sie ging rasch weiter, Simon folgte ihr. Vom Steg aus sah sie, dass die Jacht mit einer Lichterkette geschmückt war, Musik erklang, Simons Mutter und ein paar andere Gäste, alle sehr chic angezogen, standen schon auf dem Deck, hielten Gläser in der Hand. So spät war es also schon, dass sie den Sektempfang verpasst hatte?

»Hallo«, rief Teresa übertrieben fröhlich. »Tut mir leid, ich hatte eine kleine Autopanne. Kann mir das vielleicht mal jemand abnehmen? Sonst fall ich auch noch ins Wasser. Heute ist nicht so mein Tag.« Sie lachte. »Keine Sorge, kann nur besser werden.«

Simons Mutter kam sofort zu ihr, nahm ihr den Bräter und dann die Schüssel ab, reichte beide weiter an Clara, die sie in die Küche trug. Simons Mutter reichte Teresa nett ihre Hand, damit Teresa nicht ins Wasser stürzte.

»Danke schön, Frau von Bergen.«

»Gabriele.«

»Ja, Gabriele. Ich bin ein bisschen durch den Wind.« Teresa nahm Simon die Schüsseln ab, damit auch er ungehindert an Bord kommen konnte.

»Der Blütenkranz steht dir ganz ausgezeichnet, wirklich bezaubernd siehst du aus«, sagte Gabriele angetan und sah ihren Sohn kurz an.

Simon nickte nur etwas verzögert, ging rasch zu einem Gast, ließ Teresa stehen.

»Danke, Gabriele«, sagte diese. »So, jetzt schnell in die Küche, zum Glück habe ich das meiste ja schon zu Hause vorbereitet.« Clara kam wieder, half ihr mit den restlichen Schüsseln.

»Sehr schön, ich bin schon so gespannt«, entgegnete Gabriele. »Wenn du Claras Hilfe brauchst …«

»Nein, danke, das schaffe ich. Gleich gibt es Veilchen-Geflügelcocktail«, versprach Teresa lächelnd.

»Oooh, wirklich mit Veilchen?«

»Wirklich mit Veilchen. Wir haben Glück, im Mai blühen sie noch. Ich sag dann gleich noch was dazu, für was Veilchen alles gut sind.«

»Sehr schön. Soll ich nicht doch helfen?«, fragte Clara.

»Nein, danke, das schaff ich schon.« Und zu Gabriele gewandt sagte sie: »Genieß den Abend. Ein Blütenhappening auf einer Jacht, das ist wirklich sehr romantisch.«

Gabriele nickte, wirkte nun bedrückt, ähnlich wie Simon zuvor, setzte an, etwas zu sagen, ließ es dann aber. Sie trat zu ihrem Sohn, der bei einem Geschäftsmann stand, hielt sich jedoch zurück und ließ die beiden reden.

Teresa hatte sie beobachtet, ging jetzt nachdenklich in die Bootsküche. Was hatten die beiden nur?

Sie beschloss, sich keinen Kopf zu machen. Sie brauchte jetzt ihre volle Konzentration, um letzte Hand an die Gerichte zu legen. Zum Glück kannte sie die Rezepte inzwischen auswendig.

Sie schnürte ihre Schürze enger und legte los. Beim Arbeiten rutschte ihr der Blütenkranz zwar immer wieder ein wenig ins Gesicht, aber sie schob ihn jedes Mal nach oben und dachte dabei lächelnd an das Stand-up-Paddling mit Simon. *Stand up.* Stehe immer wieder auf, das hatte ihre Mutter ihr mit diesem Punkt auf der Bucket List sagen wollen, so lieb von ihr. Und so wertvoll für jedes Leben.

Teresa summte beim Zubereiten der Speisen vor sich hin. »Eine neue Liebe ist wie ein neues Leben, nanananaa…«

Wenig später war der Veilchen-Geflügelcocktail fertig. Wie gut er duftete! Sie kostete, er schmeckte perfekt. Die Veilchen gaben ihm wirklich die besondere Note. Zufrieden betrachtete sie ihr Werk. Die Lammkeule brauchte noch etwas, um wieder richtig heiß zu werden, aber die Gäste konnten jetzt schon mit dem ersten Gang loslegen. Teresa verteilte kleine Portionen auf die edlen Tellerchen, die Simon besorgt hatte, füllte ein Tablett damit.

Die Jacht legte ab, wie Teresa merkte. Das Boot schaukelte auf dem Meer, es konnte losgehen. Sie garnierte den Klecks Veilchen-Geflügelcocktail auf dem Tellerchen mit je ein paar Veilchen, die ihr Mauro zu den eingelegten Veilchen mitgeliefert hatte. »Nanananaaa«, summte Teresa gut gelaunt. Jetzt lief wieder alles, beim Kochen konnte ihr keiner etwas vormachen. Es machte ihr Spaß und deshalb war sie auch gut darin. Und vor allem liebte sie es, für einen Mann zu kochen. Das Sprichwort

»Liebe geht durch den Magen« traf es auf den Punkt. Sie freute sich auf Simons Gesicht, strich sich die Schürze glatt, die sie extra gebügelt hatte. Sie pustete sich eine Haarsträhne aus dem Gesicht, ruckelte den Blütenkranz in ihrem Haar zurecht, schnappte das Tablett mit den Geflügelcocktails und stieg damit die kleine Treppe hoch an Deck.

Die Lichterketten tauchten alles in ein magisches Licht, eine angenehme klassische Musik lief im Hintergrund, die Gäste hatten sich chic gemacht, viele trugen Weiß, unterhielten sich bestens. Stolz und mit einem Lächeln im Gesicht verkündete Teresa, dass das Blütendinner starten werde.

Entzücktes »Aah« und »Ooh« schlug ihr entgegen, als die Gäste sie mit ihrem Blütenkranz im Haar und die Veilchen auf den edlen Tellerchen sahen. Teresa erklärte, dass das ganze Menü wie Tapas auf Tellerchen serviert werden würde, angesichts des doch leicht schaukelnden Bootes als Fingerfood und Häppchen. Sie ging mit ihrem Tablett von einem Gast zum anderen und verkündete, gleich etwas zu der wundervollen Heilkraft der Veilchen zu sagen. Clara ging derweil in die Küche und holte wie verabredet die restlichen Tellerchen auf einem zweiten Tablett.

Doch gerade als Teresa auf Gabriele und Simon zugehen wollte, die etwas verdeckt gestanden hatten, sah sie, dass sein Sohn und eine spanisch aussehende Frau, hochschwanger und sehr attraktiv, auf ihn zugingen.

»Juana, Max, was macht ihr denn hier, ich habe doch gesagt, ihr sollt nicht kommen!«, entfuhr es Simon erschrocken.

Der Junge rief: »Ich wollte aber. Überraschung, Papa, wir sind heimlich aufs Boot geschlichen, als du weggeguckt hast und hinter dem Segel standst.«

Die schwangere Frau ging charmant lächelnd zu Simon, stellte sich auf die Zehenspitzen und drückte ihm einen Kuss auf den Mund. »Überraschung gelungen?«, fragte sie gurrend und mit spanischem Akzent.

Teresa blieb der Mund offen stehen. Fassungslos und zutiefst getroffen starrte sie Simon an. Er hatte den Kuss nicht erwidert, aber sich auch nicht dagegen gewehrt und er starrte jetzt auf den Boden. Wie hatte sie sich nur so in ihm täuschen können?

Eine Frau neben Teresa raunte zu ihrem Begleiter: »Juana hofft ja sehr, dass Simon ihr endlich einen Heiratsantrag macht, schließlich kommt das Baby bald. Heute, in diesem passenden Ambiente, wäre ja die perfekte Location für den Antrag.«

Tränen überschwemmten Teresas Augen, als wäre eine Schleuse geöffnet worden. Wie durch einen Schleier sah sie, dass Gabriele auf sie zukam. Aber sie wollte nur noch weg hier. All ihre Kraft wich aus ihrem Körper, ihre Hände konnten das Tablett nicht mehr halten. Laut scheppernd fiel es zu Boden. Eine Frau neben ihr schrie erschrocken auf.

Teresa drehte sich um und rannte mit weichen Knien los. Doch das Boot war bereits einige Meter vom Hafen entfernt. Sie stand am einen Ende der Jacht, wie Kate Winslet auf der Titanic, und fühlte sich mindestens genauso verzweifelt. Simon hatte sie die ganze Zeit angelogen, mit ihr geflirtet, obwohl er eine Freundin hatte. Noch dazu eine hochschwangere Freundin. Da das Ufer nicht allzu weit entfernt lag und Teresa nur noch weg hier wollte, nicht mehr denken konnte, und Simon auf sie zukam, wie sie sah, sprang sie ins Meer.

Ein Schwall Wasser umspülte sie, als sie unterging, ziemlich tief, vermutlich wegen ihres Gewichts. Rasch schwamm sie an die Oberfläche, schnappte nach Luft, hustete, denn sie hatte Wasser geschluckt. Es platschte neben ihr, wieder schluckte sie Wasser, ihr Blütenkranz hatte sich von ihrem Kopf gelöst, schwamm im Meer. Daneben tauchte jetzt Simon auf.

Er war ihr hinterhergesprungen, sah sie mit seinen blauen Augen besorgt an, hielt sie am Arm fest, aber Teresa wehrte ihn ab.

»Lass mich in Ruhe!«, schrie sie. Aus den Augenwinkeln sah sie, dass die ganze feine Gesellschaft an der Reling der Jacht stand und auf sie herunterstarrte.

»Geht es ihr gut?«, rief Gabriele besorgt. Einer der Gäste warf einen Rettungsring zu ihnen. Wieder spritzte Wasser in ihre Augen und brannte. Sie blinzelte, schwamm auf der Stelle.

»Geht es dir gut?«, fragte Simon betreten neben ihr.

»Und wie«, entgegnete sie wütend, drehte sich um und schwamm in Richtung Hafen.

»Lass mich bitte alles erklären«, rief er ihr hinterher.

»Verschwinde, lass mich einfach in Ruhe!«, fauchte sie, ohne sich umzudrehen, schwamm mühevoll weiter, denn in dem nassen Kleid und mit den Riemchen-Pumps an den Füßen gestaltete sich das nicht so einfach. Sie schwamm kurz auf der Stelle, löste die Schnallen ihrer Pumps, ließ sie im Meer los. Die schönen Schuhe, dachte sie einen Moment bitter, aber sie wollte sich jetzt um nichts auf der Welt von Simon retten lassen und auch nicht zurück auf die Jacht, und mit den Schuhen an den Füßen würde sie das Ufer vermutlich nicht erreichen.

Es hatte näher ausgesehen. Teresa merkte, wie ihre Kräfte schwanden, aber sie war stark, redete sie sich zu, sie schaffte das. *Stand up,* hatte Mum ihr beigebracht. Mach immer weiter.

Vor ihrem inneren Auge sah sie wieder diese schwangere Frau, die Simon küsste. Ihren Simon. Nein, vorbei. Schlag ihn dir aus dem Kopf. Du hast dich da mal wieder in was reingesteigert, vergiss ihn. Diese brünette Barbie passt sowieso viel besser zu ihm.

Sie hörte, wie die Jacht ihr folgte, aber zum Glück in dezentem Abstand. Vermutlich wollten sie schnell zur Stelle sein, wenn Teresa doch untergehen würde. Mit ihrer letzten

Kraft und dem insgeheimen Schwur, endlich wieder Sport zu machen, um fitter zu sein und vor Männern besser flüchten zu können, schwamm sie zu der Treppe am Steg, hievte sich nasstriefend hinauf und schöpfte erst mal Atem.

In ihrem Rücken hörte sie immer noch die Motorengeräusche der Jacht, rappelte sich auf, lief barfuß und tropfend den Steg entlang. Ihre Haare fielen in nassen Strähnen in ihr Gesicht, Teresa strich sie nicht zur Seite. So erkannte sie hoffentlich wenigstens keiner, falls sich hier am Hafen ein Bekannter befand. Durch ihren Haar- und Tränenschleier sah sie die entsetzten Gesichter der Leute, die ringsum auf ihren Booten zugange waren.

»Can I help you?«, rief einer.

Aber Teresa schüttelte den Kopf. *»No, thanks«,* erwiderte sie. Mir kann keiner mehr helfen, dachte sie traurig.

»Teresa? Alles gut?«, hörte sie jetzt auch noch Juans Stimme. Juan, der attraktive Fischer, auf den sie auch hereingefallen war. Er schien hier ein Date zu haben, neben ihm stand eine aufgebrezelte Blondine, beide sahen Teresa entsetzt an. Juan hatte ihr gerade noch gefehlt.

»Ja, alles supi«, rief sie ihm zu, verdrehte die Augen und hastete weiter. Sieht man doch, du Idiot, dachte sie.

Sie ließ den Kopf tiefer hängen, um nicht von noch jemandem erkannt zu werden, hastete weiter.

Zum Glück parkte ihr Frosch nicht allzu weit. O Gott, hoffentlich war der Autoschlüssel nicht aus ihrer Schürzentasche geflutscht und lag jetzt im Meer. Sie nestelte danach, aber zum Glück befand er sich noch in der Schürze. Ganz hatte sie das Glück also nicht verlassen.

Pitschnass setzte sie sich auf den Fahrersitz, startete den Wagen und betete, dass er ansprang. Auf ihren Frosch war doch Verlass. Anders als auf Simon. Der Auspuff röhrte zwar, aber gerade in diesem Moment gefiel Teresa dieses Ferrari-Geräusch, es passte zu ihrer grenzenlosen Wut, dazu, dass sie am liebsten losgeschrien hätte. Mit quietschenden Reifen parkte sie aus und fuhr los. Keinen Blick mehr zurückwerfend, nicht einmal in den Rückspiegel sah sie. Dann, mitten auf der Landstraße, fing sie an zu schreien. Aus vollem Hals, am Schluss aufjaulend wie ein verletztes Tier, denn genauso fühlte sie sich.

Kapitel 16

Der Nachteil an einem Dorf war, dass nichts verborgen blieb. Nachdem sie ihren Frosch in der Nähe ihrer Wohnung geparkt hatte, eilte sie klatschnass und barfuß in der Schürze, die zwischen ihren Beinen klebte, nach Hause. Ausgerechnet Cecilia kreuzte ihren Weg, schien einen kleinen Abendspaziergang gemacht zu haben. Die alte Dame sah Teresa erschrocken an, bot an, für sie da zu sein, aber Teresa wehrte ab, wollte nicht reden, bat um Verständnis. »Und sag bitte auch den Mädels nichts, okay, ich möchte jetzt allein sein.«

»Sí, natürlich.«

Teresa ließ die alte Frau stehen, hastete hoch in ihre kleine Wohnung, die ihr wie ein Schutzbunker vorkam. Schutz vor der Welt da draußen, vor weiteren Enttäuschungen, den brauchte sie jetzt. Inzwischen fror sie, zitterte, riss sich im Bad ihr nasses Blütenkleid vom Leib, was schwer ging. Sie warf es auf die Fliesen, stellte sich unter die Dusche und ließ heißes Wasser ihren Körper hinunterlaufen. Tränen gesellten sich dazu, sie ließ sie laufen, wurde immer wieder geschüttelt von Weinkrämpfen und schniefte. Nach einer Weile, ihre Haut an den Fingern war schon schrumpelig, stellte sie das Wasser ab, wickelte sich in eines ihrer flauschigen großen Badetücher, holte sich eine Flasche Wein, die noch von gestern offen war, dazu eine Packung Schokoladenbonbons. Damit legte sie sich auf ihrer kleinen Terrasse, die keiner einsehen konnte, in die Liege, sah in den Himmel, trank immer wieder einen Schluck aus der Weinflasche und aß die Schokoladenbonbons nach und nach auf. Teresa hatte sich so sehr gewünscht, diese Nacht mit Simon zu verbringen, auf der Jacht, aber jetzt tat sie es eben allein, dachte sie trotzig. Sie brauchte keinen Mann, konnte Josys bisherige Einstellung nun so gut verstehen. Josy war inzwischen zwar glücklich liiert, war sich jedoch lange sicher gewesen, beziehungsunfähig zu sein, hatte nicht mehr an die große Liebe geglaubt. Teresa dagegen immer. Von Kindheit an. Aber nach allem, was sie in letzter Zeit erleben musste, zweifelte sie jetzt doch daran. »Nicht jede Frau findet den passenden Partner fürs Leben«, hatte Josy einmal gesagt. Was, wenn Teresa eine von denen war, denen es nicht glückte? Was, wenn ihre romantische Vorstellung Unsinn gewesen war? Wieder schniefte sie, betrachtete die Sterne. Die Vorstellung, ihre Mum schaute von oben auf sie herab und umarmte sie, tröstete Teresa ein wenig. Aber auch ihre Mum hatte in ihrem Vater nicht den Partner fürs Leben gefunden. War nicht wirklich glücklich mit ihm gewesen, hatte ihn an den Alkohol und dann ganz verloren. Und sie hatte etwas vor ihnen allen verheimlicht. Teresa nahm erneut einen Schluck Wein aus der Flasche. *»Stand up«,* flüsterte etwas in ihr. *»Stand up.«* Sie richtete sich ein wenig auf, sah wieder in den Himmel. Sie beschloss, ihre Zeit jetzt nicht mehr mit irgendwelchen Kerlen zu vergeuden, sondern die Punkte auf der Bucket List, die ihre Mum so liebevoll für sie geschrieben hatte, weiter auszuführen. Damals, als ihre Mum in Reha gewesen war und die Liste für sie geschrieben hatte, war Teresa unglücklich gewesen mit Adi, der keine Zukunft mit ihr wollte. Deshalb hatte ihre Mutter sie mit Gabriele geschrieben, um ihre Tochter wieder aufzubauen. Doch dann war sie von Adi schwanger gewesen und ihre Mum hatte ihr die Liste doch nicht gegeben. Sie wollte sie ihr stattdessen nach ihrem Tod zukommen lassen, als Hilfestellung, um die Trauer zu verarbeiten, aber das hatte nicht geklappt. Jetzt kam die Liste dafür genau im richtigen Moment. Ganz offenbar gab es immer wieder Momente im Leben, in denen man so eine Liste gut gebrauchen konnte, zumindest in ihrem Leben, dachte Teresa traurig. Sie wollte sich jetzt nur noch auf sich konzentrieren, und auf das Geheimnis ihrer Mum.

* * *

Verquollen, mit pochendem Kopf, als hämmerte ein Männchen mit einem Eispickel darin herum, und leichter Übelkeit hatte sich Teresa am nächsten Morgen in ihren Laden geschleppt. Sie trug eine Sonnenbrille, hatte erst überlegt, zu Hause zu bleiben und sich zu verkriechen, aber sie brauchte jetzt Ablenkung, um ihr Gedankenkarussell zum Stillstand zu bringen. Außerdem hätten die Freundinnen ja eh nachgefragt, wie der Abend gelaufen war, erst recht, wenn sie nicht im Laden erschien. Zu wissen, es sorgte sich jemand um sie, tat einfach sehr gut. Wie trostlos wäre es jetzt gewesen, niemanden zum Reden zu haben, wie es so vielen allein lebenden Singles im Alltag ging.

Von der Nacht unterm Sternenhimmel auf ihrer Terrasse hatte Teresa, um ehrlich zu sein, nicht allzu viel mitbekommen. Der Wein hatte sie so müde gemacht, dass sie auf ihrem Liegestuhl in eine Decke gehüllt eingeschlafen war.

Kaum hatte Teresa ihre Ladenmarkise ausgefahren, hörte sie auch schon Josy in ihrem Rücken. »Hey, guten Morgen. Und, gab es nach dem Blütendinner eine romantische Nacht unterm Sternenhimmel?«

Es klang weniger nach einer Frage. Aber als Teresa sich umdrehte, wortlos ihre Sonnenbrille auf die Stirn schob und

Josy ihre verweinten, verquollenen Augen sah, erübrigte sich eine Antwort.

»Oh nein!«, entfuhr es Josy und sie umarmte Teresa sofort und drückte sie fest an sich. Wie gut sie duftete, nach Kaffee und Kuchen!

Gleich darauf kam auch schon Matilda aus ihrem Laden daneben heraus, sie hatte Josys Aufschrei gehört, wie sie sagte, trat ahnungsvoll und mit besorgter Miene zu den beiden und streichelte Teresa über den Rücken.

Die Umarmung und Zuwendung der beiden tat so gut. Wieder drängten sich Tränen in Teresas Augen, sie versuchte, sie wegzublinzeln, doch vergebens.

»Was ist denn genau passiert?«, fragte Josy sanft nach.

Teresa löste sich, wischte die Tränen beiseite und erzählte kurz, dass da plötzlich nicht nur sein Sohn, sondern auch noch seine Freundin auf der Jacht aufgetaucht sei.

»Er hat eine Freundin?«, entfuhr es Matilda fassungslos. »Bist du sicher?«

Teresa nickte schniefend. »Sie hat ihn auf den Mund geküsst. Und sie ist hochschwanger.«

»Hochschwanger«, wiederholte Josy wütend.

»Und wie ich gehört habe, hofft sie, dass er ihr bald einen Heiratsantrag machen wird«, fuhr Teresa fort, schluchzte wieder auf und Josy zog sie augenblicklich zurück in ihre Arme. »Mensch, Süße, das tut mir so, so leid.«

»Das kann ich kaum glauben«, flüsterte Matilda erschüttert. »Wieso verbringt er dann so viel Zeit mit dir, reitet mit dir am Strand und all das?«

Josy nickte fassungslos. »Warum sind manche Männer so skrupellos, so respektlos Frauen gegenüber?«

Matilda bestätigte. »Das macht man doch nicht. Hochschwanger. Die arme Frau. Und du Arme. Was hast du denn dann gemacht?«

»Ich bin ins Meer gesprungen.«

»Ins Meer?!«

»Ich wollte nur noch weg da und es sah nicht so weit aus bis zum Ufer. War es aber doch irgendwie, zumindest mit Klamotten.«

»O Gott, ein Glück, dass das gut gegangen ist. Einfach ins Meer springen, so was bringst auch nur du, Süße«, sagte Josy und es klang fast wie ein Kompliment.

»Tja, ich bin eben eine Chaostante.« Teresa lächelte zerknirscht, versuchte, sich zusammenzureißen. Es gelang jetzt einigermaßen. »Das Gute ist ja«, fügte sie schniefend hinzu, »dass der Blütenkoch-Job jetzt vorbei ist, ich muss ihn nie, nie wiedersehen.«

Josy lächelte bitter. »Mensch, Teresa, du siehst auch noch das Gute, wenn du in einem tiefen Sumpfloch steckst.«

»Ich lass mich nicht runterziehen. Das habe ich mir fest vorgenommen«, erwiderte Teresa tapfer, und leiser fügte sie hinzu: »Zumindest hab ich das meiner Mum auf dem Sterbebett versprochen.« Tatsächlich bemühte sie sich seitdem noch mehr als früher, in allem nur das Gute zu sehen. Ihre Stimme wurde wieder weinerlich. »Aber ich schaff es nicht immer.«

»Ach, Süße, kein Mensch schafft das immer. Und du hast gedacht, Simon ist ein Toller. Ist doch klar, dass du jetzt am Boden bist. Haben wir ja auch gedacht.«

Zwei Kundinnen kamen und die Freundinnen beschlossen, in der Mittagspause weiterzureden. »Lass uns mittags zusammen essen gehen«, schlug Matilda vor. »Eine warme Mahlzeit tut dir sicher gut. Fischsuppe, die hat mir meine Urgroßmutter immer gemacht, wenn ich traurig war.«

Teresa nickte, bedankte sich lächelnd, schob dann ihre Sonnenbrille wieder vor die Augen, empfing die Kundinnen und erklärte, eine Augenentzündung zu haben und deshalb die Sonnenbrille im Laden nicht abzusetzen.

Die Kundinnen nickten, unterhielten sich weiter, begutachteten Ikat-Kissen und Strandkleider und Teresa trat hinter ihren Tresen und sah unglücklich hinaus aufs Meer.

* * *

Simon saß an seinem Schreibtisch, starrte in seinen Garten. Allein der Anblick hätte einen eigentlich beruhigen sollen, mit dem Ziel hatte er ihn eigens angelegt. Doch heute schafften es weder der Lavendel noch die weiß und roséfarben blühenden Oleanderbüsche, seine innere Aufgewühltheit zu besänftigen. Im Gegenteil. All die Blütenpracht erinnerte ihn an gestern, an Teresa, die mit ihrem Blütenkranz im Haar so wunderschön ausgesehen hatte. Wie eine Braut. Und dann sah er das Bild vor sich, wie der Blütenkranz auf dem Wasser getrieben war. Sofort spürte er wieder das Gefühl der Sorge um Teresa, die einfach ins Wasser gesprungen war. Wie sehr musste er diese Frau verletzt haben! Dabei hatte er genau das vermeiden wollen. Verzweifelt fuhr er sich mit beiden Händen übers Gesicht. Wieso nur war Max gegen seine Anweisung gekommen, noch dazu mit Juana? Seit wann war Max so renitent?

Aufgewühlt stand Simon auf, ging in seinem Büro hin und her wie ein Tiger im Käfig.

Er hatte mit beiden Frauen reden wollen. Mit Juana ganz bald, ihr sagen, dass er sich in Teresa verliebt hatte. Auch wenn sie das zutiefst verletzen würde. Aber er hatte keinen anderen Ausweg gesehen.

Doch jetzt, sollte er Juana wirklich so sehr wehtun? Jetzt, wo das mit Teresa beendet war, bevor es überhaupt begonnen hatte? Es ging schließlich in erster Linie um Max. Nur um ihn.

Es klopfte an der Tür. Simon horchte auf. Er hatte jetzt keine Lust, mit irgendjemandem zu reden. Doch dann hörte er die Stimme seines Sohnes.

»Papa? Bist du sauer auf mich?«

»Was? Nein, komm rein«, rief Simon sofort.

Die Tür ging auf und Max, sein Ein und Alles, trat ein. Mit trauriger Miene, die Simon so gut bei ihm kannte.

»Komm her, Großer.« Simon breitete seine Arme aus. Max ging auf ihn zu, rannte nicht, wie sonst, aber ließ sich dann zum Glück umarmen. Simon versenkte seine Nase in das blonde Haar. Wie gut es duftete. Schon als Max ein Baby gewesen war, mochte Simon seinen Geruch so sehr, selbst wenn er die Windeln voll hatte, roch es für ihn nie abstoßend. Wie Veilchen. Sofort dachte er an den Veilchencocktail von Teresa.

»Bist du wirklich nicht sauer?«, flüsterte Max.

»Nein, auf dich doch nicht, aber auf mich.«

Max löste sich aus seinen Armen, sah ihn irritiert an. Mit seinen zehn Jahren verstand er viel, aber was Frauen betraf natürlich nicht alles. Wo selbst Simon oft Schwierigkeiten hatte, die Frauen zu verstehen.

»Wieso ist die Köchin gestern ins Meer gesprungen?«, fragte Max weiter. »Juana sagt, dass sie vielleicht ein Gespenst gesehen hat.«

Simon musste kurz lächeln. »Eine gute Erklärung.«

»Quatsch. Gibt doch gar keine Gespenster.«

Simon nickte. »Ja, stimmt. Aber manchmal sieht man was, was einen erschreckt, verstehst du.«

Max schüttelte den Kopf. »War doch nix Schlimmes auf der Jacht.«

»Ja«, erwiderte Simon nachdenklich.

Er spürte Max' forschenden Blick.

»Oma sagt, die Blütenköchin ist verliebt, da macht man die verrücktesten Sachen. Aber deshalb springt man doch nicht angezogen ins Wasser.«

Simon horchte auf, sah ihn an. »Wenn das Gefühl besonders stark ist, schon.«

»Dann will ich bald ganz doll verliebt sein, dann kann ich auch verrückte Sachen machen«, erwiderte Max grinsend.

Simon lachte kurz.

»Ist sie in *dich* verliebt, Paps?«, fragte Max jetzt ernst.

Dieser Junge war eindeutig sehr sensibel und nahm alles um sich herum auf.

Simon presste seine Lippen zusammen. »Vielleicht.«

»Und du aber doch in Juana?«, hakte Max nach und in seiner Stimme schwang Hoffnung mit.

Simon konnte nicht anders, nickte. Strubbelte Max über die Haare. Der wehrte ab. »Lass, ich bin kein Baby mehr.«

»Das merke ich. Find ich gut, Max.«

Aber Max sagte jetzt nichts mehr, ging nachdenklich und mit hängenden Schultern wieder hinaus.

Voll schlechten Gewissens sah Simon seinem Jungen nach. Alles hätte er für ihn getan. Wirklich alles? Durfte man sich selbst für das Wohl seines Kindes aufgeben?

* * *

Der Lavendel duftete in Cecilias Garten, dazu die Röschen, der Oleander. »Es sieht etwas verwildert aus«, entschuldigte sich die alte Frau. »Aber ich will Cristian nicht um Hilfe bitten, mein Enkel hat genug zu tun auf seiner Olivenfarm. Und meine Tochter hat absolut keinen grünen Daumen. Sie soll besser Ensaimadas backen.«

»Dein Garten ist wunderschön«, sagte Teresa. Nachdem sie mit Matilda und Josy in der Mittagspause Fischsuppe am Strand im nächsten Dorf gegessen hatte, war sie in ihren Laden zurückgekehrt und davor hatte Cecilia gewartet. Die alte Frau hatte die ganze Nacht schlecht geschlafen, wie sie sagte. »Ich habe mir solche Sorgen um dich gemacht, Teresa«, sagte sie. »Aber ich musste respektieren, dass du nicht reden möchtest. Das tue ich immer noch. Möchtest du heute Abend zu mir in meinen kleinen Garten kommen?«, hatte sie gefragt. »Ich könnte deine Hilfe gebrauchen.«

Wer hätte da nein sagen können. »Natürlich, ich helfe dir gern, wenn ich kann, Cecilia«, hatte Teresa erwidert. »Ich komme nachher.«

Und so standen sie jetzt am frühen Abend in Cecilias Garten und schritten die Steinplatten zwischen dem Lavendel, verschiedenen Kräutern und Blumen entlang. Es sah alles recht gepflegt aus. Von wegen verwildert.

Teresa war schon klar, dass Cecilia sie nicht wirklich um Hilfe gebeten hatte, sondern vielmehr *ihr* helfen wollte. Diese liebe, alte Frau. Sie war für alle ihre Freundinnen wie eine Ersatzgroßmutter geworden.

»Cristian hat so viel zu tun auf seiner Farm. Und ich möchte meinen Garten ja auch selbst bewirtschaften. Solange ich das noch kann«, fügte sie hinzu. »Die Zeit vergeht so schnell.« Vielsagend sah sie Teresa an. Aber da diese nichts sagte, redete Cecilia weiter.

»Manchmal tut es gut, im Garten zu arbeiten. Sich zu erden. Als junges Mädchen habe ich mich hier in diesem Garten hin und wieder einfach auf den Boden gelegt, in den Himmel geschaut und dem Wind gelauscht.«

»Das hast du gemacht? Kann ich mir richtig vorstellen.«

Cecilia lächelte sie an, nickte. »Mein Vater ist jedes Mal ausgerastet, wenn er es gesehen hat. Ob ich nichts zu arbeiten habe, hat er geschrien. Als Bäcker hat er immer viel gearbeitet. Ich ja auch in der Panadería, habe Cocas und Ensaimadas verkauft. Aber für mich waren diese wenigen Minuten in unserem kleinen Garten sehr, sehr wichtig. Vor allem nach dem ersten Liebeskummer meines Lebens. Ich dachte, ich würde sterben, habe mich auf die Erde gelegt und meine Finger hineingegraben.«

Cecilia hielt inne, atmete schwer.

Teresa kannte diese Liebesgeschichte, spürte, wie sehr sie Cecilia immer noch zu schaffen machte. Und das nach so vielen Jahren.

»Hattet ihr einen Garten in Deutschland?«, riss Cecilia sie aus ihren Gedanken.

»Ja, meine Eltern in Niederbayern, einen wunderschönen, großen Garten, in dem Apfelbäume, Kirschbäume und Birnbäume standen. Wir hatten Himbeeren, Erdbeeren, und vor allem viele Blumen und Kräuter.« Versonnen fügte sie hinzu: »Im Garten meiner Eltern in Niederbayern bin ich auch immer zur Ruhe gekommen. Gartenarbeit macht glücklich, heißt es ja auch.«

»Ja, das ist so. Manchmal gibt es ganz einfache Mittelchen, um wieder zufriedener zu werden.« Cecilia lächelte sie an. »Ich wollte dich fragen, ob du in meinem Garten Blumen und Kräuter anpflanzen kannst, die Heilkräfte besitzen. Du kennst dich doch so gut aus, habe ich gehört. Das ist wirklich etwas Besonderes, ich kenne niemanden, der diese Gabe hat.«

»Es ist keine Gabe, dieses Wissen kann sich jeder aneignen.«

»Wie auch immer. Die Blumen gebe ich dann den anderen Alten im Dorf zu essen, vor allem Federico«, fügte sie leiser hinzu.

Erschrocken sah Teresa sie an. »Geht es ihm nicht gut?«

Cecilia wiegte den Kopf. »In dem Alter gibt es immer etwas, das zwickt und zwackt.«

»Entschuldige, Cecilia, ich habe dich noch gar nicht genauer gefragt, wie euer Date war«, bemerkte Teresa mit einem Anflug von schlechtem Gewissen.

»Du hattest ja auch viel zu tun die letzten Tage«, erwiderte Cecilia lächelnd. »Es war sehr schön. Federico ist amüsant und geistreich. Er liest viel. Das hätte ich gar nicht gedacht, seine Familie besitzt einen Orangenhain und er hat ihn zeit seines Lebens bearbeitet. Und dabei immer ein Buch dabeigehabt, wie er mir verraten hat.«

»Ja, man schätzt manche Männer völlig falsch ein«, rutschte es Teresa heraus.

Cecilia legte ihre zarte Hand auf ihre, sie fühlte sich so leicht an wie ein Schmetterling. »Gib ihm noch eine Chance, mein Kind. Du hast so ein feines Gespür für Menschen. Du hast dich sicher nicht in ihm getäuscht. Ein Mann, der einen Garten schön anlegt, um Menschen wieder bewusster zu machen, was wirklich wichtig ist im Leben, ihnen ihre Unruhe vertreibt, dieser Mann kann nicht verkehrt sein.«

Teresa lächelte traurig, zuckte die Schultern. Sie hatte Cecilia vor ihrem Job auf der Jacht von Simons Garten erzählt, seinen Ideen von Slow Living. Sie wollte jetzt aber nicht im Detail erläutern, wie aussichtslos alles war. Dass er eine Freundin hatte, die schwanger war. Hochschwanger sogar. Sie fühlte sich so dumm. Vermutlich hatte sie sich in alles hineingesteigert. »Ich pflanze hier gern ein paar Heilblüten an«, sagte sie stattdessen. »Danke, Cecilia, dass ich in deinem Garten werkeln darf.«

Cecilia lächelte. »Danke dir, dass du ihn hegen und pflegen magst. Die anderen Alten werden es dir auch danken, wenn du ihre Wehwehchen mit Blüten linderst. Viele schlucken eh schon jede Menge Tabletten, völliger Unsinn. Manche sind ja so jammerig in meinem Alter und reden dann auch noch die ganze Zeit nur über Krankheiten«, fügte sie lächelnd hinzu. »Was für eine Zeitverschwendung, wo wir nicht mehr viel Zeit haben.«

Teresa musste lachen. »Du bist mir eine. Aber du hast vollkommen recht. Das heißt, mit dir und Federico geht es irgendwie weiter?«

Cecilia lächelte. »Er redet zumindest nicht ständig über Krankheiten. Wir werden sehen. Das Leben muss ja auch spannend bleiben. Schließlich will ich nicht lebendig begraben sein. Sondern alles auskosten bis zur letzten Minute. Da sind wir uns einig. Das sollte im Übrigen jeder tun.«

Wieder musste Teresa lachen und sie merkte, dass es ihr schon ein wenig besser ging, dank dieser weisen, lieben Frau.

* * *

Am nächsten Morgen, nach einer erneut schlaflosen, tränenreichen Nacht, sortierte Teresa ihre Belege im Laden, als Gabriele hereintrat. Mit ihr wehte ein Duft von teurem Parfum herein. Sie trug einen eleganten weißen Hosenanzug, dazu eine Perlenkette, sah sorgenvoll und nach schlechtem Gewissen aus.

»Guten Morgen, Teresa, es tut mir alles so unendlich leid«, sagte sie sofort, während sie auf Teresa zuging.

»Guten Morgen«, erwiderte diese nur angespannt. Sie wollte jetzt nicht mit Simons Mutter reden, aber aus dem Laden bugsieren konnte sie Gabriele ja auch nicht.

Diese fuhr fort: »Ich mache mir solche Vorwürfe, ich hätte es dir sagen müssen, dass Simon einen Sohn hat und bald noch einen bekommt, aber ich hatte irgendwie gehofft, dass er selbst mit dir redet. Er weiß, dass ich die Verbindung zu Juana nicht befürwortet habe. Er hasst es, wenn ich mich in seine privaten Dinge einmische, verständlicherweise. Und glaube mir, er wollte mit dir reden, am Tag nach dem Blütenkochen offenbar. Denn du bist ihm sehr, sehr wichtig, das wurde ihm immer mehr bewusst, mehr als wichtig. Aber Juana kam mit Max überraschend früher zurück aus Deutschland. Simon wusste nicht, dass sie auch auf die Jacht kommen würden an diesem Abend, er hatte es Max eigentlich nicht erlaubt. Simon wollte am nächsten Tag mit dir reden, wirklich«, wiederholte sie.

Teresa hatte Gabriele zugehört, spürte, wie sie immer wütender wurde. »Und jetzt schickt er dich vor? Und überhaupt, es gibt nichts zu reden!«

»Nein, er schickt mich nicht vor, er weiß gar nicht, dass ich hier bin. Wenn er es wüsste, wäre er sicher sehr wütend. Aber ich sehe doch, wie verliebt er in dich ist, wie sehr er im Konflikt ist. Er würde für seine Kinder alles tun, das ist ja das Schwierige an dem Ganzen. Und das bewundere ich an ihm. Mehr sollte ich wirklich nicht sagen.«

Teresa schüttelte den Kopf. »Ich möchte das alles eh nicht hören.«

»Bitte, Teresa, ich fühle mich verantwortlich, einmal, weil ich sofort gemerkt habe und von deiner Mutter weiß, was für ein hochsensibler, besonderer Mensch du bist, aber auch, weil ich deiner Mutter versprochen habe, ein Auge auf dich zu haben. Deshalb habe ich nach dir gesucht, bitte, lass mich eine Art mütterliche Freundin sein.«

Auf keinen Fall, dachte Teresa im ersten Moment. Sie wollte nichts mehr mit Simon oder seiner Familie zu tun haben. Um dann zuzusehen, wie er sein Kind bekäme, mit einer anderen. Das, was sie sich in ihrer Naivität gewünscht hatte. Wieder einmal wurde Teresa bewusst, dass ihre romantische, naive Sichtweise der Realität manchmal nicht standhielt. Sie sich dadurch in etwas hineinsteigerte, ohne die warnenden Zeichen zu sehen. Denn die hatte es gegeben. Simon war eindeutig nicht offen für eine Beziehung gewesen. Nur hatte Teresa gedacht, es liege an seiner verstorbenen Frau, dass er Zeit brauchte, mehr nicht. Sie sah seine Mutter an. Gabriele war ihr auch auf Anhieb sehr sympathisch gewesen, und im Grunde ihres Herzens sehnte sich Teresa nach einer mütterlichen Freundin. Außerdem hoffte sie, durch sie mehr über ihre Mutter zu erfahren, darüber, was sie ihr verschwiegen hatte. Sie seufzte.

Gabriele lächelte zaghaft. »Ist das ein Ja?«

Teresa seufzte erneut.

»Natürlich kann ich dir deine Bucket List in Zukunft per Mail schicken, aber viel, viel schöner wäre es, wenn ich persönlich mitbekomme, wie gut dir die Punkte tun.« Sie zog ein Blatt aus ihrer Tasche. »Ich habe dir deine neue Aufgabe mitgebracht, die dritte. Ich habe das Gefühl, sie ist jetzt genau richtig.«

Teresa nahm ihr den Ausdruck aus der Hand und las die Worte ihrer Mutter:

> *Die Rosmarinblüte. Meine liebe Teresa. Lange wusste ich nicht, dass die Blüten des Rosmarins, die so schön violett oder roséfarben blühen, so köstlich schmecken. Wie du weißt, sind sie ein Genuss auf einem Salat oder als Kräutersalz verarbeitet. Sie sollen anregend und belebend wirken, sowohl innerlich als auch äußerlich angewendet. Ein tolles Mittel gegen Erschöpfung, mentale und körperliche. Früher habe ich sie immer fortgeworfen, was für ein Frevel. Die Blüten lehren uns so viel. Du weißt das alles, aber dass Rosmarin schon in antiken Kulturen als Zeichen der Heilung, des Lebens, aber auch der Liebe galt, war mir neu. Er ist ein Symbol der bleibenden Erinnerung. Ich bitte dich, Rosmarin und Rosmarinblüten zu essen, in der Hoffnung, dass deine Seele heilt, wenn sie das braucht. Und du nur schöne Erinnerungen speichern wirst. Nimm dir Zeit für dich, für gute Freundinnen.*

Deshalb ist der nächste Punkt auf deiner Bucket List: Feiere das Leben. Gehe tanzen mit deinen Freundinnen, lache, habe Spaß. Denn das ist das Leben. Wenn du traurig und am Boden bist, sei immer gewiss, dass es wieder aufwärtsgehen wird.
Deine Mama

Teresa spürte einen Kloß im Hals, fuhr sich übers Gesicht, um die Tränen, die sich hervorgedrängt hatten, wegzuwischen.

»Ich habe es früher geliebt, zu tanzen. So lange war ich nicht mehr«, entfuhr es ihr.

»Das hat mir deine Mutter erzählt, wie du immer durch den Garten getanzt bist. Mit bunten Bändern im Haar.« Gabriele lächelte. »Ruf mich gern an, wenn du Lust auf einen Tee hast, gern nebenan in diesem süßen Café oder wo auch immer du magst.«

»Das Café gehört meiner Freundin Josy. Es gibt auch Köstliches aus Schokolade dort.«

Gabriele lächelte erleichtert. »Ich liebe Schokolade. Wer tut das nicht?«

»Ich möchte aber nichts mehr von ihm hören«, wandte Teresa ein.

»In Ordnung. Das verstehe ich. Sehr gut sogar. Wir müssen nicht über ihn sprechen. Mein Gott, die Welt dreht sich eh viel zu oft um Männer.«

Teresa musste lächeln. »Das stimmt.«

Ein Kunde betrat den Laden, polterte sofort auf Englisch los, ob er so ein buntes Kissen kaufen könne, wie im Schaufenster.

Die beiden Frauen sahen sich bestätigt lächelnd an.

Gabriele verabschiedete sich. »Ich freue mich sehr, Teresa. Ich habe mir immer eine Tochter gewünscht, es hat nicht sollen sein. Das Leben läuft nicht immer wie erhofft, aber oft erfüllen sich Träume über Umwege. Und manchmal kann man sie dann sogar noch mehr wertschätzen.«

Teresa verabschiedete Gabriele nachdenklich und wandte sich dann an den Kunden.

Nachdem dieser den Laden mit einem Kissen verlassen hatte, kam eine Kurznachricht von Josy.

An alle. Gleich bei mir auf einen Café solo.

Teresa musste lächeln. Wie gut, dass sie ihre Freundinnen hatte, man fühlte sich wirklich nie allein.

In Josys Café duftete es wieder so herrlich. Die Freundinnen standen beisammen und Teresa hatte gerade von dem Besuch von Simons Mutter erzählt.

»Puh, ich könnte das nicht, mit der Mutter eines Kerls befreundet sein, der mich so hintergangen hat«, stellte Amelie fest und nippte an ihrem Kaffee.

»Er hat mich nicht hintergangen«, entgegnete Teresa sofort. Sie merkte selbst, dass sie ihn verteidigte. Amelie und Matilda warfen sich Blicke zu.

»Na ja, wie würdest du es sonst bezeichnen?«, fragte Matilda vorsichtig nach.

»Er steckt in einem riesigen Dilemma.«

Josy gab ihr recht. »Stellt euch doch mal vor, ihr bekommt ein Baby mit jemandem und dann lernt ihr jemanden kennen, der euch total *flashed*. Der mit euch genau auf einer Wellenlänge liegt, den ihr nicht mehr aus dem Kopf bekommt.«

Amelie sah sie kopfschüttelnd an. »Dann ist doch schon in der Beziehung mit der Schwangeren was nicht in Ordnung.«

»Das denke ich auch«, stimmte ihr Josy zu.

Hoffnung machte sich für ein paar Sekunden in Teresa breit, doch im nächsten Moment schaltete sie ihre Vernunft ein, die sagte: Er bekommt ein Baby mit ihr. Will ich einen Mann, der seine schwangere Freundin sitzen lässt? Nein, auf keinen Fall.

»Mädels, ich will jetzt nicht mehr darüber nachdenken. Ich will mich auf mich, auf das Geheimnis meiner Mutter konzentrieren, das mich ganz sicher irgendwie betrifft. Und auf meine Bucket List, die mir guttut. Und deshalb, auch weil ich sie wirklich sehr nett finde, will ich seine Mutter weiterhin treffen.«

»Klingt vernünftig, mach das so«, erklärte Liz lieb. »Ich wollte das Geheimnis meines Großonkels ja auch unbedingt wissen und es hat was mit mir und meiner Familie gemacht. Deshalb bin ich hier auf der Insel, in der Sonne am Meer.« Sie lächelte und die anderen pflichteten ihr bei und freuten sich, dass Liz seitdem dazugestoßen war. Josy gab eine Runde Schokokekse aus.

»Wie läuft eigentlich Erics Schoki to go?«, fragte Amelie kauend. »Müssen wir marketingtechnisch etwas nachschieben?«

»Nein, läuft wirklich gut«, sagte Josy dankbar. »Ich bin so froh und Eric auch. Ganz lieben Dank euch allen noch mal, dass ihr uns so unterstützt habt, als es bei uns beiden schwierig war. Auch wenn wir uns jetzt weniger sehen, weil der Laden bei beiden so gut läuft, ist es gut so. Zu schnell zu eng wäre eh nichts für mich.«

»Gerne doch«, erklärte Matilda lächelnd. »Auf der Insel ist man füreinander da. Und, hat er sich aus Sóller gemeldet?«

Josy nickte verträumt. »Er schickt ständig ganz süße Nachrichten.«

»Na siehst du.«

Teresa, die versonnen aus Josys Ladenfenster aufs Meer gesehen hatte, biss von ihrem Schokokeks ab, als Mauro am Fenster vorbeiging, auf ihren Laden zu.

»Oh, Mauro, was macht der denn hier? Ich muss rüber«, sagte sie und verabschiedete sich von den Freundinnen, die große Augen bekamen. »*Der* Mauro? Der Naturbursche, der essbare Blüten anbaut?«, wollte Amelie grinsend wissen. Teresa nickte lächelnd und ging.

Mauro stand vor ihrem Laden, blickte sich suchend um. Er trug ein T-Shirt, das seine Muskeln erkennen ließ.

Als er Teresa sah, fuhr er sich unsicher durch sein dunkles, längeres Haar, deutete auf ihr Schild. »›Blütentraum und Meer‹, das ist dein Laden?«

»Ja, das ist er, komm rein, sieh dich gern um.«

Sie ging vor und er folgte ihr.

»Was führt dich her?«, fragte sie nach.

»Ich habe nichts mehr von dir gehört. Ich meine, wie das Blütenkochen war.«

Sie schluckte. Deshalb war er hier? Sofort waren all die Bilder wieder da. Simon, sein niedlicher Sohn, seine hochschwangere Freundin. Dieses schmerzliche Gefühl. Ihr Bauch tat augenblicklich weh.

»Es war schrecklich«, sagte sie, fasste sich auf den Bauch.

Mauro horchte auf. »War etwas mit meinen Blüten nicht in Ordnung?«

»Was? Nein, doch, doch, es war …« Sie hielt inne.

»Haben sie den Gästen nicht geschmeckt?«

»Keine Ahnung, ich weiß es nicht.«

Irritiert sah er sie an. »Du warst die Köchin, du hast nicht nachgefragt?«

»Nein, ich bin ins Wasser gesprungen«, rutschte es ihr heraus.

»Ins Wasser?«

»Scherz«, ruderte sie zurück. Wieso musste sie immer ihr Herz auf der Zunge tragen. Das ging ihn alles nichts an. »Was interessiert dich das? Gehst du zu allen Blütenköchen und fragst nach?« Ihre Stimme klang angespannt, sie merkte es selbst.

Er zuckte etwas zusammen, sah sie mit seinen dunklen Augen einen Moment wortlos an. Dann drehte er sich um und ging hinaus.

Oh nein, was hatte sie getan? Mauro konnte doch am wenigsten dafür. Aber durch seine Nachfrage war alles wieder so präsent gewesen, ihre Enttäuschung, ihre Sehnsucht. Was hätte sie dafür gegeben, diese Frau zu sein, hochschwanger, von Simon ein Kind zu bekommen, seinem süßen Sohn eine Ersatzmutter zu werden. Auch der Schmerz, der ihr nach ihrer Fehlgeburt den Boden unter den Füßen weggezogen hatte, war plötzlich wieder so präsent wie damals. Erst der Tod ihrer Mutter und dann noch dieser schreckliche Verlust. Es war alles so schnell gegangen. Es war alles zu viel. Sie war damals in ein tiefes Loch gefallen. Ein großes schwarzes Loch. Erst hier auf dieser Insel, in der Sonne, am Meer, schaffte sie es, auch mithilfe der neuen Freundinnen, zu heilen und diese Schicksalsschläge als solche zu akzeptieren.

Eine Kundin mit einem Baby in der Bauchtrage kam ausgerechnet jetzt herein.

»Hello.«

»Hello.«

Das Baby gluckste, strahlte Teresa an und die Frau küsste es lächelnd auf sein flaumiges Köpfchen. Teresa konnte den Blick nicht abwenden. So niedlich, so ein kleines Wesen. So sehr wünschte sich Teresa ein Kind, das wurde ihr bewusst. Nicht allen Frauen ging es so, aber ihr. Ein Leben ohne Kinder kam für sie nicht infrage.

Aber diese verdammte biologische Uhr ließ sich nicht anhalten und Teresa wollte nur ein Kind mit dem richtigen Mann, mit einem, den sie liebte, der sie liebte, über alles. Tränen drängten sich erneut in ihre Augen und Teresa konnte sie nicht mehr aufhalten. Schnell drehte sie sich um, setzte ihre Sonnenbrille auf und wischte heimlich die Nässe von den Wangen.

»Alles in Ordnung mit Ihnen?«, fragte die Frau auf Englisch nach.

Teresa schniefte kurz, nickte, entschuldigte sich. »Es ist nicht immer einfach, das Leben«, erwiderte sie auf Englisch. »Aber ich schaffe das.«

Die Frau nickte aufmunternd lächelnd. *»Yes, Girlspower.«* Sie streichelte dem Baby, das ein rosa T-Shirt trug, über das Köpfchen und sah sich angetan im Laden um.

Kapitel 17

Simon trug legere Klamotten, hatte eine Schaufel in der Hand und grub im hinteren Teil des Gartens ein Blumenbeet um. Schweiß lief ihm über die Stirn, er hielt inne, wischte ihn beiseite. Gartenarbeit tat gut. Das hatte er auch nach Lindas Tod gemerkt. Es war das Einzige gewesen, das ihm geholfen hatte. Und Max und seine Mutter Gabriele natürlich. Auch Juana, Max' Kindermädchen, hatte versucht, für ihn da zu sein. Aber er hatte keinen Kopf für eine neue Frau gehabt, stand nicht auf sie, hatte lange alles abgewehrt. Dabei durfte er nie *zu* abweisend sein. Denn für Max war seine Nanny extrem wichtig gewesen nach dem Tod seiner Mama. Für ihre Zuwendung zu seinem Sohn war er ihr auch sehr dankbar. Juana, die auf dieser Insel großgeworden war, hatte Max sogar manchmal zu ihrer Familie mitgenommen. Sie lebten in einfachen Verhältnissen, waren aber sehr herzliche Leute, wie Max erzählte, und ließen ihn vor allem lange fernsehen. Das fand Simon zwar weniger gut, aber Hauptsache, Max lächelte ab und zu wieder, was er nach dem Tod seiner Mutter lange nicht getan hatte.

Und dann, nach dieser Party, als Simon viel zu viel Alkohol getrunken hatte, war er mit Juana im Bett gelandet. Am nächsten Morgen hatte Max sie beide zusammen im Bett gesehen.

Seitdem galten sie als Paar und Juana tat alles, um ihn glücklich zu machen. Simon starrte auf den Lavendel, der so gut duftete.

Ein gelber Schmetterling flog vor Simon auf und ab. Hieß es nicht, dass Schmetterlinge die Unsterblichkeit der Seelen symbolisierten, dass ein Verstorbener in Gestalt eines Schmetterlings zurückkomme? Er streckte seine Hand aus. Und für einen Moment schien es, als wollte sich der Schmetterling auf ihr niederlassen. Sein Herz klopfte. Doch dann flog der Schmetterling weiter. Wollte ihm Linda sagen, dass es weiterging, das Leben? Egal was passierte, egal wie verwirrend und katastrophal alles gerade sein mochte? Simon atmete durch, nahm die Schaufel wieder zur Hand und grub weiter.

Nach einer Weile hörte er Juanas Stimme in seinem Rücken. Er konnte nichts dagegen tun, aber ein Schauer lief ihm über den Nacken.

»Simon«, sagte sie mit ihrer rauchigen Stimme und ihrem mallorquinischen Akzent. »Lass das doch den Gärtner machen.«

»Ich möchte das aber selbst tun«, erwiderte er und seine Stimme klang gereizter als beabsichtigt.

Sie sah ihn an, kräuselte die Stirn, streichelte mit der Hand über ihren schwangeren Bauch. »Was ist eigentlich los mit dir?«

Er seufzte.

Sie fuhr temperamentvoll fort: »*Ich* bin hochschwanger, nicht du, also wenn, dann darf *ich* solche Launen haben. Und ich hätte alles Recht dazu.« Sie redete sich in Rage. »Meine Eltern fragen jeden Tag: Und, hat er dich endlich gefragt?«

Simon horchte angespannt auf.

Jetzt brach alles aus Juana heraus. »Und jeden Tag sage ich: Nein, Mamá, das wird er schon noch. Du hattest es vor, richtig? Auf der Jacht. Als mich Max auf die Jacht geschleppt hat, war ich so glücklich, dass du dir so eine Überraschung ausgedacht hast. So toll war die Jacht geschmückt, dann eine Blütenköchin, extra für mich. Du wolltest mir da einen Antrag machen, stimmt's?

Und dann hat die dusselige Kuh alles kaputtgemacht, weil sie ins Wasser gesprungen ist. Aber es ist egal, du kannst mich auch einfach so fragen. Hier und jetzt.«

Schockiert sah Simon sie an. Juana hatte gedacht, das alles sei geplant gewesen, um ihr dort einen Heiratsantrag zu machen? Sie tat ihm entsetzlich leid. »Juana, es ist so«, stammelte er, dann hielt er inne. Wie erbärmlich.

Auffordernd sah sie ihn an. Zum Glück kam in dem Moment seine Mutter Gabriele aus dem Haus.

»Meine Mutter«, erklärte er entschuldigend und winkte ihr zu.

Juana drehte enttäuscht den Kopf zu Gabriele, die auf die beiden zukam.

»Störe ich euch?«, fragte sie, aber Simon schüttelte sofort den Kopf.

»Juana, wie geht es dir und meinem Enkel heute?«, erkundigte sie sich.

»Es geht«, erwiderte Juana gepresst.

»Haben sich die Vorwehen wieder beruhigt?«, fragte Gabriele nach.

»Du hattest Vorwehen?« Simons Gewissen wurde immer schlechter. Es war viel zu früh, das Kind durfte jetzt noch nicht kommen.

Juana reckte das Kinn vor, legte beide Hände beschützend auf ihren Bauch. »Ja. Es war alles zu viel für mich. Für uns.«

»Das verstehe ich«, erwiderte er. »Leg dich am besten heute den ganzen Tag hin.«

Ihr schien das nicht zu gefallen. »Nein, ich bin verabredet mit einer Freundin in Palma.«

»Findest du das eine gute Idee?«

»Ja, finde ich.«

Juana drehte sich um und ging und Gabriele sah ihren Sohn vielsagend an. Als Juana außer Hörweite war, sagte sie: »Simon, so geht das nicht weiter.«

»Das weiß ich selbst.«

»Du siehst aus, als hättest du die ganze Nacht kein Auge zugetan.«

»Habe ich auch nicht.«

»Und Teresa auch nicht.«

Sofort sah er auf. Sein Puls raste. »Woher weißt du das?«

»Ich war bei ihr in ihrem entzückenden Laden. Du würdest es eh erfahren. Ich bin eine schlechte Lügnerin.«

»Mutter!« Wütend stieß er die Schaufel in die Erde.

»Simon, du bist mein einziger Sohn. Ich will dein Bestes und ich kann nicht mit ansehen, wie unglücklich du bist. Juana war eine großartige Nanny für Max, und sie ist eine nette Frau. Aber ich glaube nicht, dass ihr ein großartiges Paar seid. Und ich habe das Gefühl, dass sie diese Villa auch sehr liebt.«

»Das ist eine reine Unterstellung.«

»Kann sein. Aber Fakt ist, dass du nicht genug Gefühle für sie hast, um ein Leben lang mit ihr glücklich zu sein. Oder wenigstens ein paar Jahre, bis Max und der Kleine aus dem Gröbsten raus sind. Das Schlimme ist, dass sie dein Kind bekommt, und deshalb habe ich mich auch die ganze Zeit zurückgehalten. Aber seit ich sehe, was du für Teresa empfindest, dass du das Glück hast, so etwas überhaupt noch mal empfinden zu können, was nicht jedem Menschen vergönnt ist, denke ich, dass es mein zweiter Enkel besser haben wird, wenn er einen glücklichen Papa bekommt, auch wenn er den nur jede zweite Woche sieht.«

Fassungslos sah Simon sie an. »So. Das denkst du, ja? Aber Max braucht mich, jeden Tag. Und Juana ist seine zweitengste Bezugsperson hier nach mir. Du bist schließlich oft in

Deutschland und das ist auch okay so. Ich kann Max einfach nicht noch einmal enttäuschen.«

Gabriele nickte traurig. »Das verstehe ich, mein Schatz. Und ich habe den größten Respekt vor dir, in deiner Haut möchte ich nicht stecken. Dennoch, die Frage ist, ob du wirklich dein Glück opfern willst für deinen Sohn, besser gesagt, deine Söhne. Max findet Teresa ganz sicher auch toll, wenn er sie näher kennenlernt.«

»Er liebt seine Nanny, er kennt Juana viel besser und fühlt sich bei ihr geborgen. Sie war für ihn da nach Lindas Tod. Vergiss nicht, wie sie jede Nacht bei ihm im Bett geschlafen hat, weil er es unbedingt wollte. Selbst an ihren freien Wochenenden. Und ich werde ihr das auch nie vergessen. Die beiden haben ein ganz besonderes Verhältnis, man kann sie für Max nicht einfach austauschen.«

Mit diesen Worten ließ er seine Mutter stehen und ging auf das Haus zu. Er musste weg hier, ein paar Stunden nachdenken, und am besten konnte er das am Meer.

* * *

Die Abendsonne tauchte die Kathedrale von Palma in ein wunderschönes Licht.

Teresa schlenderte mit Matilda eingehakt durch Palmas Altstadt. Die Freundinnen hatten sich mit Teresa nach dem Fischsuppeessen für den Abend verabredet. Sie wollten zusammen tanzen gehen, das tun, was als Nächstes auf Teresas Bucket List stand. Teresa hatte zugesagt, auch wenn ihr gerade absolut nicht danach war. Aber sie durchschaute, dass die Freundinnen ein Netz für sie spannten. Ein Freundinnen-Netz, damit sie sich nicht allein und einsam fühlte in ihrem Kummer. Wie lieb das war! Und tatsächlich hätte sie allein in ihrem Appartement vermutlich nur geweint, sich mit Schokolade vollgestopft und Wein getrunken.

Matilda, die mit ihr vorher einen Happen essen wollte, ehe die anderen dazustießen, schlug vor, als sie am Plaça Major ankamen, sich in ein Restaurant zu setzen. Der Platz war belebt, sie entdeckten einen Tisch in einem Restaurant, in dem es Tapas gab, setzten sich und bestellten sich Vino und Tapas.

»Viel Hunger hab ich nicht«, sagte Teresa. »Aber ein paar Tapas gehen. Männer sind manchmal die beste Diät.«

»Wobei du ja keine nötig hast. Du siehst super aus«, versuchte Matilda, sie aufzubauen.

»Keine Ahnung, woran es immer liegt«, erwiderte Teresa frustriert. Matilda streichelte sanft ihre Hand. »Ganz sicher nicht an dir. Du bist wunderschön, ganz besonders herzlich …«

Teresa unterbrach sie bitter auflachend. »Du bist lieb, Matilda. Ich weiß, er war dann einfach nicht mein Deckel. Es tut trotzdem weh. Sei froh, dass du deinen Alvaro hast, der dich vergöttert.«

»Und deshalb immer wieder eifersüchtig ist.« Matilda seufzte.

»So ist es eben, wenn man liebt, man hat Angst, den anderen zu verlieren. Nur zu einengend darf es nicht werden. Tut es das?«

»Es geht. Schwieriger ist es mit meiner lieben Schwiegermutter in spe. Ariadna will so unbedingt, dass wir nach der Hochzeit in ihr Haus ziehen.«

»Hast du noch nicht mit ihr geredet?«

Matilda schüttelte betreten den Kopf. »So forsch wie ihr bin ich nicht erzogen. Du oder Josy hättet schon lange klar gemacht, was ihr wollt. Amelie auch. Aber so einfach ist es nicht. Das Haus ist schön und groß, hat einen Garten und ist nahe am Meer. Sie ist Witwe, sie ist Familie.«

Teresa nickte nachdenklich. »Irgendwas ist immer. Wieso kann es denn nicht mal ohne Probleme laufen? Ihr seid so ein süßes Paar. Es wird ganz sicher alles gut.«

Matilda schmunzelte. »Danke. Aber vielleicht muss das so sein, weil das Leben sonst schnell langweilig wäre.«

Teresa nickte. »Ja, vielleicht. Im Moment ist mir gerade nach einem total langweiligen Leben mit einem lieben Mann und drei Kindern. Und ich glaube, dann wäre mir überhaupt nicht langweilig.«

Matilda lächelte. »Mit drei Kindern?«

Teresa sah ihre Freundin an. »Ich habe bisher immer darauf vertraut, noch rechtzeitig den Vater meiner Kinder kennenzulernen. Aber ich bin schon Mitte dreißig und irgendwann geht es vielleicht nicht mehr. Man hört ja immer von Frauen, die Hormonbehandlungen über sich ergehen lassen müssen, dann immer unglücklicher werden, die Beziehung leidet und am Ende klappt es doch nicht.«

»Hey, wo ist denn deine Zuversicht geblieben?«, fragte Matilda sanft nach.

Teresa zuckte die Schultern. »Die hat sich mit meinem Sprung ins Wasser offenbar aufgelöst.« Sie lächelte traurig. »Nach der Fehlgeburt damals war ich so traurig und habe das Kleine so vermisst. Ich weiß, das ist Unsinn, weil es ja noch nicht mal auf der Welt war …«

»Es ist kein Unsinn. Ich mag es mir gar nicht vorstellen, wie das ist. Es muss schrecklich sein. Und erst recht, wenn der Mann dann nicht einmal versteht, dass man um das Kind so trauert. Und man weiß ja vorher nie, wie ein Mann dann ist, auch nicht, wie er sich als Vater macht. Ich hoffe, Alvaro wird ein guter Vater.«

»Ganz bestimmt.«

»Und dann sind wir auch froh, wenn die Großmutter im Haus ist.« Matilda atmete durch.

»Stimmt natürlich. Aber ihr könnt ja auch in ihre Nähe ziehen, dann kann sie auf die Kleinen aufpassen. Du musst das wirklich klären, Matilda.«

Matilda presste die Lippen zusammen. »Ich versuche es.« Sie wechselte das Thema. »Und dein Ex-Freund, konntest du ihn dir als Vater vorstellen?«

»Ja, er hatte ja schon Kinder. Aber trotzdem war Adi generell eher unsensibel, das habe ich am Anfang aber übersehen in meiner Verliebtheit. Inzwischen achte ich bei Männern darauf. Deshalb hat mich Simon ja vom ersten Augenblick an so fasziniert. Ich meine, welcher Mann setzt sich schon für Slow Living ein. Allein wie traumhaft er seinen Garten gestaltet hat. Er macht sich Gedanken. Deshalb verstehe ich es nicht, dass er nichts gesagt hat von seinem Sohn und seiner schwangeren Freundin und mich trotzdem immer so sehnsüchtig angesehen hat. Das habe ich mir doch nicht eingebildet, seine Mutter hat es ja bestätigt, sonst wäre sie nicht gekommen.«

»Irgendeinen Grund wird es geben«, sagte Matilda. »Und wie ich dich kenne, wirst du ihn herausfinden.«

Teresa schüttelte entschlossen den Kopf. »Es ist Zeit, dass ich mich mehr um mich kümmere. Das sollte jeder ab und zu ganz bewusst tun. Denn am Ende des Tages bist du selbst alles, was du hast. Da passt die Bucket List meiner Mum gerade gut.«

»Das stimmt«, gab ihr Matilda recht. »Ich bin auch schon dabei, mir meine Bucket List zu schreiben. Liz und die anderen auch. Ist gar nicht so einfach, aber es macht Spaß und mir wird dabei klar, von was ich eigentlich träume.«

»Und von was?«

»Ach«, wehrte Matilda ab.

»Nicht von einem Leben mit Alvaro?«

»Doch, doch, sicher. Ich liebe ihn.«

Es klang ein wenig unsicher, aber Teresa verstand das. Dass Matilda so kurz vor der Ehe womöglich kalte Füße bekam. Erst recht bei dieser Schwiegermutter. Matilda sah aber nicht aus, als wollte sie weiter darüber reden.

Teresa ließ ihren Blick über die Menschen schweifen, die sich für den Abend hübsch zurecht gemacht hatten, über den Plaça Major schlenderten und Ausschau nach freien Tischen in den Restaurants oder Bars hielten.

Da entdeckte sie plötzlich die schwangere Freundin von Simon, in Gesellschaft einer Freundin, dem Aussehen nach auch eine Spanierin oder Mallorquinerin. Entsetzt starrte sie dorthin, ihr Körper spannte sich an. Oder war sie das nicht? Doch, eindeutig. Teresa duckte sich etwas, rutschte in ihrem Stuhl immer tiefer, nahm die Menükarte und hielt sie sich vors Gesicht.

»Alles klar bei dir?«, fragte Matilda irritiert nach.

»Pscht. Nicht so laut.«

Matilda sah sich verwundert um. »Ist hier irgendwo Simon?«

»Nein«, wisperte Teresa. »Schlimmer.«

»Schlimmer?«

»Seine hochschwangere Freundin.«

Teresa deutete mit dem Kinn in ihre Richtung. Dabei musste sie entsetzt feststellen, dass gerade zwei Tische neben ihnen Plätze frei wurden und die Schwangere und ihre Freundin genau dort hinsteuerten und sich schließlich niederließen.

»Oh nein, können wir bitte sofort gehen?«, flüsterte Teresa.

»Wir haben aber gerade noch einen Aperol Sprizz bestellt und noch nicht bezahlt und außerdem erkennt sie dich doch bestimmt nicht, oder?«

»Stimmt, erst war ich die Köchin für sie, also als Angestellte bestimmt unsichtbar, und dann bin ich so schnell ins Wasser gesprungen.«

»Na also. Ist doch interessant, was sie redet, wie sie ist. Komm, wir hören einfach zu.«

Teresa sah Matilda überrascht an und musste lächeln. »Du hast ja das Zeug zu einer Spionin.«

Matilda grinste. »In jeder von uns steckt mehr, als wir manchmal selbst denken.«

»Da hast du recht. Du musst mir aber übersetzen, mein Spanisch ist nicht besonders gut, wie du weißt.« Matilda nickte, sie beobachtete die beiden, die mehrere Shopping-Bags dabeihatten und ihre Beute gut gelaunt inspizierten.

Teresa fiel jetzt der Name von Simons Freundin auch wieder ein. Juana. Was für ein graziles Geschöpf! Sie selbst kam sich dagegen vor wie ein Bauerntrampel. Hör auf, dich niederzumachen, befahl sie sich insgeheim. Jede Frau ist schön, wie sie ist.

Sie lauschten, Matilda übersetzte leise. Man konnte die beiden gut verstehen. Bis jetzt hatten sie sich nur über Klamotten unterhalten. Zum Glück saßen sie leicht schräg, Teresa und Matilda nicht in ihrer Blickrichtung.

Matilda warf Teresa immer wieder einen Blick zu. »Sie scheint gern einzukaufen.«

»Ja, das tun wir doch alle«, entgegnete Teresa. Sie musste zugeben, dass Juana sympathisch wirkte, wie sie da mit ihrer Freundin lachte und sich unterhielt. Alles andere hätte sie auch gewundert, schließlich bekam Simon ein Kind mit ihr. Sie blinzelte eine Träne weg.

Der Ober brachte ihre beiden Aperol Sprizz, wunderte sich seinem Blick nach zu urteilen etwas, dass Teresa so eingesackt auf ihrem Stuhl saß und vermutlich elend aussah. »*Everything okay?*«, fragte er.

»*Yes, yes, thanks.*«

Er ging wieder und Teresa trank sofort einen Schluck. Gar nichts ist okay, dachte sie traurig.

Juana und ihre Freundin unterhielten sich jetzt über die baldige Hochzeit, wie Matilda übersetzte.

»Er hat ihr also inzwischen einen Antrag gemacht«, flüsterte Teresa Matilda mit belegter Stimme zu.

»Ach, Süße, das tut mir so leid«, erwiderte sie.

Teresas Lippen fingen an, zu zittern. Sie presste sie zusammen.

Da streichelte sich Juana über ihren Schwangerschaftsbauch und sagte etwas zu ihrer Freundin. Matilda übersetzte fassungslos. »Weißt du, was sie gerade gesagt hat? ›Auch wenn es nicht sein Sohn ist, sind wir dann endlich eine Familie.‹«

Irritiert sahen sich Teresa und Matilda an. »Es ist nicht sein Sohn? Sie ist nicht von *ihm* schwanger?«, wiederholte Teresa und spürte Hoffnung in sich aufkeimen. »Sie belügt ihn?«

Matilda nickte. »Ich habe es eindeutig gehört. Willst du es ihm erzählen?«

»Bist du verrückt? Ich mische mich da doch nicht ein.« Aufgewühlt nahm Teresa erneut einen Schluck Aperol. Oder musste sie es ihm sagen? Vielleicht heiratete er Juana nur aus Pflichtbewusstsein, liebte sie gar nicht über alles? Ihre Gedanken rasten. Wieso nur hatte sie das jetzt erfahren? Es brachte sie in einen riesigen Konflikt. Sagte sie es Simon nicht, würde sie sich ewig Vorwürfe machen, sagte sie es ihm, erst recht.

Sie diskutierte mit Matilda darüber, aber beide kamen zu dem Schluss, sich nicht in das Leben dieser beiden einzumischen.

»Wir können ja noch die anderen fragen.«

Teresa sah auf ihre Uhr. Josy, Amelie und Liz würden bald dazustoßen, um zusammen mit ihnen in einen Club zu gehen. »Mir ist jetzt überhaupt nicht nach tanzen«, sagte sie.

»Die Mädels sind aber bestimmt schon unterwegs und ich denke, deine Mum hat ›tanzen gehen mit Freundinnen‹ nicht ohne Grund auf deine Bucket List geschrieben. Beim Tanzen bekommt man gute Gefühle, beim Tanzen mit Freundinnen erst recht.«

Matilda lächelte Teresa aufmunternd an. Die nickte. »Ja, du hast recht. Meine Mum kannte mich zu gut. Ich liebe es, zu tanzen. Und ich habe es viel zu lange nicht mehr getan.«

»Siehst du. Du wolltest doch jetzt erst mal mehr an dich denken. Das finde ich auch eine sehr gute Idee.«

»Ja, lass uns zahlen, ich habe genug gehört für heute. Wir können ja noch ein bisschen durch die Altstadt schlendern, bis die anderen da sind.«

Bunte Lichter drehten sich im Kreis. Teresas Kopf dröhnte. Die Bässe der Musik wummerten gegen ihre Schläfen. Der Beach Club war gut gefüllt, die Freundinnen hatten sich alle mit Getränken versorgt, Josy und Liz tanzten schon, Matilda und Amelie standen bei Teresa an der Bar. Alle waren sich einig gewesen, als Matilda und Teresa von dem vorhin Gehörten erzählten, Simon nicht zu sagen, dass Juana nicht sein Kind bekam.

»Das gibt nur böses Blut«, hatte Amelie gesagt, »und du bist nachher die Dumme. Da hast du nichts davon.«

Teresa gab ihnen allen recht. Sie wollte Simon sowieso nicht mehr sehen. Seine Mutter dagegen schon, und zwar, um mehr über ihre eigene Mutter zu erfahren. Es machte Teresa traurig, dass ihre Mum ihr nicht vertraut hatte. Dass sie mit ihrer Tochter nicht über alles hatte reden können. Und dann fragte sie sich immer wieder, wieso hatte ihre Mum kurz vor ihrem Tod dann doch gewollt, dass Teresa ihr Geheimnis erfahren würde, und wieso hatte sie es ihr nicht einfach am Sterbebett gesagt oder kurz davor geschrieben? Diese Fragen trieben sie schon die ganze Zeit um und machten sie beinahe wahnsinnig.

Josy tänzelte lächelnd zu ihr, nahm sie an der Hand und zog Teresa, die versuchte, abzuwehren, auf die Tanzfläche. »Komm, Süße, das tut dir gut. Beim Tanzen kannst du den ganzen Mist mal vergessen. Schließ die Augen, spür die Musik und gib dich einfach hin.«

Teresa wusste, dass sie recht hatte. So oft hatte Teresa früher als junges Mädchen mit geschlossenen Augen getanzt und die Welt um sich herum vergessen. Als sie diese dann wieder geöffnet hatte, hingen einige Blicke auf ihr. Anerkennende Blicke. Teresa wippte erst mit Josy zur Musik, wurde dann auch tatsächlich schnell mitgerissen von dem Rhythmus, bewegte ihre Hüften, schloss ihre Augen und ließ sich tragen von den Beats, der guten Laune, die die Musik in ihr auslöste.

Verschwitzt und glücklich machte Teresa nach einer Weile eine Tanzpause. Auch die anderen waren auf die Tanzfläche gekommen. Mit seinen liebsten Freundinnen zu tanzen machte gleich noch viel mehr Spaß.

»Wieso machen wir das nicht öfter?«, fragte Amelie. »In Hamburg bin ich oft in Clubs gegangen, hier irgendwie nicht. Okay, da war ich auch noch ein paar Jährchen jünger.«

»Hallo, Mitte dreißig ist doch kein Alter«, protestierte Liz lachend. »Und überhaupt, tanzen kann man bis ins hohe Alter. Selbst Cecilia will mit Federico zum Tanztee.«

»Ach, wie süß«, sagte Matilda. »Sie ist wirklich eine tolle Frau. So möchte ich auch einmal sein in ihrem Alter.«

Die Freundinnen stimmten ihr zu. Cecilia war ihrer aller Vorbild. Denn auch sie hatte viele Rückschläge im Leben ertragen müssen, vor allem in der Liebe. Aber sie ließ sich nicht hängen, genoss ihr Leben, war für ihre Familie und ihre Freunde da.

»Es kommt immer auf dich selbst an. Was du aus deinem Leben machst«, sagte Josy. »Du kannst dich entscheiden. Egal, was für Päckchen du zu tragen hast. Das hab ich auf der Insel und durch meine Mum gelernt.«

Ein neuer Song erklang. Jetzt war es Teresa, die Josy auf die Tanzfläche zog und den anderen bedeutete, mitzukommen. Lachend und gut gelaunt tanzten sie, wehrten immer wieder mal Männer ab, die mit der ein oder anderen flirten wollten. Dieser Abend sollte ganz den Freundinnen gehören.

Kapitel 18

Da heute Sonntag war und ihr Laden geschlossen blieb, hatte Teresa ausgeschlafen und sich ein leckeres Obstfrühstück zubereitet. Damit und mit einem Café con leche saß sie jetzt auf ihrer Terrasse und dachte über den gestrigen Abend nach. Das Tanzen hatte ihr wirklich gutgetan. Die Freundinnen hatten beschlossen, mindestens einmal im Monat zusammen tanzen zu gehen. Es war ja auch Sport, tat ihnen allen gut. Teresa dachte wieder daran, dass Juana nicht Simons Kind bekam. Es wühlte sie auf, denn es änderte einiges. Andererseits auch nicht. Er hatte ihr nichts von seiner Freundin gesagt. Er hatte mit ihr geflirtet, oder zumindest sehr viel Zeit mit ihr verbracht, an romantischen Orten. Oder hatte er in ihr nur eine Freundin gesehen, weil ihre Mütter befreundet waren? Aber dieser Blick, wie er sie angesehen hatte! Teresas Gedanken drehten sich mal wieder im Kreis. Sie trank ihren Kaffee aus, brachte Tasse und Teller hinein und beschloss, in Cecilias Garten zu gehen. Die perfekte Sonntagsbeschäftigung für einen Single.

Cecilia hatte ihr gesagt, sie könne jederzeit unangemeldet in ihren Garten kommen und so stand Teresa nun hier, atmete den Duft von Gras, Blumen und Kräutern ein. Es wuchsen bereits einige Blumen und ein paar Kräuter hier, allerdings kein Rosmarin, der blühte. Teresa beschloss, später zu Mauro zu fahren. Vielleicht bekam sie von ihm noch ein paar Ableger von anderen Heilpflanzen, für die Alten im Dorf. Sie hatte sich schon überlegt, welche sie hier anpflanzen wollte. Auf jeden Fall Rosmarin, dachte sie. Er wirkte durchblutungsfördernd, erwärmend, lockerte damit Muskelverspannungen, half bei Rheuma und Gelenkschmerzen. Außerdem kurbelte er den Kreislauf an und war gut für die Verdauung. Für Federico, der unter Gelenkschmerzen litt, wie Cecilia ihr verraten hatte, also genau das Richtige. Seltsam, dass die meisten Menschen dachten, Kräuter seien beim Kochen nicht wichtig. Es ging einmal um den Geschmack, der alles verfeinerte, aber eben auch um ihre grandiose Heilwirkung. Viel zu wenig achtete man in der heutigen Zeit darauf. Teresa ging zum Salbei, zupfte ein Blättchen ab, rieb es zwischen ihren Fingern und roch daran. Sofort fiel ihr ein, welche tollen mallorquinischen Speisen mit Salbei es gab. Ebenso mit Rosmarin, sie liebte Ziegenkäse mit Rosmarin-Orangen-Honig. Oder Rosmarin-Kartoffeln, die allein schon so köstlich schmeckten, dass man weder Fleisch noch etwas anderes dazu brauchte.

Teresa merkte, dass das Thema Blüten- und Kräuterkochen sie noch genauso faszinierte wie in ihrer Jugend. Dass sie diesen kleinen Garten zur Verfügung bekommen hatte, machte sie glücklich. Es musste nicht immer der eigene Garten sein. Sie ging weiter, beugte sich über einen Lavendelbusch, roch daran, schloss die Augen und atmete tief den Duft ein. Sofort dachte sie an Mauro. Diesen verschlossenen, unnahbaren Mann. Sie öffnete die Augen wieder. Mauros Lavendel war besser zum Kochen geeignet als dieser hier. Sie wollte ihn nach einem Ableger fragen. Oder sollte sie ihn besser nicht besuchen? Mauro war bei ihrer letzten Begegnung so wortkarg abgerauscht, dass es vielleicht besser war, sie kaufte einen passenden Lavendel und blühenden Rosmarin auf dem Wochenmarkt. Teresa holte eine Harke, fing an, eines der Beete von Unkraut zu befreien. Die Sonne schien, sie wischte sich mit der Hand über die verschwitzte Stirn, es war anstrengend, aber tat gut, in der Erde zu graben. Nach einer gefühlten Stunde hörte sie Cecilias Stimme vom Gartentor her.

»Teresa, du hier.« Die alte Frau trat ein, trug ihr Sonntagstuch, wie sie es immer nannte, kam zu ihr.

»Wie schön, dich zu sehen.«

»Du hast gesagt, ich kann einfach in deinen Garten kommen und herumwerkeln.«

»Natürlich, sehr, sehr gern. Immer wenn du magst.« Sie lächelte, wischte mit ihrer Hand etwas Erde aus Teresas Gesicht und erklärte: »Ich treffe gleich Federico, wollte noch ein paar Blümchen holen und ihm schenken.«

»Du ihm?«, hakte Teresa lächelnd nach.

»Sí, warum nicht. Selbst ist die Frau«, sagte die über Achtzigjährige schmunzelnd.

»Das finde ich super, Cecilia.«

»Ich glaube, Federico auch. Wer bekommt nicht gern ein paar hübsche Blumen geschenkt?«

»Das stimmt.« Teresa dachte nach. Viel öfter sollte man seinen Liebsten oder Menschen, die man mochte, Blumen schenken. So gern hätte sie Simon damit überrascht, aber sofort verdrängte sie diesen Gedanken wieder. Wenn es keinen Mann gab, der Blumen verdient hatte, dann waren da immer noch die Freundinnen, denen man eine Freude bereiten konnte. »Cecilia, darf ich für die Mädels je eine Blume aus deinem Garten mitnehmen?«, fragte Teresa nach.

»Aber natürlich. Sehr gern.«

Teresa betrachtete die weißen Lilien. Sie erinnerte sich, dass dieser Blume eine blutreinigende Wirkung zugesprochen wurde, außerdem linderte sie Husten und förderte eine positive Narbenbildung. Teresa freute sich, nicht allzu viel vergessen zu haben. Lilien standen auch für Schönheit, Reinheit und Würde. Alles Attribute, die zu Amelie, die aus Norddeutschland stammte, blond, groß, schlank und schön war und zudem immer sehr würdevoll wirkte, passten. Sie würde also eine Lilie bekommen. Teresa suchte noch je eine passende Blume für die anderen Freundinnen aus. Zu der weißen Lilie für Amelie eine rote Mohnblume für Liz, eine gelbe Margerite für Josy und eine rosafarbene Zistrose für Matilda. Dann half sie Cecilia, den Blumenstrauß für Federico zusammenzustellen. Cecilia fand es wundervoll, was dieser Strauß alles aussagte. »Die Sprache der Blumen. Fantastisch. Hoffentlich kann ich mir das merken und ihm erzählen.«

»Wenn nicht, ist es auch nicht schlimm. Die Blumen sprechen für sich.«

Teresa begleitete Cecilia zu dem Treffpunkt, an dem Federico auf Cecilia wartete. Am Meer, auf Cecilias Lieblingsbank, mit der besten Sicht über die Bucht. Federico hatte mit allem gerechnet, aber nicht damit, dass sie ihm Blumen bringen würde.

»Das ist doch Sache des Mannes«, sagte er auf Mallorquin.

Cecilia übersetzte für Teresa und widersprach vehement. »Unsinn«, sagte sie. »Jeder darf Blumen verschenken, wann und wem immer er mag.«

Und dann sah Teresa eine Träne in Federicos Auge und er sagte etwas, was Teresa nicht verstand.

»Was hat er?«, flüsterte Teresa.

»Noch nie hat ihm eine Frau Blumen geschenkt«, sagte Cecilia gerührt.

»Danke, Cecilia, du bist eine besondere Frau.«

Das verstand Teresa und musste lächeln.

»Ich weiß«, entgegnete Cecilia. »Das sind wir alle. Und je älter wir werden, desto besonderer werden wir. Wir blühen auf wie eine Blume, das sollten wir uns immer wieder klar machen. Und wir verwelken ein wenig«, fügte sie lächelnd hinzu. »Aber nie ganz. Jetzt wollen wir uns hinsetzen und auf das Meer sehen«, fügte sie streng hinzu, zwinkerte Teresa zu und übersetzte ihr alles.

Er tat wie ihm befohlen und Teresa ließ die beiden alten Leute allein. Wie schön, dass sie doch noch zusammengekommen waren. Zumindest Zeit miteinander genossen. Wenn Teresa schon nicht die große Liebe fand, so hatte wenigstens Cecilia noch eine Liebe gefunden. Und ihr Beispiel gab ja auch Hoffnung, dass es bei ihr mit über achtzig ebenso geschehen könnte, versuchte Teresa, sich gut zuzureden. Positiv bleiben, ich schaff das. Sie ging mit ihren vier Blumen für die Freundinnen in der Hand nach Hause, wollte sie dort in eine Vase stellen. Morgen früh, wenn sie alle ihre Läden wieder öffneten, würde sie die Blumen an die Freundinnen verteilen.

Zu Hause in ihrer kleinen Wohnung stellte sie die vier in eine Vase. Sie bekam Hunger, bereitete sich einen späten Mittagssnack zu. Mit Weißbrot, Tomate, Mozzarella und Basilikum setzte sie sich auf ihr Sofa, starrte aus dem Fenster und fühlte sich allein. Sonntagsallein. Natürlich hätte sie jetzt bei Josy durchklingeln können, aber die hatte sonntags in ihrem Café viel zu tun. Und Liz verbrachte den Sonntag sicher mit Cristian. Matilda mit ihrem Alvaro, nur Amelie hatte keinen Freund und hätte sich vielleicht gefreut.

Andererseits tat die Ruhe jetzt auch gut. Teresa stand auf, ging zum Kühlschrank, holte sich ihre Lieblingsschoki, eine Schoki to go von Eric mit Mandeln und Lavendel, heraus, setzte sich damit wieder aufs Sofa, aß sie, fühlte sich kurz besser, aber dann wieder leer und furchtbar einsam.

* * *

Simon ging nachdenklich durch den hinteren Teil des Gartens der Villa, atmete den Duft der Blumen und Gräser ein und dachte an Teresa. Er fühlte sich wie ein Schuft, denn egal wie er sich verhielt, tat er einer der beiden Frauen weh. Juana hatte heute Nacht geweint, dann ihre Bettwäsche genommen und war in ihr ehemaliges Zimmer als Nanny gezogen. Simon hatte versucht, sie davon abzuhalten, aber sie ließ sich nicht beruhigen, warf ihm unter Tränen vor, ihre Gefühle ausgenutzt zu haben, nur damit sie sich gut um Max kümmerte.

»So ein Unsinn«, hatte er ihr versichert. »Du wusstest, dass ich noch nicht richtig offen für etwas Neues war, zumindest habe ich das gedacht und habe es dir gesagt. Es tut mir unendlich leid, ich wollte deine Gefühle nicht verletzen.«

Aber Juana wurde immer lauter, ihr Temperament ging mit ihr durch und am Schluss warf sie sogar eine Vase nach ihm.

Erschüttert dachte Simon an diese Szene, an die Scherben auf dem Boden. Ein Glück, dass weder Max noch seine Mutter wach geworden waren. Wie hätte er das alles seinem Sohn nur erklären können? Max liebte Juana, weshalb es für Simon ja auch so schwierig war. Und dann ihre Schwangerschaft. Dadurch war Juana eh noch viel labiler, verständlicherweise. Er mochte sie, sie war keine falsche Schlange, die Vermutung seiner Mutter, dass Juana nur hinter seinem Geld und dem Anwesen her war, teilte er nicht. Sie war ein einfaches Mädchen, das sich natürlich erhoffte, den Traumprinzen gefunden zu haben. Aber dass ihr das alles nichts brachte, wenn er keine Gefühle für sie entwickeln konnte, musste ihr klar sein.

Anfangs hatte er selbst gehofft, sie irgendwann wirklich lieben zu können. Aber noch war das nicht geschehen und seit er Teresa kennengelernt hatte, war er überzeugt davon, dass es nicht mehr passieren würde. Dass es Teresa war, die etwas in ihm auslöste, bar jeglicher Vernunft. Linda, bitte verzeih mir, dachte er. Ich möchte keiner Frau wehtun, das weißt du. Und dir natürlich auch nicht. Aber er wusste, sie hätte gewollt, dass er wieder glücklich wurde. So richtig glücklich. Sie hatten einmal darüber gesprochen, mehr im Spaß, denn in ihrem Alter hatte keiner damit gerechnet, zu sterben. Nicht damit.

Eine Biene flog an ihm vorbei, ließ sich auf dem Lavendelbusch auf einer Blüte nieder. Simon fragte seit Lindas Tod immer wieder, wenn er Insekten sah, ob es sich hier nicht um die Seele einer verstorbenen Person handelte.

»Papa, Papa, guck mal!«, riss ihn die Stimme seines Sohnes aus seinen Gedanken. Simon sah auf und erblickte Max, der auf ihn zugerannt kam. Er hielt irgendetwas in der Hand. »Ich hab einen Schmetterling gefunden, der nur noch einen Flügel hat.«

»Oh«, entfuhr es Simon.

Max stand jetzt vor ihm, öffnete seine Hand. Der weiße Schmetterling bewegte seinen Flügel.

»Was machen wir denn jetzt mit ihm?«, wollte sein Sohn wissen. Simon überlegte. »Ich fürchte, er wird so nicht überleben.«

»Aber das können wir doch nicht einfach zulassen.« Max' Stimme war anzuhören, dass er am liebsten geweint hätte. »Wir können ihn doch nicht sterben lassen!«

Simon fühlte sich vollkommen überfordert. Wieder eine Situation, in der er weder ein noch aus wusste. »Ich weiß es nicht«, entfuhr es ihm. »Eine schwierige Situation.«

»Du weißt doch sonst immer alles«, sagte der Junge.

Simon musste kurz lachen. »Nein, ganz sicher nicht. In manchen Situationen gibt es einfach keine Lösung, die für alle gut ist.«

Max sah ihn mit seinen großen braunen Augen an, schüttelte den Kopf. »Es gibt immer eine Lösung, hat Mama immer gesagt.« Er schloss seine Hand beschützend um den Schmetterling.

Simon musste schlucken. Und jetzt sah er, dass Max seine Tränen nicht mehr zurückhalten konnte. Er zog seinen Sohn zu sich, spürte, wie der schmächtige Körper bebte, atmete seinen Duft ein, und wusste, er würde immer alles tun, damit es Max gut ging. »Möchtest du versuchen, den Schmetterling in unserem Wintergarten zu versorgen? Dort findet er Nektar in den Blüten, wird aber nicht von einem Vogel gefressen.«

Max, der die Hand mit dem Schmetterling darin von sich gestreckt hatte, um ihn zu schützen, löste sich, wischte sich seine Tränen weg und strahlte jetzt. »Das ist eine super Idee, Papa. Siehst du, Mama hatte recht, es gibt immer eine Lösung.«

»Mama hatte immer recht«, sagte Simon traurig lächelnd.

Max sah ihn jetzt an und erwiderte: »Aber du darfst auch eine andere Frau haben, eine Zweitfrau, das hätte Mama bestimmt gewollt.«

Überwältigt nickte Simon, blinzelte seine Tränen weg. »Jepp, Großer, das hätte sie.«

»Juana muss liegen, sagt sie, will allein sein. Hast du heute Zeit für mich?«, fragte Max jetzt. Simon bestätigte sofort. Er liebte es, Zeit mit seinem Sohn zu verbringen, sie war so kostbar, denn irgendwann würde sie sicher weniger werden.

»Dann räumen wir mal dem Schmetterling den Wintergarten schön ein«, sagte Max zufrieden und ging schon mal los.

* * *

Teresa lag mit einer Zeitschrift auf der Couch, blätterte sie durch, doch sie starrte durch die Beiträge und Fotos der Promis hindurch, ohne etwas davon wahrzunehmen, wie ihr gerade bewusst wurde. Entschlossen schlug sie die Zeitschrift zu, legte sie beiseite, nahm ihr Handy zur Hand, suchte Gabrieles Nummer heraus und drückte auf Anrufen.

Gabriele nahm sofort ab und freute sich. Erst recht, als sie hörte, dass Teresa mit Freundinnen tanzen gewesen war und es wirklich gutgetan hatte.

»Trotzdem klingst du nicht gerade glücklich«, wandte Gabriele ein.

»Ja, der Sonntag ist für Singles irgendwie nicht so prickelnd.«

»Ich verstehe. Mir geht es auch oft so. Wenn ich keine Verabredung habe, gibt einem der Sonntag leicht so ein Gefühl von, du bist allein und keiner liebt dich, stimmts?« Gabriele lachte. Teresa musste auch lachen. »Ja, so fühlt es sich an. Hast du also Zeit auf einen Tee und kannst mir gleich meine nächste Challenge mitbringen?«

»Sehr gern. Wo wollen wir uns treffen? In dem Café deiner Freundin?«

»Ja. So unterstützen wir sie gleich. Ihr Café lief nämlich eine Zeit lang nicht so gut, inzwischen ist es zum Glück wieder prima, aber sie hat sicher noch was aufzuholen.«

»Das machen wir. Dann müssen wir also ganz viel Kuchen essen«, scherzte Gabriele.

Sie verabredeten sich für eine Stunde später und Teresa legte lächelnd auf. Kein Wunder, dass ihre Mum in Gabriele während der Reha gleich eine Freundin gefunden hatte. Sie hatte Humor, war einfühlsam, ein Pfundskerl, wie man in Bayern sagte.

Teresa hatte sich frisch gemacht, ging zu Fuß zu den Läden am Meer. Vom Dorf aus war es nicht weit, ein schöner Spaziergang an der Küste entlang, eine sanfte Brise wehte.

Von weitem sah sie Eric bei Josy. Er war zurück aus Sóller, wie schön. Gerade umarmte er Josy und küsste sie auf die Nasenspitze. So niedlich die beiden. So sehr gönnte sie der Freundin ihr Glück. Die Tischchen im Café waren alle besetzt,

Josy wollte gerade wieder hineingehen, hielt das Tablett unterm Arm. Da sah sie Teresa, begrüßte sie fröhlich. Teresa hatte Josys Blume mitgenommen, überreichte sie ihr.

»Du bist ein Schatz, ich liebe Margeriten.« Josy umarmte sie herzlich, roch an der Blüte.

Eric räusperte sich. »Ähm, Blumen schenken wäre eigentlich mein Part, oder?«

»Quatsch«, widersprach Teresa. »Wie kommt ihr Männer nur darauf? Jeder darf jedem Blumen schenken. Immer. Aber ihr könnt es gern öfter tun, nicht wahr, Josy?«, neckte sie ihn.

Beide lachten. Josy erklärte scherzend: »Ich schmelze auch dank seiner Schokolade dahin, das weiß er.«

Eric empörte sich gespielt, dass sie nur das Eine von ihm wolle, und die drei alberten noch etwas herum, Eric erzählte von der Orangenfarm in Sóller, wo Orangen nicht als Monokultur angebaut wurden. »Außerdem wird der Bauer fair bezahlt, dafür habe ich jetzt gesorgt«, erklärte er.

»Wirklich? Toll!«

Da kam auch schon Gabriele aus Richtung Parkplatz, wieder in einem eleganten, diesmal beigefarbenen Hosenanzug, begrüßte die drei. Teresa stellte Eric vor, erklärte, dass er eine kleine Schokomanufaktur in Palma betrieb, in der fast nur Zutaten von der Insel verarbeitet wurden und fair gehandelter Kakao aus Bali. Gabriele fragte angetan nach, ließ sich von ihm einen Flyer geben und versprach, mit ihrem Enkel bald einmal dort vorbeizukommen. Josy nahm die Bestellung auf und bedeutete ihnen, den Tisch, der gerade frei wurde, zu nehmen.

Teresa und Gabriele setzten sich in die knarzenden Stühle, mit Blick aufs Meer.

»Wirklich ein Traum«, schwärmte Gabriele, als sie ihren Blick über die kleine Bucht schweifen ließ. »Das Meer hat einfach eine faszinierende Wirkung.«

»Das hat es.« Teresa sah Gabriele an. »Ich hoffe, du hast meine nächste Challenge dabei.«

»Ja natürlich, warte.« Sie öffnete ihre edle Handtasche, zog ein zusammengefaltetes Papier heraus. »Bitte schön.«

Teresa nahm es dankend, schlug es aufgeregt auseinander. Die Zeilen, die ihre Mutter mit Gabriele für sie geschrieben hatte, wühlten sie immer sehr auf.

Die Blüte des Salbeis. Der Ananas-Salbei ist, so habe ich mir sagen lassen, mein Schatz, die einzige unter den Salvia-Arten, deren Blüten gut schmecken. In salzigen, aber auch süßen Gerichten. Salbei generell scheint wieder ein Wunderkraut zu sein. Nicht nur, dass er gegen Entzündungen hilft, er unterstützt uns auch, wenn wir überlastet sind, und hilft uns, wieder zu Ruhe und Kraft zu finden. Außerdem fördert er die Erkenntnis über das eigene Seelenleben. Als ich das gelesen habe, dachte, ich, wow, wie wunderbar. Auch dieses Kräutlein wird viel zu oft unterschätzt. Salbei hilft uns, mit unseren Gefühlen in Einklang zu kommen, wenn wir Situationen nicht akzeptieren können. Wenn es dir gerade so geht, mein Kind, dann weißt du jetzt wieder, was dir helfen kann. Die Salbei-Blütenessenz regt dazu an, dass wir über Lebensereignisse nachdenken, dass wir deren Bedeutung erkennen. Ich bin mir sicher, dass du das alles bereits weißt. Aber wie es oft so ist, vergessen wir Dinge viel zu schnell, müssen sie uns immer wieder ins Bewusstsein holen. Ich bin dir sehr dankbar, dass du mich auf diese faszinierende Reise geschickt hast, viel zu wenig wusste ich über unsere Natur.

Teresa hielt inne, ihr Herz klopfte erneut wie wild. Natürlich, der Salbei, wieso hatte sie nicht selbst daran gedacht? Er würde ihr jetzt in dieser Situation mit Simon so guttun. Teresa sah auf, in Gabrieles gütige Augen.

»Faszinierend, oder?«, fragte Gabriele. »Ich meine, ich habe das alles mit deiner Mutter damals in der Reha recherchiert, war damals schon sehr beeindruckt von der Kraft der Pflanzen. Aber dass ihre Bucket List jetzt so gut zu deiner Lebenssituation passt – und das, obwohl du sie jetzt erst bekommen hast.«

»Vielleicht weil sie ahnte, dass ich immer wieder an diesen Punkt komme«, erwiderte Teresa seufzend. »Vielleicht sollte alles so sein.« Sie sah auf in den wolkenlosen blauen Himmel. Auch wenn sie nicht an ein Leben nach dem Tod glaubte, so glaubte sie an das Universum, daran, dass da etwas war, auch an die weitere Existenz der Seelen oder wie auch immer man es nennen mochte. Sie spürte es gerade so sehr. Dass ihre Mum ihr Kraft geben wollte, auf ihre Art.

Josy kam mit einem Tablett voller Café con leche, Tee, Schokoladenkuchen und Schoki to go. »Bitte schön – oh, eine neue Nachricht von deiner Mum?«, fragte Josy berührt, um sich im nächsten Moment zu entschuldigen. »Tut mir leid, etwas aufdringlich von der Kellnerin, oder?«, schalt sie sich schmunzelnd selbst.

»Was? Nein, du bist meine Freundin. Ich lese noch zu Ende und erzähle dir später alles.«

»Gern. Das ist soo lieb von deiner Mum.«

»Ja, das ist es. Gibt es hier eigentlich auch Salbeitee?«, hakte Teresa nach, während Josy den Kaffee, Earl-Grey-Tee und den Kuchen auf den Tisch stellte.

»Äh, ja, hast du Halsweh?«

»Nein.« Teresa lächelte.

Gabriele warf ein: »Früher hab ich den auch nur getrunken, wenn ich Halsschmerzen hatte, und irgendwie hab ich ihn gruselig in Erinnerung.«

»Mit Honig und einem Schuss Limone schmeckt er sicher besser«, erklärte Teresa. »Außerdem gibt es so tolle Rezepte mit Salbei. Und eben auch mit Salbeiblüten.«

»Du hast recht, vor allem, wo wir jetzt wissen, wofür er alles gut ist.«

Josy lächelte, musste zu einem Gast, der zahlen wollte.

Teresa hob das Papier, um weiterzulesen.

Meine liebe Teresa, ich merke selbst, wie es mich in meinem tiefsten Inneren zufrieden macht, mehr über Blüten und Kräuter zu erfahren. Dich hat es auch so glücklich gemacht, das hat mich darauf gebracht. Du hattest so tolle Erfolge, allein wie du schon einige meiner Wehwehchen lindern konntest. So schade, dass du damit aufgehört hast, nur weil Adi es albern fand, sich damit zu beschäftigen. Und weil du meine Krankheit natürlich nicht ganz heilen kannst. Kommen wir zu meiner nächsten Aufgabe, die dich glücklicher machen soll im Leben. Bilde dich fort, lerne etwas dazu. Mache das bitte dein Leben lang, aber fange jetzt damit an. Es ist niemals zu spät, egal in welchem Alter, es ist gut für den Geist und vor allem: Es befriedigt. Lerne bitte etwas Neues, das dich interessiert. Im Beruf oder im Privaten. Egal was. Ich bedauere, nicht auch mehr gemacht zu haben, und sobald es mir etwas besser geht, möchte ich mich fortbilden. Vertiefe deine Kenntnisse in der Blütenheilkunde, wenn du nichts anderes hast, das du lieber lernen möchtest. Es ist immer erfüllend, Menschen zu helfen, es hilft dir, wieder glücklicher zu werden, da bin ich mir sicher. Aber natürlich kann es auch ein Sprachkurs oder Ähnliches sein, alles bringt dich als Mensch weiter und tut dir gut. Da bin ich mir sicher.

Wieder ließ Teresa das Papier sinken. »Ich soll mich weiterbilden?« Einen Moment sah sie sich in einem Sprachkurs sitzen. Tatsächlich hätte es ihr gut getan, Spanisch noch mal von Grund auf zu erlernen. Sie lebte zwar schon länger auf dieser Insel, aber da ihre Freundinnen fast alle Deutsche waren oder Deutsch sprachen, und die meisten anderen, mit denen sie zu tun hatte, Englisch konnten, hatte sie sich ein spanisch-deutsches Kauderwelsch angewöhnt. Aber wenn sie in sich hineinfühlte, verspürte sie tatsächlich größere Lust, sich erst mal noch mehr über Blüten und Kräuter weiterzubilden. Mauro fiel ihr ein. Der Meister des Blütenwissens. Vielleicht war er bereit, ihr eine Art Kurs zu geben? Dann musste sie sich allerdings doch wieder bei ihm melden. Ob das gut war? Sie hatte das Gefühl, dass er sich für sie interessierte. Oder täuschte sie sich da auch? Jedenfalls hatte sie jetzt keinen Kopf, sich darüber Gedanken zu machen.

Sie unterhielt sich mit Gabriele über ihre neue Challenge, während sie den leckeren Schokokuchen aßen.

»Etwas Neues zu lernen fand ich damals in der Reha schon eine wundervolle Idee von deiner Mutter. Tatsächlich habe ich danach einen Computerkurs angefangen. Auch in meinem Alter sollte man *digital fit* sein, finde ich. Es hat tatsächlich Spaß gemacht und ich habe nette Leute kennengelernt.«

»Wie schön.«

»Und so eine kleine Kräuterhexe im Freundeskreis kann man immer gebrauchen«, neckte Gabriele sie.

»Okay, dann fehlt mir nur noch die Warze auf der Nase, mal sehen, welches Kraut sie sprießen lässt.«

Gabriele lachte. »Wahre Schönheit kann nichts entstellen, vor allem innere Schönheit nicht und die hast du zur Genüge. Neben deiner offensichtlichen äußeren.«

Nachdem sie Gabriele an deren Auto herzlich verabschiedet hatte, suchte Teresa Mauros Nummer heraus. Sie hatte sich entschlossen, ihn einfach zu fragen, ob er sie sein Blütenwissen lehren wolle. Sie täuschte sich bestimmt, dass er von ihr angetan war. Und selbst wenn nicht, sie würde ihm keine Hoffnung machen, um ihn nicht zu verletzen.

Er nahm sofort ab. »Sí?«

»Hallo, Mauro, hier ist Teresa. Tut mir leid, dass ich dich störe, ich …«

»Du störst nicht.«

»Wirklich? Ich wollte dich fragen, ob du Zeit hättest, mir mehr über deine Blüten zu erzählen, ich möchte mich weiterbilden, verstehst du?«

Für einen Moment herrschte Stille am Ende der Leitung. Teresa grub mit ihrer Schuhspitze einen Kreis in den sandigen Boden.

»Sí, komm vorbei. Ich habe Zeit.«

»Jetzt?«

»Ja, wieso nicht?«

Wie unkompliziert. Teresa lächelte. »Gern. Danke schön. Ich muss kurz meinen Wagen holen und fahre dann gleich los.«

Sie legte auf. Hilfsbereit war er ja. Sie freute sich jetzt auf Mauros blühenden Garten, der mit den vielen bunten Blumen so eine Fröhlichkeit auf sie ausgestrahlt hatte. Das war jetzt genau das Richtige an einem Sonntag spätnachtmittags. Sofort kam ihr Simons wunderschöner Garten in den Sinn. Aber jegliche Gedanken an Simon und seine schwangere Freundin versuchte sie vehement zu verdrängen, Ablenkung tat gut.

Nachdem sie rasch an der Küste entlang ins Dorf gelaufen war und die Schlüssel für ihren Wagen aus der Wohnung geholt hatte, fuhr sie nun in ihrem Frosch über die Insel. Im Radio lief ein Hit, der am gestrigen Abend beim Tanzen auch mehrfach erklungen war. Das Tanzen mit den Freundinnen hatte gutgetan. Definitiv. Danke, Mum, auf die Idee, auf diese Weise meine Stimmung so einfach aufzuhellen, wäre ich nie gekommen, dachte sie.

Sie kam bei Mauros Blütenfarm an, fuhr durchs offen stehende Tor auf den Parkplatz. Plötzlich quoll aus der Motorhaube ihres Frosches Rauch. Herrjeh, der Werkstatttermin! Immer wieder vergaß sie ihn. Hoffentlich schaffte sie es mit dem Wagen nachher noch dorthin. Die nächste Werkstatt lag in Pollença, sie konnte den Wagen dort abstellen, da ja heute Sonntag war, und Josy bitten, sie anschließend dort abzuholen. Am Montag würde er dann hoffentlich repariert werden.

Mauro hatte sie bereits gesehen, kam stirnrunzelnd auf sie zu. Der Rauch oder Dampf oder was auch immer es war, hatte abgenommen, seit sie den Motor abgestellt hatte, man konnte ihn aber noch sehen.

»Das hat mein Frosch manchmal, da wird er zum fauchenden Drachen«, scherzte sie zerknirscht. »Die Öllampe leuchtet auch.«

»Sieht nicht gut aus«, entgegnete Mauro. »Soll ich es mir mal ansehen?«

Teresa nickte dankbar.

Ein handfester Typ, Simon kannte sich mit Autos sicher nicht aus, durchfuhr es sie. Mauro ging zu ihrem Wagen, öffnete die Motorhaube, sah hinein. »Ich habe Öl da, fülle es nachher ein. Aber du solltest trotzdem zu einer Werkstatt.«

»Ah gut, vielen Dank. Ja, ›Autowerkstatt‹ steht fett auf meiner To-do-Liste. Aber damit ich da noch hinkomme, wäre das toll, danke.«

Er lächelte verständig. »Hast du Lust auf einen Wiesenkräuterspaziergang?«

»Einen Wiesenkräuterspaziergang? Klingt toll.«

»Den biete ich Touristen und Köchen an. Wenn du dich weiterbilden willst, genau richtig. Ich wollte die Route ohnehin noch mal abgehen, um nachzusehen, was gerade alles wächst. Für nächste Woche hat sich ein Sternekoch der Insel angemeldet. Zu einem Spaziergang zu den essbaren Wildpflanzen der Insel.«

»Perfekt. Mit den hiesigen Pflanzen kenne ich mich eh noch nicht so aus.«

Mauro holte kurz etwas Proviant, schulterte einen kleinen Rucksack, dann machten sie sich auf den Weg. Er führte sie einen Pfad entlang und erklärte ihr, dass es überall an den Wegesrändern und auf den Wiesen auf Mallorca essbare Wildpflanzen gebe.

»Aber ich dachte, die sind verunreinigt und man soll nur extra zum Kochen gezogene Blüten essen«, wandte Teresa ein.

»Das ist in Deutschland sicher so. Dort gibt es viel mehr Verkehr und Industrie. Aber auf Mallorca, hier, mitten in der Natur, fern jeglicher Straße, sehe ich da keine Probleme. Gespritzt werden sie ja auch nicht.«

Beeindruckt folgte Teresa ihm, ließ sich Wiesen zeigen, auf denen die verschiedensten Heilpflanzen in leuchtenden Farben blühten. Nie hätte sie das auf dieser Insel vermutet.

»Da wächst der süß-würzige Alisander, das dort ist die milde Gänsedistel«, erklärte ihr Mauro. »Ich habe die deutschen Namen damals von meiner Freundin gelernt.«

Viel mehr als über seine Pflanzen redete er nicht. Immer wieder bückte sich Teresa hinunter, schnupperte an Blättern und Blüten. Nicht immer konnte sie viel riechen. Er zeigte ihr die scharfe Wasabi-Rauke und noch so vieles mehr.

»Ich hätte gedacht, das ist Unkraut«, gab sie zu und deutete auf die Rauke.

»Von wegen. Die meisten Pflanzen hier enthalten viele Vitamine und haben eine große Heilkraft. Ich nenne sie Mallorcas wilde Seite.«

Fasziniert hörte sie diesem Mann zu, betrachtete ihn von der Seite. Hatte ihre Mum ihr vielleicht Simon geschickt, um sie zu Mauro zu führen, durchfuhr sie ein Gedanke. Sollte sie ihm eine Chance geben? Aber ihre Gefühle für Simon waren bereits so groß, so einfach konnte sie diese nicht ersticken und sich auf einen anderen Mann einlassen. Dafür kannte sie sich gut genug. Schon als Teenager hatte sie einen Schwarm über ein Jahr lang nicht aus ihrem Kopf bekommen. Sinnlos verliebt sein, das konnte sie.

Mauro sah zwar auch attraktiv aus, war ein paar Jahre älter als sie selbst, schien aber ein Einsiedlerleben zu führen, eher wortkarg zu sein. Ein Leben an seiner Seite auf seiner abgelegenen Farm konnte vermutlich einsam sein. Zumindest war es seiner früheren Freundin so ergangen.

»Hast du Durst?«, fragte er.

Sie bejahte. Sie setzten sich auf eine Wiese, betrachteten die Wildblumen und Mauro packte seine selbst gemachte Kräuterlimonade, zwei Gläser und ein paar Mandelplätzchen aus. Teresa kostete. »Mmhm, die schmecken lecker. Selbst gebacken?«

»Sí.«

Sie genoss den Geschmack der Mandeln. Eine Weile sagte keiner der beiden etwas. Teresa, die auch gern mal schwieg, musste aber feststellen, dass es mit Mauro eher unangenehm war, zu schweigen. Oder war sie einfach in keiner guten Verfassung? Nach einiger Zeit schlug sie vor, weiterzugehen. Ohne ein Wort und mit irgendwie verschnupfter Miene stand er auf, Teresa tat es ihm gleich. Hatte sie ihn jetzt irgendwie beleidigt? Sie klopfte ihren Hintern ab.

Sie gingen den Weg zurück, wieder sagte keiner der beiden etwas.

»Bist du zufrieden mit den Kräutern auf dem Weg? Ich meine, für deinen Spaziergang mit dem Sternekoch.«

»Sí«, sagte er nur.

»Wird dein Wiesenkräuterspaziergang denn oft gebucht?«, hakte sie nach, nur um irgendetwas zu sagen.

»No. Ab und zu.«

»Ich kann Josy davon erzählen, dann kann sie ihn in ihr Tourenangebot aufnehmen und mehr Menschen erfahren von der Heilkraft der Pflanzen, was hältst du davon?«

Er zögerte, schüttelte den Kopf. »Zu viele Touristen möchte ich hier nicht haben.«

»War nur nett gemeint.«

Er nickte. Dann setzte er seinen Weg fort und Teresa folgte ihm.

Voller neuer Eindrücke und mit ein paar Wildkräutern in der Hand kamen sie zu seiner Finca zurück. Er ging vor zu seinem Haus. Es erinnerte Teresa an das Haus auf Cristians Finca. Das letzte Mal war ihr das gar nicht aufgefallen. Aber es gab ja auch viele Fincas auf Mallorca, die ähnlich aussahen. Mit Häusern aus Naturstein gebaut, geschmückt mit Geranien und Bougainvilleen. Nur die Tiere fehlten hier, vor allem Picasso. Sie liebte diesen Esel.

»Hast du keine Tiere?«, hakte sie nach.

»No«, erwiderte er.

Teresa entfuhr ein Seufzer. Nicht so einfach, sich mit ihm zu unterhalten. »Wo wächst denn dein Salbei?«, fragte sie nach.

Er ging vor, zeigte es ihr und sie durfte sich ein paar Blüten abschneiden. Außerdem sprach sie ihn auf Ableger von Rosmarin und anderen Heilpflanzen an und er gab sie ihr bereitwillig. Ein gutmütiger Mensch schien er zu sein.

»Was bekommst du dafür?«, fragte sie.

Er sah sie an, als hätte sie ihn beleidigt. »Nichts.«

»Wie nichts. Wirklich?«

»Wirklich.«

»Aber du lebst doch davon.«

»Nichts.«

»Okay, danke. Lieben Dank.« Unschlüssig stand sie da. In der Hand einen kleinen Karton mit Kräuterblüten und Ablegern. »Dann mach ich mich jetzt wieder auf den Weg.«

»Du bist also nur deshalb gekommen?«, platzte es aus ihm heraus.

Mit einem Anflug von schlechtem Gewissen sah sie ihn an. Hatte er sich also wirklich mehr erhofft? Sie wollte ihm nicht wehtun, aber er hatte keine Gefühle in ihr geweckt. Vielleicht auch, weil Teresa so durcheinander war, was Männer betraf, dass sie ihre Gefühle gar nicht mehr einordnen konnte. Sie wollte jetzt nur noch nach Hause. »Was? Nein. Ja.«, entfuhr es ihr. »Ich meine, ich habe die Zeit mit dir sehr genossen«, fügte sie vorsichtig an. »Ich bin gern mit dir zusammen. Ich meine, du bist ein toller Mann. Aber ich habe dir ja am Telefon gesagt, dass ich kommen will, um mehr über die Kräuter und Pflanzen zu lernen.«

Er schluckte, sah zu Boden. »Sí«, presste er hervor.

»Ich fürchte, ich habe gerade keinen Kopf für … mehr.« Sie wollte offen sein, so wie sie es auch von Männern immer erwartete.

Er starrte sie an. »Ich gebe dir noch Öl in deinen Wagen. Aber dann musst du wirklich in die Werkstatt.«

»Oh, ja, vielen Dank. Das ist wirklich lieb und das mach ich.« Sie hatte schon gar nicht mehr an ihren kaputten Wagen gedacht.

Mauro drehte sich um, ging zu einem Schuppen, der neben dem Haus stand, holte einen Kanister Öl, trat zu ihrem Frosch, öffnete wieder die Motorhaube und goss Öl nach. »Das sollte vollständig gewechselt werden, aber damit du weiterfahren kannst, schütte ich erst mal neues nach.«

Teresa nickte, bedankte sich, sah ihm fasziniert zu. Jeder besaß andere Talente. Für sie sah das Innenleben eines Motorraums so kompliziert aus wie eine größere mathematische Gleichung. Wie sehr hatte sie Mathe in der Schule gehasst! Zum Glück gab es Berufe, in denen man keine höhere Mathematik brauchte. Die Abrechnung in ihrem Laden bekam sie gerade noch hin, den Rest erledigte ein Steuerberater in Palma.

Mauro war fertig, klappte die Motorhaube zu. »Jetzt bist du erst mal sicher«, sagte er.

»Danke, vielen Dank.« Sie stellte den Karton mit den Pflanzen ins Auto, trat zu ihm, war sich unsicher, ob sie ihm die Hand geben sollte, ihn kurz umarmen oder sogar auf die Wange küssen. In dem Moment klingelte ihr Handy. Teresa zog es heraus. Simon von Bergen. Was wollte der denn jetzt? Hin- und hergerissen starrte sie auf ihr Fon.

»Willst du nicht drangehen?«, fragte Mauro.

»Äh, doch.«

Sie nahm den Anruf an, hörte sich selbst in einer künstlichen Stimme. »Hallo, hier ist Teresa.«

Seine Stimme berührte sofort etwas in ihr, auch wenn sie es nicht wollte.

»Teresa, hier ist Simon.«

Sie spürte Gänsehaut auf ihren Armen. Verdammt!

Simon räusperte sich, redete mit belegter Stimme weiter. »Ich habe einem Kunden, für den ich auch als Innenarchitekt arbeite, von deinen selbst entworfenen Ikat-Kleidern und -Röcken erzählt.«

»Aha«, brachte Teresa heraus und sah, dass Mauro sie finster ansah. Natürlich hörte er, wer dran war und was Simon sagte. Wie man es bei Handys meistens hörte, wenn man direkt danebenstand. Was musste Simon auch gerade jetzt anrufen?

»Können wir später weiterreden?«, fragte sie schnell. »Ich bin gerade bei … ich kann gerade nicht so gut.«

»Es ist aber wichtig«, entgegnete Simon. »Für dich. Der Kunde hat sie sich auf deiner Homepage angesehen, ist begeistert. Er ist nur noch bis morgen Abend auf der Insel und möchte gern einige Teile deiner Kollektion für seine Frau und seine drei Töchter kaufen. Die eine Tochter hat ein eigenes Modelabel. Vielleicht kommt da eine Kooperation mit dir zustande. Ich habe für ihn schon gearbeitet, er ist wirklich nett und hat mich gebeten, mit dir in diese Ikat-Weberei zu gehen und die Stoffe auszuwählen. Er hat immer sehr genaue Vorstellungen, aber ich brauche deine Expertise.«

»Aha.« Mehr fiel Teresa nicht ein. Dann setzte sie nach. »Ich sage dir den Ansprechpartner in der Textilwerkstatt, die kennen sich bestens aus und du kannst gern allein dorthin gehen und die Stoffe besorgen.«

»Nein!«, entfuhr es Simon. Sanfter setzte er nach. »Bitte, Teresa, ich kann das nicht … so gut beurteilen, welche der Stoffe für ein Kleid geeignet sind zum Beispiel. Und die dort sicher auch nicht. Lass uns morgen bitte zusammen dort hingehen. In deiner Mittagspause oder nach Ladenschluss, wie du magst.«

Teresa hielt die Luft an. Sie verstand, dass es nur ein Vorwand von ihm war, sie zu sehen. Ein alberner Vorwand. Und sie spürte, etwas in ihr konnte nicht Nein sagen.

Dann sah sie wieder Mauros düsteren Blick. Um schnell aus dieser heiklen Situation zu kommen, sagte sie. »Ich rufe dich morgen an.« Sie legte auf, lächelte Mauro bemüht an.

Der nickte ernst und verstehend. Dabei gab es nichts zu verstehen. Sie selbst verstand ja am allerwenigsten. Warum wollte Simon sie unbedingt sehen, wo er gerade erst seiner Juana einen Heiratsantrag gemacht hatte. Ihr wurde heiß. So musste es sich anfühlen, wenn man in den Wechseljahren war.

»Also dann«, hörte sie Mauro knapp sagen. Er hob kurz distanziert die Hand, drehte sich um und ging zu seiner Finca zurück. Aufgewühlt sah sie ihm nach. Jetzt hatte sie ihn durch ihr Telefonat mit Simon vor den Kopf gestoßen. Teresa wurde wütend. Auf sich selbst, wie sie sich eingestehen musste. Wieso hatte sie Simon zugesagt, noch dazu vor Mauro? Er tat ihr leid und sie fühlte sich schlecht. Aber was konnte sie tun? Nichts. Sie wusste zu gut, wie er sich jetzt vermutlich fühlte.

Sie stieg in ihren Frosch, startete den Motor und er sprang an wie eine Eins. Während sie den Schotterweg von Mauros Farm hinunterfuhr und anschließend über die Landstraße röhrte, sah sie immer wieder auf die Motorhaube. Bis jetzt dampfte nichts aus dem Motorraum. Sie beschloss, doch erst nach Hause zu fahren. Morgen früh würde sie dann zur Werkstatt fahren, dann musste sie Josy heute nicht belästigen, dank Mauro.

Teresa drehte das Radio an, aber keines der Lieder passte zu ihrem Seelenchaos. Entweder waren sie zu romantisch oder zu sehr auf gute Laune gepolt. Entnervt stellte sie das Autoradio wieder ab. Sollte sie morgen wirklich mit Simon dorthin fahren? Seelenchaos. Sie brauchte Salbei. Zum Glück hatte sie auch Salbeiableger bei Mauro mitgenommen. Sie würde die Ableger zu Hause gut wässern und morgen in Cecilias Garten einpflanzen, am besten, bevor sie in den Laden ging. Gleich würde sie sich in ihrer kleinen Küche Salbeilinguine mit Garnelen machen. Hoffentlich half das. Auch wenn sie allein lebte und ihre Mahlzeiten zumeist allein einnahm, war es ihr wichtig, lecker zu kochen. Denn das sollte man sich selbst schon wert sein. Und wie sie ja jetzt über Salbei wusste, förderte er die Erkenntnis des eigenen Seelenlebens. Danke, Mum, dass du dir so viele liebe Gedanken um mich gemacht hast, dachte Teresa überwältigt.

Kapitel 19

Ein Sonnenstrahl fiel durch den Schlitz zwischen den Vorhängen in Teresas Schlafzimmer. Sie lag in ihrem Bett, der Wecker klingelte, sie rekelte sich. Tatsächlich hatte sie besser geschlafen als erwartet. Ob es an dem Salbei gelegen hatte? Man wusste es nicht, aber Hauptsache, sie fühlte sich ruhiger als am Tag zuvor. Und köstlich hatten die Salbeilinguine auf jeden Fall geschmeckt. Teresa setzte sich auf, schlüpfte in ihre Pantoffeln und ging in ihrem Schlaf-T-Shirt ins Bad. Aus dem Spiegel sah ihr eine Frau mit verwuschelten Haaren und rosigen Wangen entgegen. Teresa betrachtete sich kritisch. Eigentlich, mal abgesehen von den ersten Fältchen um die Augen, fand sie sich selbst sympathisch aussehend. Und das war es doch, was am wichtigsten war. Was half es einem, superschlank und mit makelloser Haut zu sein, wenn man eine Ausstrahlung besaß wie sieben Tage Regenwetter. Teresa zog das T-Shirt aus, duschte sich rasch, legte Kajal und Wimperntusche auf, mehr brauchte sie nicht. Dann bereitete sie sich einen Kaffee zu und ein Obstmüsli, setzte sich damit auf ihre Terrasse. Den Moment genießen, das schaffte man viel zu selten, aber ein Kühlschrankmagnet an ihrem Kühlschrank erinnerte sie immer wieder daran.

Anschließend nahm sie die Schüssel zur Hand, in die sie gestern noch die Setzlinge von Mauro ins Wasser gestellt hatte. Sie goss das Wasser ab, nahm die drei übrigen Blumen für die Mädels aus der Vase, wickelte eine nasse Serviette um die Stielenden und umhüllte sie mit einer Tüte, damit sie nicht austrockneten. Dann machte sie sich damit zu Fuß auf in Cecilias Garten. Dafür hatte sie extra den Wecker auf etwas früher gestellt.

Wie wunderbar es hier duftete! Seitdem Cecilia ihr angeboten hatte, sich in ihrem kleinen Garten wie zu Hause zu fühlen, vermisste sie keinen eigenen Garten mehr.

Sie nahm eine Harke zur Hand und pflanzte den Salbei dort, wo er schön in der Sonne stand, ein. Denn der Salbei war ein Sonnenkind, es konnte ihm nicht hell und warm genug sein. Teresa musste lächeln, sie hätte sich selbst auch als Sonnenkind bezeichnet, fühlte sich deshalb auf dieser sonnigen Insel so wohl. In Niederbayern hatte im Sommer zwar oft die Sonne geschienen, aber die Winter konnten kalt und ungemütlich werden. Wieder dachte sie an ihre Mum, die die Wärme auch so sehr geliebt hatte. Eigentlich hätte auch sie besser nach Mallorca gepasst. Aber wie so vielen hatte ihr der Mut gefehlt, für diesen großen Schritt. Teresa erinnerte sich, dass ihre Mutter sogar einmal darüber geredet hatte. Vielleicht war Teresas Wahl auch deshalb auf diese Insel gefallen, als sie ihre Zelte in Deutschland abbrechen wollte, um woanders neu anzufangen. Die beste Entscheidung ihres Lebens.

»Teresa, wie schön, ist das Salbei?«, hörte sie Cecilias Stimme. Sie drehte sich erfreut um. »Guten Morgen, Cecilia. Ja, ich habe mehrere Ableger von Mauro bekommen, dem Mann, der die essbaren Blüten anpflanzt.«

Cecilia nickte verstehend und lächelte. »Dann kann man die Blüten von diesem Salbei auch essen?«

»Ja, und sie sind sehr gesund. Generell Salbei.«

»Ich weiß. Zumindest wohltuend für den Hals und gegen Husten.«

Teresa erklärte ihr, für was Salbei noch alles gut war, was sie von Mauro gelernt hatte, und Cecilia lauschte gebannt.

»Wunderbar, Liebes. Du hast allein gestern schon einiges dazugelernt.«

»Ja, und ich habe allein durch diese paar Stunden gemerkt, wie gut es tut, Neues zu erfahren. Ich will das auf jeden Fall fortführen.«

Cecilia gab ihr recht. »Man lernt nie aus. Sein Leben lang. Ich habe es immer bedauert, nicht mit der Schule weitergemacht zu haben. Aber mein Vater war immer der Ansicht, ein Mädchen braucht keine gute Ausbildung, in unserer Bäckerei lerne ich genug. Nachdem ich ein Kind bekommen hatte, und mein Vater schon tot war, habe ich alles verschlungen, was ich in die Hand bekommen habe. Ich hätte vermutlich sogar das Abitur nachmachen können. Aber wozu. Es hat mir gereicht, immer mehr zu wissen als viele andere, mitreden zu können, eine eigene Meinung haben zu können und sie mit guten Argumenten vertreten zu können.«

Beeindruckt hatte Teresa der alten Dame zugehört. »Das finde ich großartig, Cecilia. Und es stimmt, selbst wenn man keine gute Bildung bekommen hat, aus welchen Gründen auch immer, kann man sich nicht zeitlebens damit herausreden.«

»Genau, man kann seinen Geist immer schulen, weltoffen bleiben, neugierig und wissbegierig«, bestätigte Cecilia. »Das macht den Menschen doch aus. Aber heutzutage lassen sich leider viele nur noch berieseln, meinen, dass sie zu müde sind nach einem Arbeitstag, um noch etwas zu lesen.«

Teresa fühlte sich selbst etwas ertappt. Wie oft ging es ihr auch so, dass sie abends durch Insta scrollte, einen Film ansah und es genoss, sich nicht anstrengen zu müssen. Viel zu lange war es her, dass sie einen Liebesroman gelesen hatte, das, was sie früher so gern getan hatte.

Die beiden Frauen redeten weiter, während sie überlegten, welche Setzlinge an welchem Standort im Garten am besten aufgehoben waren. Nachdem Teresa Mauros Setzlinge alle eingepflanzt hatte, wollte sie los in ihren Laden. Cecilia merkte aber, dass ihr noch etwas auf dem Herzen lag. Und so erzählte Teresa der alten Frau von Simons Anruf gestern und seiner Bitte, heute mit ihr in die Textilwerkstatt zu fahren.

Cecilia verstand sofort. »Eigentlich möchtest du nicht, weil es diese andere Frau gibt, aber dennoch reizt dich dieser Mann, habe ich recht?«

Ertappt sah Teresa sie an und nickte langsam. Cecilia hatte wirklich ein gutes Gespür für sie.

»Ich kenne das«, fuhr Cecilia fort. »Mit meinem Benito, das durfte ja auch nicht sein, aber er hatte so eine Anziehung auf mich wie kein anderer danach.«

»Wirklich? Kein anderer mehr?«

Cecilia nickte. »Wenn ich ganz ehrlich bin, habe ich es vom Herzen her mein Leben lang bereut, mich nicht für ihn entschieden zu haben. Auch wenn ich einen guten Mann hatte und ein gutes Leben und es für meine Tochter so sicher besser gewesen ist.«

Betroffen sah Teresa sie an. Wie traurig! Dennoch konnte man Cecilias Liebesgeschichte nicht mit Teresas Situation vergleichen. Denn es gab ja noch gar keine Liebesgeschichte. Teresa war nie mit Simon zusammen gewesen und er hatte ihr seinen Sohn und seine Freundin verschwiegen. Ein riesiger Vertrauensbruch und vielleicht hatte sie sich ja eh alles nur eingebildet. Ein himmelweiter Unterschied. Oder nicht?

»Gegen Gefühle ist man machtlos«, fuhr Cecilia fort. »Tatsächlich hat es Federico, der alte Mann, geschafft, mich wieder öfter zum Lachen zu bringen, fast so wie Benito damals.

Ich danke euch, dass ihr mich überredet habt, mich mit ihm zu treffen.«

»Wirklich? Wie romantisch! Siehst du, man ist nie zu alt für die Liebe«, sagte Teresa erfreut. Wenigstens bei Cecilia schien es gut zu laufen. Vielleicht würde es das bei ihr auch, irgendwann. Mit über achtzig spätestens.

»Auch wenn Federico nicht so tiefe Gefühle in mir weckt wie Benito«, fügte Cecilia hinzu. »Sondern andere. Jedenfalls tun sie mir sehr gut. Außerdem kann es auch sein, dass man seine erste Liebe viel intensiver erlebt als alle späteren Lieben in seinem Leben.«

»Gut möglich, vielleicht klappt es deshalb nie bei mir. Weil ich zu viel erwarte.« Teresa dachte an ihre erste Liebe, einen Jungen aus einer Klasse über ihr. Er war lange ihr Schwarm gewesen und irgendwann waren sie tatsächlich zusammengekommen. Teresa schwebte damals auf Wolke sieben, war beseelt von diesem Gefühl, zu lieben. Aber schon nach wenigen Monaten ließ er sie wegen einer anderen sitzen. Um ehrlich zu sein, suchte sie seit damals nach genau diesem grandiosen Gefühl. Doch leider wiederholte sich dieses Schema, betrogen zu werden, sehr oft in ihrem Leben, dachte sie traurig. Noch zwei Mal hatten sich Männer wegen einer anderen von ihr getrennt. Gab es so viele Untreue oder lag es an ihr?

»Du erwartest nicht zu viel von der Liebe. Im Gegenteil, es steht dir zu, über alles geliebt zu werden. Du bist eine wundervolle junge Frau. Und das sage ich jetzt nicht einfach so«, sagte Cecilia lächelnd. »Denke bitte nie, es könnte an dir liegen. Keiner sollte das tun.«

Verblüfft sah Teresa sie an. Konnte sie Gedanken lesen?

»Oft bezieht man Reaktionen von anderen Menschen auf sich, ich kenne das. Aber so gut wie immer hat es nichts mit einem selbst zu tun, sondern der andere trägt etwas mit sich herum. Mein Federico auch. Wie dieser Simon hat er seine Frau verloren. Und vielleicht hat diese andere Frau deinen Simon getröstet und sich Liebe erhofft. Vielleicht ist er ein guter Mensch, verdankt ihr viel, konnte sie nicht einfach vor den Kopf stoßen, als er dich kennengelernt hat.«

»Er ist ein guter Mensch«, entgegnete Teresa. »Ganz sicher, ich meine, ich kenne ihn ja kaum, aber das sagt mir mein Bauchgefühl.«

»Dann höre dir an, was er zu sagen hat. Fahre mit ihm in die Textilwerkstatt, ganz offenbar will er mit dir reden.«

Teresa lächelte Cecilia dankbar an. »Du hast recht. Wenigstens anhören sollte ich ihn.«

In dem Moment hörte man ein rasseliges Husten vom Gartentor her und dann Federicos Stimme. Er sprach Mallorquin, aber Teresa verstand im Großen und Ganzen, was er sagte:

»Na, ihr zwei wundervollen Frauen, habt ihr vielleicht auch ein Kraut gegen diesen Husten? Wenn schon gegen mich kein Kraut gewachsen ist?«, scherzte er. »Aber, Potzblitz, meine Gelenkschmerzen sind nach deinem Tee schon viel besser.«

Cecilia lachte wie ein junges Mädchen. »Sí, Federico, dank Teresa haben wir auch genau das richtige für deinen Husten. Salbei.«

»Und vor allem Thymian«, fügte Teresa hinzu. Mauro hatte ihr auch davon einen Ableger mitgegeben.

Cecilia strahlte Federico an. Wie glücklich sie augenblicklich wirkte, dachte Teresa und freute sich mit ihr.

Federico trat ein, ging auf die beiden zu, gab Teresa einen Handkuss und dann trat er zu Cecilia und küsste sie sanft auf die Wange, nicht auf den Mund, um sie nicht anzustecken, wie er fürsorglich sagte.

Wie niedlich, in diesem Alter so zärtlich geküsst zu werden, was gab es Schöneres auf der Welt? Viele ältere Menschen bekamen kaum noch Nähe und Geborgenheit, wie sehr musste ihnen das fehlen. Teresa dachte an ihr eigenes Leben, die jetzt schon wieder längere Zeit als Single, wenn man die kurze Liaison mit Juan, dem Fischer, abzog. Mit ihm war ja auch nicht mehr geschehen, als ein paar Küsse. Jemand zum Ankuscheln, jemand, von dem man in den Arm genommen wurde, oder den man streicheln und verwöhnen konnte, das fehlte ihr. Denn auch das tat Teresa gern. Den anderen verwöhnen, sei es mit köstlichem Essen und Trinken oder Zärtlichkeit. Aber eben nur, wenn auch das Gefühl stimmte. Sex allein brachte ihr nichts, sie hatte das einmal ausprobiert und sich danach erst recht leer und einsam gefühlt.

Federico scherzte mit Cecilia weiter, hustete erneut und sie weihte ihn in die Kraft des Salbeis ein. Teresa ergänzte es um ihr Wissen über Thymian.

Cecilia schlug vor, ihm gleich bei sich einen Tee aus beidem zu bereiten. Dazu wollte sie ein Ensaimada aus der Panadería holen und dann wollten sie es sich auf ihrer Terrasse gemütlich machen.

Wie auch er sie ansah, dachte Teresa fasziniert. Es glitzerte geradezu in seinen Augen. »Ich bin ein Glückspilz«, sagte er plötzlich. Und dann konnte er seine Tränen nicht mehr zurückhalten. Verschämt wischte er sie weg.

»Dass ich noch einmal dieses Glück haben darf, eine Frau wie dich zu finden.«

Überwältigt lächelte Cecilia ihn an. »Wir sind beides Glückskinder würde ich sagen.«

Jetzt musste auch Teresa eine Träne wegblinzeln. Was gab es Schöneres, als liebe Menschen glücklich zu sehen? Vielleicht musste ihr das genügen. Sie nahm die Blumen für die Mädels und freute sich schon darauf, sie damit zu überraschen.

* * *

Die Sonne fing bereits an, langsam unterzugehen. Simon wartete unten vor dem Haus, in dem Teresa wohnte, neben seinem Wagen, um mit ihr nach Pollença zu fahren. Die Ikat-Weberei war eine der letzten drei auf Mallorca, wie er zuvor gelesen hatte.

Teresa hatte heute zwar keinen Werkstatttermin für ihren Wagen bekommen, sodass ihr Frosch noch vor ihrem Haus stand. Da sie jedoch eine weitere Panne befürchtete, hatte sie eingewilligt, dass er sie abholte. Per Sprechanlage hatte sie um ein paar Minuten gebeten. Ihre Zusage am Telefon heute Früh hatte ihn so nervös gemacht, dass er den heißen Kaffee, den er in dem Moment in der Hand gehalten hatte, über seinen Schenkel gegossen hatte. Fast hätte er vor Schmerz ins Fon geschrien, aber das hätte Teresa sicher irritiert und so hatte er es sich mühsam verkniffen.

»Was hast du denn gemacht, Papa?«, hatte Max kurz darauf gefragt, als er ihm im Foyer der Villa mit der nassen Hose begegnete. »Eingepippit?« Max grinste.

»Nein, ich habe … telefoniert«, erwiderte er lachend. »Manchmal freut man sich über einen Anruf so, dass man ganz hibbelig wird.«

Er lachte erneut und Max sagte: »Hab dich schon lang nicht mehr so doll lachen gehört.«

»Wirklich? Das ist nicht gut. Das muss ich dringend ändern.« Er lächelte, wollte Max übers Haar strubbeln wie früher, hielt sich aber zurück. Irgendwie schien dieses Kind die letzte Zeit gereift zu sein, wurde immer mehr zum kleinen Erwachsenen.

»Ich muss jetzt noch weg, du kommst klar, Großer, oder?«, fragte Simon.

»Klar. Oma geht mit mir in eine Schokoladenmanufaktur in Palma.«

»Super.«

»Juana hat keine Lust. Sag mal … Meinst du, sie mag meinen Bruder dann mehr als mich?«

Verblüfft sah er seinen Sohn an. »Was? Nein! Unsinn.«

»Echt?«

»Echt. Viele haben doch zwei Söhne. Alles klar, Max?«

»Mmmhm. Weiß nich. Juana ist gerade so komisch zu mir.«

»Das hat nichts mit dir zu tun«, entfuhr es Simon. Er ging ihr, soweit möglich, aus dem Weg, hatte sich auch heute wieder direkt nach dem Frühstück in sein Büro zurückgezogen. Ganz sicher spürte sie seine innere Zerrissenheit.

»Wir hatten eine kleine Meinungsverschiedenheit, nix Wildes«, versuchte er, seinem Sohn auszureden, dass es an ihm lag.

Max sah seinen Vater forschend an. Bevor er weiterfragen konnte, sagte Simon: »Also dann, ich muss mich mal trockenlegen. Viel Spaß in der Schokomanufaktur. Klingt ja toll. Dann siehst du, wie man Schokolade herstellt.« Max rollte etwas mit den Augen. Die Kids heutzutage hatten schon so viel gesehen, zumindest auf YouTube. In dem Moment kam zum Glück seine Mutter dazu und brach mit Max zusammen auf.

Simon sah erneut auf seine Armbanduhr, dann auf das Haus, in dem Teresa wohnte. Ein altes, typisch mallorquinisches Stadthaus, sicher aus dem vorigen Jahrhundert. Er mochte diese Art Häuser. Sie erzählten Geschichten, bewahrten Geheimnisse. Gern hätte er ihre Wohnungseinrichtung gesehen, aber sie hatte ihn gebeten, unten zu warten. Hoffentlich nicht zu lange. Juana ließ ihn ständig lange warten. Aber er wollte jetzt nicht an Juana denken. Und sich schlecht fühlen.

Eine alte Frau kreuzte seinen Weg, sah ihn neugierig an. Hier kannte bestimmt jeder jeden. Er sah sich weiter um. Es gab eine Panadería, ein kleines Café, in dem zwei alte Männer saßen, mehr nicht. Ein nettes Dorf, er kannte es nicht. Eher eine Häuseransammlung.

Da ging die Haustür auf und *sie* trat heraus. Sie lächelte, oder war das kein Lächeln? Die Abendsonne blendete ihn jetzt. Sie trug eines ihrer selbst genähten Ikat-Kleider, es stand ihr ausgezeichnet, betonte ihre Rundungen, die ihm so gut gefielen. Ihre Ausstrahlung war einfach unglaublich. Hatte sie die nur auf ihn oder etwa auf alle Männer, fragte er sich.

»Hey«, sagte sie leichthin, als bedeutete ihr dieses Treffen so gar nichts. Oder sah er wieder alles viel zu negativ?

»Hallo, schön, dass es geklappt hat«, erwiderte er und sah ihr in die Augen. In diese schönen, fröhlichen blauen Augen, die immer so positiv in die Welt blickten. Zumindest kannte er sie bisher nur so.

»Tut mir leid, dass du ein paar Minuten warten musstest. Im Laden war heute viel los.«

»Kein Problem.« Er hielt ihr die Tür auf, wartete, bis sie eingestiegen war, betrachtete dabei ihre Beine und schloss dann die Tür.

Dann trat er auf die Fahrerseite, stieg ein und startete den Wagen. Ihre Nähe machte ihn nervös.

Sie strich ihre braunen Locken zurück, zuppelte an ihrem Ausschnitt. Er hatte Mühe, seine Augen nicht dorthin wandern zu lassen und sich auf den Verkehr zu konzentrieren. Keiner von ihnen sagte etwas, aber Simon störte es nicht. Er wollte nicht im Auto mit ihr reden, im Grunde wusste er gar nicht genau, was er ihr sagen wollte. Er wusste nur, dass er sie hatte sehen müssen, unbedingt. Dass er ihre Nähe brauchte, dass sie ihm gefehlt hatte, was absurd war. Aber dadurch, dass er von seiner Mutter und ihrer Mutter damals einiges von Teresa erfahren hatte, kam es ihm tatsächlich so vor, als ob sie sich schon länger kannten. Er bewunderte ihre positive Sichtweise auf das Leben. Denn auch sie hatte schon einige Rückschläge hinnehmen müssen.

Allein der frühe Tod des Vaters, dann die Krankheit und der Tod ihrer Mutter. Menschen, die noch keine Liebsten viel zu früh verloren hatten, konnten seinen Schmerz und seine Trauer um Linda nicht verstehen. Das hatte er schon öfter gemerkt, sich unverstanden gefühlt, allein.

Aber in Teresas Nähe fühlte er sich geborgen. Tatsächlich. Das war es. Auch wenn sie nichts sagte, sie strahlte etwas aus, das einem guttat. Zumindest ihm. Ihre natürliche Herzlichkeit. Und sie duftete so gut. Nach irgendeiner Blume, er konnte nicht sagen welcher. Natürlich nach Blume.

»Du hättest mit mir reden können«, sagte sie leise. Er schluckte. Nicht jetzt.

»Können wir reden, wenn wir dort sind? Bitte.«

»In der Textilwerkstatt?«

»Nein, natürlich nicht. In Pollença. Bei einem Spaziergang in den Gärten des Joan March zum Beispiel. Kennst du die?«

Teresa schüttelte den Kopf.

»Dort kann man die wichtigsten einheimischen Bäume und Sträucher der Inselflora betrachten, ich dachte, das interessiert dich sicher.«

Sie sagte nichts.

Er fuhr fort: »Ich finde, dieser Garten wurde angelegt wie ein Slow-Living-Garten. Es befindet sich ein gotischer Turm darin, aus dem fünfzehnten Jahrhundert.« Er unterbrach sich. »Ich langweile dich.«

»Nein, überhaupt nicht. Aber wir haben in der Weberei gleich den Termin mit Marina, schon vergessen?«

»Nein. Ich dachte an danach. Oder hast du anschließend keine Zeit mehr?«

Sie zögerte. »Doch.«

Wieder schwieg sie, kaute mit ihren Zähnen auf ihrer vollen Unterlippe, wie er von der Seite sah. Wie gut sie aussah! Wie gern er sie berührt hätte! Was dachte er da? Es ging nicht. War dieser Ausflug nicht eine einzige Schnapsidee gewesen? Sein Magen zog sich zusammen.

In dieser traumhaften Umgebung unweit des Tramuntanagebirges lag Pollença. In dieser Stadt erlebte man auch heute noch das ursprüngliche Mallorca, denn sowohl Pollença als auch Port de Pollença waren vom Massentourismus weitestgehend verschont geblieben. Hier konnte man die Geschichte von Mallorca noch hautnah spüren. Es gab einige traditionelle mallorquinische Lokale, und auch sehr gute internationale Restaurants. Simon ging gern hier essen, kannte sich aus. Nur die Textilwerkstatt hatte er noch nie besucht. Warum eigentlich nicht? Manchmal mussten erst besondere Menschen kommen, um einen auf das Naheliegendste zu stoßen.

Simon parkte den Wagen auf einem zentral gelegenen Parkplatz, stieg aus, wollte Teresa die Tür öffnen, aber sie war schneller, sah ihm die ganze Zeit kaum in die Augen.

Mithilfe des Handy-Navis fanden sie den Can-Berenguer-Kreisverkehr in Pollença. Dort befand sich die traditionelle Textilwerkstatt. Zum Glück hatte der Laden unter der Woche bis zwanzig Uhr geöffnet, Teresa hatte auch eine kleine Führung vereinbart. Sie trat ein in das vordere Ladengeschäft und Simon folgte ihr. Teresa grüßte die Verkäuferin auf Englisch, sie kannten sich und plauderten kurz. Simon sah sich um. Hier gab es bunte Accessoires im Ikat-Design, Handtücher, Taschen, Schürzen, Lesezeichen und allerlei andere Mitbringsel. Außerdem Stoffe, um selbst etwas daraus zu schneidern.

»Ist Marina hinten?«, fragte Teresa die Verkäuferin.

Die nickte. »Ihr könnt gern durchgehen.«

Wieder folgte Simon ihr. Sie betraten die Textilwerkstatt, eine Frau mittleren Alters kam ihnen entgegen und begrüßte Teresa auf Deutsch mit einer herzlichen Umarmung. Teresa stellte Simon als einen Geschäftspartner vor. Bei dieser Bezeichnung zuckte er innerlich etwas zusammen. War er nicht mehr für sie? Aber natürlich, selbst wenn sie ihn als Freund der Familie oder Ähnliches gesehen hätte, hier ging es um Geschäftliches. Simon erfuhr von der netten Frau, dass die Weberei ein Familienbetrieb war, der im neunzehnten Jahrhundert gegründet worden war und sich seither der Herstellung von Ikat-Stoffen widmete. »Diese werden auch Roba de Llengües genannt, Zungenstoffe auf Deutsch«, erklärte Marina.

»Die Herstellung erfolgt im Wesentlichen immer noch in traditioneller Handarbeit. Hier seht ihr den Webstuhl, hier werden die Garne auf Trommeln gewickelt und dann eingefärbt. Das Garn wird je nach dem gewünschten Muster so gefärbt, dass einzelne Abschnitte verschiedene Farben haben. Dadurch sehen die Motive auf der Vorder- und Rückseite genau gleich aus.«

Teresa kannte das offenbar schon, aber Simon lauschte Marina fasziniert und ließ sich alles zeigen.

»Unser Stoff besteht aus Naturfasern«, erklärte Marina.

»Siebzig Prozent Baumwolle und dreißig Prozent Leinen«, fügte Teresa hinzu. Die Frau nickte lächelnd.

Beeindruckt stellte Simon eine Nachfrage, die Teresa beantworten konnte. Dabei sah sie ihm endlich in die Augen. Er konnte kaum zuhören. Sie schien sich wirklich gut auszukennen, liebte diese Stoffe, wie man merkte, und auch, dass sie traditionell hergestellt wurden. Es passte perfekt. Zu seinem Slow-Living-Konzept, zu ihm.

Nachdem ihm Marina den Prozess des Färbens von Baumwollfäden in Strängen mit Farbstoffen gezeigt hatte und er wieder kaum hatte folgen können, weil Teresa genau neben ihm stand und so unglaublich gut roch, kamen sie zum Ende der Führung. Marina erklärte, dass diese typisch unregelmäßigen und unvollkommenen Designs sich von den im industriellen Maßstab hergestellten Drucken unterschieden.

»Zum Glück«, entfuhr es Simon. »Ich mag es unvollkommen.«

Teresa musste lächeln und es stand ihr einfach so gut.

Marina bot ihnen zum Abschluss mallorquinische Köstlichkeiten zur Verkostung an, aber weder er noch Teresa hatten Appetit, sie erledigten noch den Einkauf für Simons Kunden, verabschiedeten sich und bedankten sich herzlich.

* * *

Teresas Magen fühlte sich an, wie mit einer Kordel abgeschnürt. Zum ersten Mal seit Langem verspürte sie keinen Hunger und das wollte etwas heißen. Denn der Appetit verging ihr eigentlich nie. Aber die Nähe zu Simon machte sie so nervös, dass sie sogar auf die leckeren, von Marina angebotenen Tapas verzichtet hatte.

Simon hatte die Auswahl der Stoffe mit seinem Handy dokumentiert, wollte sich mit dem Kunden und dessen Tochter besprechen und dann ordern. Viel würde sie eh nicht schaffen, das Schneidern war eher ihr Hobby nach Feierabend. Natürlich schneiderte sie auch, um ihre Kreationen in ihrem Laden zu verkaufen. Eine Kooperation mit der Tochter schlug sie nach kurzer Überlegung aus. Denn sie wollte ihr Leben genießen und nicht so viel arbeiten, dass ihr kaum noch Zeit für sich und ihre Freundinnen blieb. Simon verstand das gut, ging es ihm doch mittlerweile genauso. Sie brachten den Stoff zu seinem Wagen, spazierten dann durch die Gartenanlage Jardines de Joan March, die mittlerweile ein öffentlicher Park war. Simon hatte recht, er war wunderschön angelegt. Sie kamen vorbei an wilden Olivenbäumen, Eiben, Orangenbäumen, Johannisbrotbäumen, Zwergpalmen und schlanken Zypressen. Simon kannte sie alle und beeindruckt hörte Teresa seinen Ausführungen zu.

»Wollen wir jetzt zur Playa S'Illot?«, schlug Simon vor. »Es ist einer meiner Lieblingsstrände«, sagte er schnell, ehe Teresa antworten konnte. »Ich habe auch etwas zu trinken eingepackt und mallorquinische Petits Fours von Clara.«

Teresa zögerte. Er hatte extra etwas zu essen und zu trinken eingepackt? Das klang so romantisch, dass es ihr erneut den Magen zusammenzog. Sollte sie ihm nicht doch erzählen, dass seine Freundin nicht sein Kind bekam? Sie hatte es mehrmals mit ihren Freundinnen diskutiert, aber alle, bis auf Amelie, waren der Meinung gewesen, sie solle sich nicht einmischen. Amelie hatte ihre Meinung geändert.

Sie betrachtete sein markantes Gesicht, seine Augen warteten auf eine Antwort, sahen sie sehnsuchtsvoll an, oder bildete sie sich das ein?

»Eigentlich wollte ich mit dir nur zu dieser Weberei und mehr nicht«, sagte sie.

»Ich weiß. Ich auch.«

»Und deshalb hast du etwas zu trinken und Petits Fours eingepackt, führst mich durch diesen Garten und willst jetzt zum Strand?«

»Nein. Ja. Nur sicherheitshalber habe ich etwas eingepackt. Damit es dir gut geht. Es ist ja kein Wein. Ich muss eh noch fahren. Ich packe immer etwas ein, wegen Max. Meinem Sohn. Sobald wir fünf Meter gefahren sind, sagt er: ›Ich hab Durst, Papa.‹ Und dann Hunger. Und du magst Claras Petits Fours doch so.«

Er lächelte. Was für ein umwerfendes Lächeln, mit Grübchen! Verdammt, dachte Teresa. Wieso musste er nur vergeben sein? Wieso sah er sie so an? Wieder ein Mann, der nicht treu sein konnte? Oder hatte er wirklich Gefühle für sie und zweifelte an seiner Beziehung? Aber selbst wenn. Wollte sie einen Mann, der eine Frau für sie verließ, noch dazu eine schwangere Frau? Selbst wenn es nicht sein Kind war. Auf keinen Fall!

»Also gut. Ich liebe den Playa S'Illot auch sehr.«

Er lächelte erleichtert. Sie stiegen ein, fuhren zum Strand auf der Halbinsel Victoria.

Simon parkte, sie stiegen aus und Simon holte zwei Flaschen Limonade aus einer Kühlbox im Kofferraum.

»Du hast eine Kühlbox dabei?«

»Bester Daddy der Welt, hat Max mich genannt, als ich das mit der Kühlbox angefangen habe.«

»Ist auch wirklich eine super Idee. Gerade hier auf der Insel, wo es ja manchmal schon sehr heiß ist.« Wie fürsorglich er war. Wie unkompliziert und liebevoll.

Sie gingen den Weg zum Strand, der in seiner wildromantischen Umgebung traumhaft schön aussah. Vor ihnen erstreckte sich eine kleine vorgelagerte Insel im Meer. Dort konnte man von den Klippen springen, hatte Josy einmal erzählt. Auch, dass sich der gesamte Küstenabschnitt wunderbar zum Schnorcheln oder Seekajakfahren eignete, sie bot solche Touren hier an, wie Teresa wusste. Aber von dieser Klippe würde Teresa nicht springen, so viel war sicher.

Es war ein milder Abend, wenige Badegäste befanden sich noch hier und die Sonne hatte bereits begonnen, langsam unterzugehen. Am Strand befanden sich eine Bar mit Restaurant, außerdem Picknickplätze unter Schatten spendenden Bäumen.

Hier im Norden der Insel gab es die schönsten Strände, wie Teresa fand. Sie waren auch nicht so überlaufen wie einige andere. Vor allem dieser Playa nicht. Vielleicht auch, weil es ein Kiesstrand war.

Sie setzten sich mit ihrer Limonade nah ans Wasser. »Möchtest du lieber in dem Restaurant etwas essen?«, fragte Simon nach.

»Nein, nein, ich habe keinen Hunger. Was selten vorkommt«, fügte sie hinzu.

»Auch keine Petits Fours?«

»Auch keine.« Sie spürte, wie ihre Nervosität zunahm. Was wollte er ihr sagen? Sollte sie ihm nicht doch vom Betrug seiner Freundin erzählen? War sie ihm das nicht sogar schuldig? Immerhin war seine Mutter eine gute Freundin ihrer Mutter gewesen. Nein, auf keinen Fall! Ihre Freundinnen hatten recht. Es war *sein* Leben.

»Was wolltest du mir sagen?«, fragte sie leise, sah dabei aufs Meer, das in der Abendsonne glitzerte.

Er atmete durch, schüttelte den Kopf. »Ich weiß es ehrlich gesagt wirklich nicht. Ich weiß nur, dass ich gern mit dir zusammen bin. Dass ich mir wünsche, dass wir uns öfter sehen.«

Ihr Herz hämmerte wild.

Nach kurzem Zögern fuhr er fort: »Ich wünsche mir, dass du mir nicht mehr aus dem Weg gehst. Dass wir … Freunde sind.«

Es fühlte sich an, als hätte sie einen Schlag ins Genick bekommen. »Freunde?«, entfuhr ihr tonlos.

»Mehr als das«, sagte er schnell. »Ich meine, wirklich mehr geht nicht, wie du weißt. Es gibt Juana in meinem Leben. Und bitte glaube mir, es tut mir unendlich leid, wie du es erfahren musstest. Ich wollte wirklich mit dir sprechen. Nach dem Blütendinner, ganz in Ruhe. Vorher war einfach zu viel Hektik. Und dann sind Juana und Max früher auf die Insel zurückgekommen, und ich hatte Max sogar gesagt, er kann nicht auf die Jacht kommen. Aber er wollte seinen Dad überraschen, ich mache ihm keine Vorwürfe. Mir aber. Es tut mir wirklich wahnsinnig leid.«

Sie sah ihn kopfschüttelnd an. »Wieso hast du die beiden vorher nie erwähnt? Wir haben so viel Zeit zusammen verbracht.«

»Ich weiß, ich meine, das hätte ich tun sollen, aber dann habe ich den richtigen Zeitpunkt verpasst.« Aufgewühlt fuhr Simon fort. »Ich will dir alles erklären. Juana ist für Max unglaublich wichtig. Nach dem Tod seiner Mutter war sie für ihn da. Sie war damals seine Nanny, die er eh schon über alles geliebt hat. Er kennt sie von klein auf. Und dann, nach dem Unfall meiner Frau hat sie sich so liebevoll um ihn gekümmert … wie ich es nicht konnte. Ich war in der Hölle, ich konnte nicht … *Sie* war sein Halt, auch meiner. Sie hat unsere kleine Familie zusammengehalten. Hat tagelang, nein wochenlang in Max' Bett geschlafen, weil er das wollte. Weil er nachts totale Angst hatte. Verlustangst. Und weil ich ihm nicht das geben konnte, was ihm fehlte. Eine Mutter. Einen Muttersatz. Juana ist wie eine zweite Mutter für ihn. Ich kann ihm das nicht nehmen, verstehst du? Weil ich ihn liebe, über alles. Er ist mein Leben.«

Berührt hatte Teresa ihm zugehört. Diesem Mann, der so gefühlvoll und einfühlsam war. Leider. Denn genau das gefiel ihr so sehr an ihm. Auch dass er sein Kind so liebte.

»Ich verstehe. Du musst nichts weiter sagen.«

»Doch, ich will es dir erklären. Du bist eine wundervolle Frau. Und Juana spürt, glaube ich, dass ich mehr für dich empfinde.«

Teresas Herz setzte aus. Hatte er das wirklich gesagt? Simon redete weiter, schien selbst über seine Worte erstaunt. »Juana ist auch eine tolle Frau«, sagte er rasch. »Aber anders. Ich kann ihr nicht wehtun. Und Max vor allem nicht, der freut sich schon so auf den Kleinen, damit er bald mit ihm Fußball spielen kann.«

»Es ist nicht dein Kind«, platzte es aus Teresa heraus. Über sich selbst erschrocken, schlug sie die Hand vor den Mund. Sie hatte das doch gar nicht sagen wollen. Aber sie war so aufgewühlt und durcheinander. Oder hatte sie das eben nur gedacht? Aber seinem fassungslosen Gesichtsausdruck nach hatte sie es ausgesprochen. Dabei wollte sie sich doch nicht einmischen in sein Leben. Was hatte sie getan?

Simon starrte sie an, fuhr sich durchs Haar. Dann sah er aufs Meer, sein Unterkiefer bebte. Sie sah ihn mit schlechtem Gewissen von der Seite an.

»Es tut mir leid. Ich wollte nichts sagen. Aber ich habe es gehört.«

»Gehört?« Er sah sie erstaunt an. »Von wem?«

»Durch Zufall. Ich war in Palma mit einer Freundin, mit Matilda, sie hat auch einen Laden bei uns. Ich schweife ab. Wir saßen in einem Café und Juana kam mit einer Freundin, setzte sich in Hörweite. Sie erkannte mich nicht. Ich saß mit dem Rücken zu ihr und sie hat mich wohl zu kurz gesehen auf dem Schiff. Ich war als Köchin zu unbedeutend für sie. Jedenfalls haben sie darüber gesprochen, dass es ja nicht dein Kind ist. Matilda ist Mallorquinerin, sie hat es leider eindeutig gehört. Ich sage es nicht, um euch auseinanderzubringen oder so, auf keinen Fall, so bin ich nicht.« Sie biss sich auf die Unterlippe, zuppelte an ihrem Ausschnitt herum und sah ihn mitleidig an.

Er sagte nichts, starrte wieder aufs Meer. Eine Möwe flog vor ihnen vorbei.

»Ich weiß, dass du so nicht bist«, flüsterte er. Dann räusperte er sich und sagte: »Sie hätte mit ihrer Freundin nicht darüber sprechen dürfen.«

Irritiert sah Teresa ihn an. »Was meinst du? Natürlich spricht man mit einer guten Freundin darüber. Es belastet Juana wahrscheinlich, dass sie dich belügt.«

Simon schüttelte den Kopf.

»Meinst du nicht?«

»Nein. Weil sie mich nicht belügt.«

»Was?« Teresa verstand gar nichts mehr.

»Ich weiß, dass das Kind nicht von mir ist.«

Verblüfft sah Teresa ihn an. »Du weißt es? Aber … deine Mutter redet von ihrem Enkel? Und dein Sohn, weiß er es auch?«

»Nein, außer mir und Juana weiß es keiner. Na ja, jetzt ja offenbar noch ihre Freundin. Und du. Und deine Freundin.«

Teresa schüttelte nachdenklich den Kopf. »Und wieso? Ich meine, wieso sagt ihr allen, dass es *dein* Kind ist?«

Wieso bleibst du dann mit ihr zusammen, hätte sie am liebsten hinzugefügt.

»Wie gesagt, ich verdanke Juana sehr viel. Sie ist ein guter Mensch. Auch wenn du etwas anderes von ihr gedacht hast.«

Teresa gab zu, sich geirrt zu haben. »Man kann den Menschen eben immer nur vor die Stirn gucken.«

»Ja. Und weil sie sehr lieb und gütig ist und für Max Stabilität und Muttterersatz bedeutet, aber auch weil ich einsam war und sie mir gutgetan hat, habe ich ihr vorgeschlagen, als sie von ihrer Schwangerschaft erfahren hat und so verzweifelt war, dass wir es als mein Kind ausgeben. Ich liebe Kinder. Ich habe gedacht, dass ich es lieben kann, dass es ein Geschwisterchen für Max wird. Dass alles gut wird. Mehr habe ich nicht mehr erwartet vom Leben, weißt du.«

Teresa hatte ihm zugehört, nickte. »Ich verstehe. Und ich verspreche, ich sage es keinem weiter … Mist.«

»Was?«

»Ich habe mit Josy, Matilda, Liz und Amelie darüber geredet.«

Er schlug die Hände vors Gesicht. »Dann weiß es bald die ganze Insel.«

»Nein, wenn ich ihnen sage, sie sollen mit niemandem darüber reden, kann ich mich darauf verlassen.«

»Josy hat doch einen Freund, oder?«

»Ja, Eric.«

»Mit dem hat sie sicher schon darüber gesprochen.«

»Und Liz vielleicht mit Cristian«, fügte Teresa erschrocken hinzu. »Es tut mir so leid, ich kann mich nur wiederholen.«

»Ist schon gut. Wenn Juana sich nicht ihrer Freundin anvertraut hätte …«

Er stand entschlossen auf.

»Was hast du vor?«, fragte Teresa und stand auch auf.

»Ich muss mit Juana reden. Wir müssen jetzt meine Mutter einweihen. Und beraten, ob wir Max die Wahrheit sagen. Er wird so sehr enttäuscht sein. Er hat sich auf einen kleinen Bruder gefreut. Und er wird mir nie wieder vertrauen.« Betretene Stille. »Ich fahre dich jetzt nach Hause, okay?«

»Okay.«

Angespannt gingen sie zu seinem Wagen zurück. Was hatte sie nur getan? Josy hatte recht gehabt, besser man mischte sich nicht in das Leben anderer Leute ein. Teresa fühlte einen dicken Kloß in ihrem Hals, denn der kleine Max hatte jetzt vermutlich am meisten darunter zu leiden. Wegen ihr.

Kapitel 20

»So ein Unsinn, Teresa«, regte sich Josy auf. »Du bist nicht schuld an dem ganzen Schlamassel.« Teresa war am nächsten Morgen direkt in Josys Café gegangen, stand jetzt zitternd vor ihr. Ihr schlechtes Gewissen hatte ihr keine Ruhe gelassen, sie hatte die Nacht kaum ein Auge zugetan, fröstelte, obwohl es schon recht warm war.

»Doch, wegen mir erfährt Max, dass sein Vater ihn angelogen hat.« Die Kaffeetasse, die sie in der Hand hielt, schwappte etwas über, so aufgeregt war sie. »Sein Vater, dem er blind vertraut hat. Weißt du, wie schlimm das ist, wenn man nicht mehr vertrauen kann?«

»Weiß ich«, entgegnete Josy trocken. »Aber das hat Simon verbockt. Wieso belügt er sein Kind auch. Hätte doch sagen können, dass er jetzt mit Juana zusammen ist und sie kriegt ein Baby von einem anderen.«

»Ganz toll. Wäre auch nicht wirklich super gewesen für Max.«

»Dann wär er jetzt aber nicht so enttäuscht, dass es nicht sein Halbbruder ist. Und gefreut hätte er sich auf seinen Fußballkumpan sicher auch.«

»Ja, stimmt. Wäre besser gewesen. Ehrlich sein ist immer besser.« Teresa nahm einen Schluck Kaffee. Duft und Geschmack des Kaffees taten gut. »Vielleicht sagt es Simon ihm ja erst mal nicht.«

Josy trat zu ihr, streichelte ihr über den Arm. »Aber weißt du, was gut ist?«

»Was?«

»Du siehst doch sonst immer das Gute überall.«

»Gerade aber mal so gar nicht.«

Josy lächelte. »Das Gute ist, dass sich Simon jetzt vielleicht doch von Juana trennt. Weil er gemerkt hat, dass er mehr für dich empfindet als für sie. Das hat er doch gesagt, meintest du.«

»So in der Art«, nuschelte Teresa. »Keine Ahnung. Vielleicht hab ich es auch falsch verstanden.«

»Quatsch.«

»Er wird sich aber nicht trennen. Hat er auch gesagt, wegen Max. Weil sie für ihn da war nach dem Tod seiner Frau, weil sein Sohn sie toll findet und liebt. Und Simon würde für seinen Sohn alles tun. Auch auf sein eigenes Glück verzichten.«

»Hmmpf. Toller Mann«, stellte Josy fest. »Aber nicht toll für dich.«

Teresa hatte sich etwas beruhigt, nahm einen letzten Schluck, stellte die Tasse auf den Tresen. »Hast du einen Schokokeks für mich?«

»Oh, entschuldige, natürlich.« Josy ging hinter die Theke, holte gleich zwei Schokocookies und reichte sie Teresa. »Hier, Süße. Tut mir leid.«

»Ja, mir auch. Aber mit dir und Eric ist alles gut?«

»Ja, ein Glück. Ich hab mich auch wieder beruhigt.«

»Sehr gut.«

»Und du wirst auch bald glücklich, da bin ich mir ganz sicher«, sagte Josy fest.

»Spätestens mit über achtzig, wie Cecilia und Federico«, scherzte Teresa zerknirscht.

»Sind die nicht süß, die beiden? Ich höre sie öfter kichern wie ein junges Liebespaar, wenn ich auf meiner Terrasse sitze.«

»Wirklich? Wie niedlich! So, ich muss in meinen Laden. Ich bin froh, dass es wenigstens *jobmäßig* bei mir läuft. Ist ja auch nicht bei jedem Dauersingle so.«

»Ja, das stimmt. Man muss dankbar sein. Wollen wir uns bald mal wieder alle am Beach auf einen Sundowner treffen?«

»Lieb von dir, aber erst mal nicht. Ich melde mich, wenn mir danach ist, okay?«

»Klar.«

»Ich sollte mich auf das konzentrieren, was wichtig für *mich* ist. Und das ist, das Geheimnis meiner Mutter herauszubekommen. Ich rufe Gabriele an. Schließlich habe ich begonnen, mich weiterzubilden, und werde es auch mein restliches Leben irgendwie tun. Das habe ich mir fest vorgenommen. Dieser Punkt auf Mums Bucket List ist also auch erfolgreich erledigt.«

»Sehe ich auch so. Ich bin gespannt, was sie sich als Nächstes für dich ausgedacht hat. Ich bin ja selbst noch dabei, meine Lebensliste zu schreiben. Zusammen mit Eric. Ist gar nicht so einfach, wenn man sich wirklich Gedanken macht und es ernst nimmt, haben wir festgestellt.«

»Ja, das stimmt. Und Mum hat sich wirklich Gedanken um mich gemacht und es geschafft, dass jede Challenge etwas in mir anstößt, mich weiterbringt.«

»Das ist so toll.« Josy seufzte. »So viele Gedanken hat sich meine Mutter nie um mich gemacht. Aber immerhin haben wir ja auch einen Weg zueinander gefunden.«

»Wann kommt sie denn mal wieder?«

»Zu Weihnachten, meinte sie. Mit Tommy.«

»Super, ich freu mich auf die beiden. Den Ballonflug werde ich nie vergessen.«

»Ich auch nicht.« Josy lachte. »Verrückt die beiden, das war meine Mum ja schon immer. Und er liebt sie genau so, wie sie ist.«

»Schön, dass du sie noch hast«, entgegnete Teresa melancholisch. »Durch die Bucket List von meiner Mutter entsteht für mich wieder so eine Nähe zu ihr und ich würde sie am liebsten in den Arm nehmen und ihr danken. Aber das kann ich nie, nie wieder. Genauso, wie ich nie wieder nach Hause nach Niederbayern kommen kann und ein selbst gebackener Apfelkuchen steht auf dem Teewagen. Einen Apfelkuchen hat sie jedes Mal gebacken, wenn ich von einer Reise oder so zurückgekommen bin.«

»Komm her, Süße.« Josy nahm ihre Freundin in den Arm. »Weißt du was, ich backe dir demnächst einen Apfelkuchen, versprochen.«

Teresa lächelte traurig, aber auch aufgefangen. Es tat so gut, ihre Freundinnen hier um sich zu haben. »Stellst du ihn dann auch auf einen Teewagen?«

Josy lächelte. »Für dich besorg ich sogar einen Teewagen.«

* * *

Simon kam von einem Termin am Spätnachmittag zurück, parkte den Wagen am Parkplatz vor der Villa seiner Familie. Er blieb einen Moment sitzen, stützte die Unterarme aufs Lenkrad, atmete durch, stieg dann aus. Müde ging er auf das altehrwürdige Haus zu, in dem er neu hatte anfangen wollen nach dem Tod von Linda. Aber mit Lügen konnte man sich kein neues Glück aufbauen. Dabei hatte er es doch nur zu Max' Bestem so gewollt. Und weil Juana so verzweifelt gewesen war, als sie herausgefunden hatte, dass sie schwanger war. Damit wäre ihr Ruf ruiniert gewesen, als mallorquinische junge Frau.

»Niemals wird mich jemand heiraten«, hatte sie schluchzend gesagt. »Meine Eltern sind sehr konservativ, wenn sie erfahren, dass ich ein uneheliches Kind erwarte, werfen sie mich raus, für immer.«

»Du kannst bei mir bleiben«, hatte er spontan erwidert. Ohne weiter darüber nachzudenken. Und sich nicht gewehrt, als sie ihm überglücklich um den Hals gefallen war, als sie ihn ansah, mit ihren dunklen Augen, ihn geküsst hatte. Ihre Nähe tat so gut und er hatte gerade eine halbe Flasche Wein getrunken. Und sie war eine attraktive Frau. Sie waren im Bett gelandet und er fühlte etwas, das er nicht einordnen konnte. So wie mit Linda würde es nie wieder werden. Deshalb schob er jegliche Gedanken darüber weg.

Seine Freunde wunderten sich ein wenig, als sie hörten, dass er mit der Nanny seines Sohnes zusammen war, aber da sie als mallorquinische Schönheit galt, schwang immer auch etwas Neid in ihren Bemerkungen mit. Und als sie hörten, dass sie ein Kind erwartete, klopften sie ihm auf die Schulter und gratulierten ihm. Keiner zweifelte an, dass das Kind von ihm war.

Simon betrat das Foyer, begrüßte Clara und fragte nach Juana.

»Sie hat ihr Zimmer bisher nur zweimal kurz verlassen, ist jetzt wieder dort, sie hat kaum Appetit«, erklärte diese. »Aber dem Kind geht es wohl gut, sagt sie. Kann ich Ihnen etwas zu essen oder trinken bringen?«

»Nein danke. Und Max ist mit meiner Mutter im Wohnzimmer?«

»In seinem Zimmer. Sie sehen sich einen Film zusammen an.«

»Prima, danke, Sie können gern Feierabend machen, Clara.«

»Danke. Einen schönen Abend wünsche ich Ihnen.«

»Den wünsche ich Ihnen auch.«

Clara ging zur Garderobe, um ihre Jacke zu holen. Simon stand einen Moment verloren im Foyer.

»Geht es Ihnen gut?«, erkundigte sich die gute Seele.

»Was? Ja, danke. Ich meine, es geht.«

Er wollte nichts weiter erläutern, stieg die Treppe hoch, um mit Juana zu reden.

Auch wenn er am liebsten in sein Büro gegangen wäre, mit einer Flasche gutem Rotwein. Er musste es hinter sich bringen. Die Situation bestmöglich lösen. Bestmöglich für seinen Sohn. Was er selbst wollte, spielte keine Rolle.

»Juana?« Sie reagierte nicht auf sein Klopfen. Er versuchte es erneut.

Da vernahm er ihre Stimme. »Ja?«

Er trat ein. Sie lag in einem Nicki-Hausanzug in ihrem Bett, neben sich einen Kindle, sah angespannt und müde aus.

»Kann ich reinkommen?«

»Du bist doch schon drinnen.«

Er trat näher, rang nach Worten.

»Du bist so anders seit ein paar Tagen«, warf sie ihm vor. »Liebst du mich nicht mehr?«

Die Worte standen im Raum. Wie ein abgestelltes Paar Schuhe. Hatte er sie je geliebt? Was antwortete man darauf?

»Siehst du, du sagst nichts. Hast du eine andere? Diese Köchin, habe ich recht?«

Er wusste, dass Juana ein eifersüchtiger Mensch war, ein temperamentvoller eifersüchtiger Mensch.

Deshalb schüttelte er schnell den Kopf. Es war nicht gelogen. »Können wir ganz in Ruhe reden?«

Sie nickte, setzte sich auf. Er ging zu ihrem Bett, setzte sich zu ihr, sah sie an.

»Wir hatten ausgemacht, mit niemandem darüber zu reden.« Er deutete auf ihren Bauch.

Sie zuckte zusammen. Sah ihn skeptisch an. »Was meinst du?«

»Ich weiß, dass du deiner Freundin erzählt hast, dass es nicht mein Kind ist.«

Sie regte sich auf. »Wer erzählt so etwas, ha? Spionierst du mir nach?«

»Nein. Egal wer, darum geht es jetzt nicht, es geht um Max. Um meine Mutter. Wir müssen es ihnen jetzt sagen.«

»Was? Nein! Auf keinen Fall. Wie stehe ich denn dann da?«

»Und ich genauso. Wieso hast du das getan?«

»Mein Gott, unter besten Freundinnen erzählt man sich eben alles.«

»Wir hatten aber eine Abmachung. Zu deinem Wohl und vor allem für Max. Wenn er uns nicht mehr vertrauen kann, bricht seine Welt erneut für ihn zusammen. Das darf auf keinen Fall geschehen.«

»Deshalb sagen wir es ihm auch nicht.«

»Und wenn er es zufällig hört? Das ist noch viel schlimmer.«

»Wir reden nicht darüber. Versprochen.«

Simon schüttelte den Kopf. »Es wissen bereits ein paar Leute auf der Insel, das ist zu riskant.«

»Verdammt!«, entfuhr es Juana und sie legte augenblicklich ihre Hand auf ihren Bauch, verzog das Gesicht, als hätte sie Schmerzen.

»Geht es dir und dem Kleinen gut?«, erkundigte sich Simon sofort besorgt.

»Ich glaube, das war eine Wehe.«

»Jetzt schon? Das ist doch viel zu früh.«

»Natürlich ist es das.« Sie atmete, versuchte, ruhig zu bleiben. »Mein Baby«, flüsterte sie, dann sah sie Simon an. »Bleibst du bei mir?«, fragte sie ängstlich. »Ich meine, ganz.«

Er nickte reflexartig, ärgerte sich im nächsten Moment über sich selbst. »Kann ich irgendwas für dich tun?«, erkundigte er sich betreten.

»Lass uns bitte allein«, sagte sie tonlos, atmete wieder und machte eine Geste, er solle gehen.

Juana tat ihm leid, sehr sogar. Aber war das eine Basis für eine Beziehung?

Er trat aus ihrem Schlafzimmer, ging über den Flur, zu Max' Zimmer. Er klopfte auch hier, da sie das so ausgemacht hatten, seit Max sich als Großer fühlte.

Sofort kam sein »Herein«.

Simon trat ein, sah seine Mutter mit Max in eine Wolldecke eingekuschelt auf seinem Bett sitzen und am Tablet etwas gucken.

»Hey, Papa!«, rief Max erfreut.

»Hey. Guckt ihr einen Film?«

»Ja. Stell dir vor, Oma kennt nicht mal Paluten.«

Gabriele lachte. »Dafür hat man ja Enkel, um immer hip zu sein und zu wissen, welcher YouTouber *in* ist.«

Simon musste kurz lächeln, wurde dann wieder ernst. »Wie lange geht der Film denn noch?«

»Gleich zu Ende«, erklärte Max.

»Kann ich dich dann sprechen, Mum?«, fragte er sie.

»Natürlich. Ist etwas passiert?«

Dass sie immer so feine Antennen haben musste.

Max sah sofort angespannt auf. Simon schüttelte schnell den Kopf.

Der Abspann erklang.

»Zu Ende«, sagte Max und legte das Tablet weg. »Erzähl, Papa.«

»Nein, nein, du gehst jetzt Zähne putzen. Nix Spannendes, nur was wegen eines Kunden«, sagte er und wurde sich bewusst, dass er seinen Sohn schon wieder anlog. Dabei hatte er genau so nie werden wollen. Ein Vater, dem man nicht vertrauen konnte. Wie seinem damals nicht. Denn auch sein alter Herr hatte ihn öfter angelogen, wie Simon im Nachhinein herausgefunden hatte. Keine großen Sachen, aber dennoch persönliche Enttäuschungen. Wem konnte man sonst vertrauen, wenn nicht seinen Eltern.

Gabriele war aufgestanden, hatte Max auf die Stirn geküsst und kam in den Flur, dabei klingelte ihr Handy.

»Moment, Simon.« Sie sah darauf. »Oh, das ist Teresa.«

Simon schluckte. Das passte ja.

Gabriele ging ran, begrüßte Teresa erfreut. Simon hörte, dass sich Teresa nach der nächsten Bucket-List-Challenge erkundigte und sich die beiden Frauen für den morgigen Tag verabredeten.

Gabriele legte auf. »Teresa ist so ein herzlicher Mensch«, sagte sie. »Ich mag sie sehr.«

Simon sagte nichts darauf, ging vor in sein Büro und seine Mutter folgte ihm.

»Was ist geschehen, Simon? Ich sehe dir an, dass etwas passiert ist.«

Er nickte, versuchte, ihr alles zu erklären. Aber je mehr er redete, desto blasser wurde sie.

»Ich bekomme also keinen zweiten Enkel«, sagte sie traurig. »Ich habe mich so sehr auf den Kleinen gefreut.«

»Kannst du das nicht auch, wenn es *nur* Juanas Kind ist? Ich weiß, ich habe einen Riesenfehler gemacht, euch nicht die Wahrheit zu sagen. Aber glaube mir, ich dachte, so können wir wieder eine heile Familie werden. Für Max. Ich habe wirklich geglaubt, es sei so für Max das Richtige.«

Gabriele schüttelte fassungslos den Kopf, ließ sich auf einen Stuhl sinken. Sie musste diese Nachricht erst verdauen. »Wie konntest du nur so naiv sein«, sagte sie dann tonlos.

»Du bist doch sonst so ein kluger Kopf. Und einfühlsam und geradeheraus.«

»Ich weiß. Ich war ein Idiot. Ich wollte es allen recht machen.«

»Das passt zu dir, selbstlos bist du auch. So habe ich dich erzogen. Insofern ist es wohl sogar mit mein Fehler.«

»Unsinn. Das alles habe allein ich zu verantworten.« Sie starrten beide eine Weile vor sich hin.

»Meinst du, ich muss es Max sagen?«, fragte er vorsichtig.

»Wie bitte? Das fragst du noch? Mit Lügen ist jetzt ein für alle Mal Schluss!« Wütend stand sie auf, verließ den Raum und knallte die Tür hinter sich zu, wie sie es noch nie getan hatte. Simon zuckte zusammen, fuhr sich übers Gesicht und starrte ihr aufgewühlt nach.

Kapitel 21

»Den Cookie mit den Mandeln und Schokodrops bitte noch, der war das letzte Mal so köstlich. Und den Mandelkuchen«, bestellte Gabriele bei Josy. Teresa und Gabriele hatten sich in der Mittagspause in Josys Café verabredet, saßen an einem der Tischchen mit Blick aufs Meer. Josy hatte alles notiert, ging hinein. Gabriele sah angespannt aus, dachte Teresa. »Alles gut bei dir?«, fragte sie jetzt vorsichtig nach.

Gabriele nickte rasch und lächelte bemüht. Offenbar wollte sie nicht darüber reden. »Ich habe schlecht geschlafen. Der Tee wird mir jetzt guttun. Und der Cookie und der Kuchen auch.«

Matilda kam aus ihrem Laden und auf die beiden zu.

»Teresa, hey. Ich will nicht stören, kann ich dich nur ganz kurz etwas fragen?«

»Klar.«

»Gehst du heute zufällig in Cecilias Garten und könntest mir noch mal so eine schöne Zistrose mitbringen wie letztens?«

»Äh, klar, kann ich machen. Das ist übrigens Gabriele, eine Freundin meiner Mutter.«

»Oh, schön, hallo.«

»Bei Matilda gibt es Mallorca-Perlen. Falls du Interesse hast, mal ihren Laden anzusehen, Gabriele.«

»Sehr gern. Ich weiß noch nicht, ob ich heute die Ruhe dazu habe, aber ganz sicher einmal.«

»Schön, danke. Teresa, meine Nachbarin hat Magenschmerzen. Hast du dagegen vielleicht auch ein Kraut oder Blüten?«

Teresa nickte. »Ich bringe dir was für einen Tee mit. Und du solltest Alvaro einen Tipp geben, dass Zistrosen deine neuen Lieblingsblumen sind«, sagte sie lächelnd.

Da Gabriele eine Nachricht bekommen hatte und auf ihrem Handy las, erwiderte Matilda leise: »Er hat mir schon lange keine Blumen mehr geschenkt.«

»Wirklich? Wann denn zuletzt?«

»Ich glaube, seit wir verlobt sind.«

»Das seid ihr doch schon lange.«

Gabriele hatte das offenbar gehört, sie und Teresa warfen sich kurze Blicke zu. Matilda sah traurig vor sich hin.

»Wollen wir heute Abend etwas unternehmen? Tanzen gehen zum Beispiel?«, schlug Teresa lieb vor.

Matilda lehnte bedauernd ab. »Meine Schwiegermutter hat wieder irgendwas, was ich für sie tun soll heute. Gern ein andermal.«

»In Ordnung. Sag Bescheid. Und lass dich nicht zu viel von ihr rumschicken.«

»Ich versuch es.«

Josy brachte Kaffee, Kuchen und Cookie, musste sich gleich anderen Gästen widmen.

Matilda hob grüßend die Hand und ging weiter zu ihrem Laden.

»Mhm, der Mandelkuchen sieht köstlich aus«, sagte Gabriele und holte jetzt das ausgedruckte Blatt mit der nächsten Challenge heraus. Sie wirkte etwas fahrig, reichte es Teresa. »Hier, meine Liebe, deine nächste Challenge. Ich erinnere mich gut, wie viele Sorgen deine Mutter sich gemacht hat in der

Reha, ob dieser Adi der Richtige für dich war. Und dann hatte sie ein schlechtes Gewissen, das über ihn geschrieben zu haben. Deshalb und weil du dann ja auch schwanger von ihm warst, wollte sie dir die Bucket List doch nicht geben. Aber kurz vor ihrem Tod hat sie ihre Meinung ja geändert. Weil sie geahnt hat, wie sehr dich ihr Tod mitnehmen wird.«

Teresa nickte. Sie atmete durch, nahm den Ausdruck entgegen und las:

> *Die Pfefferminze. In der Sprache der Blumen bedeutet sie: Verzeih mir. Verzeih mir, mein Schatz, dass ich durch meine Krankheit, die mir einiges abverlangt, nicht immer für dich da sein kann. So wie jetzt in der Reha. Ich sehe, dass du nicht glücklich bist, auch wenn du es vielleicht selbst nicht siehst. Verzeih mir, dass ich dich darauf hinweise, verzeih mir, dass ich darüber nachdenke, ob Adi der richtige Partner für dich ist, der dich glücklich machen wird.* Teresa hielt kurz inne, las weiter. *Die Minze steht auch für Klärung, Offensein für Neues, Altes loslassen. Sie stärkt den Geist und das Gedächtnis, ist gut bei einem Magen-Darm-Infekt oder gegen Kopfschmerzen. Ich trinke gerade einen Pfefferminztee mit meiner Freundin Gabriele, die ich hier in der Reha kennen und schätzen gelernt habe. Und tatsächlich habe ich das Gefühl, dir etwas sagen zu müssen, etwas zu klären. Denn du bist auf der Suche nach einer Beziehung, wie ich und dein Vater sie hatten. Aber diese heile Ehe gab es nie, nicht einmal am Anfang.*

»Wie bitte?«, entfuhr es Teresa. Kopfschüttelnd las sie weiter.

Dein Vater war ein guter Vater für dich. Deshalb bereue ich es nicht, bei ihm geblieben zu sein. Nicht sehr, sagen wir mal. Aber als ich erfuhr, mit dir schwanger zu sein, wusste ich bereits, dass ich nicht mehr verliebt in ihn war, dass ich mir etwas eingeredet hatte. Aber ich blieb bei ihm, wollte das Beste für dich, eine heile Familie, auf Biegen und Brechen. Nur leider geht das nicht, wenn die Gefühle nicht stimmen.

Teresa ließ das Papier einen Moment sinken, dachte an Simon, dem es ähnlich ging. Sie las weiter:

Warum ich dir das jetzt alles sage? Vielleicht weil ich möchte, dass du dir ganz sicher bist mit Adi. Und wenn du dir sicher bist, freue ich mich wahnsinnig für dich. Ich möchte einfach nicht, dass du bei ihm bleibst, weil du dir so sehr ein Kind wünschst, weil du denkst, deine biologische Uhr läuft ab. Deshalb bitte ich dich: Horche in dich hinein, ob deine Gefühle für ihn und seine für dich das sind, was dich erfüllt. Ich weiß, du denkst jetzt, es geht mich nichts an. Aber wenn du selbst Mutter sein wirst, und davon bin ich überzeugt, dass du es sein wirst, wirst du wissen: Es geht eine Mutter etwas an. Denn man möchte nur das Allerbeste für sein Kind. Weil ich dich liebe, unendlich. Immer.

Und wenn du merken solltest, er ist es, dann sei überglücklich. Dann bin ich es auch. Wirklich, wirklich. Und wenn nicht, dann sei froh, denn dann hast du es rechtzeitig gemerkt. Ich habe immer versucht, dich zu einem positiven Menschen zu erziehen, und ich glaube, das ist mir gelungen im Leben. Sieh nach vorne. Die Blütenessenz der Pfefferminze hilft dir, dich Neuem zu öffnen, Altes gegebenenfalls loszulassen. Und wenn du Pfefferminztee nicht so magst, es gibt so schöne Rezepte, wie du sicher weißt. Ich bin ganz begeistert und werde sie nach der Reha alle ausprobieren. Und so lange genieße ich hier ab und zu abends heimlich mit meiner neuen Freundin Gabriele einen »Hugo«, diesen köstlichen Cocktail aus Holunderblütensirup, Limetten und Minze. Es ist nie zu spät, neue tolle Freundinnen zu finden, auch das lass dir noch von mir gesagt sein. Ein Leben mit dem falschen Partner macht einen nicht glücklich. Auch mich hat dein Vater nicht so glücklich gemacht, wie ich es mir gewünscht hätte. Ich möchte jetzt nicht ins Detail gehen, aber ich habe ihm dank einer Therapeutin in der Reha verziehen und ich hoffe, du kannst es auch, anderen Menschen zu verzeihen. Denn erst dann kannst du frei und glücklich werden. Deshalb möchte ich dir in der nächsten Challenge mitgeben, wie du es schaffst, jemandem zu verzeihen. 1. Du musst den Schmerz durchleben, nicht verdrängen, du musst ihn erspüren, deine Gefühle verstehen. 2. Entscheide dich, zu verzeihen, zu vergeben. 3. Habe Verständnis für den Täter. Versetze dich in ihn hinein. Akzeptiere den Schmerz, wünsche dem Täter etwas Gutes. Ich weiß, es ist schwer, aber wenn du es wirklich willst, wirst du es schaffen, mein Schatz. Dies ist deine vorletzte Challenge. Die Pfefferminze hilft dir dabei, zu verzeihen, da bin ich mir ganz sicher.«

Berührt sah Teresa auf. Gabriele blickte sie forschend an. »Meine Mum war einfach die Beste«, flüsterte Teresa.

»Das war sie.«

»Aber mein Vater offenbar nicht. Ehrlich gesagt, habe ich es schon ab und zu gemerkt, dass er meine Mutter nicht immer nett behandelt, ich war ja schon immer sehr sensibel. Aber ich schätze, ich habe es als Kind verdrängt, dieses ungute Gefühl im Bauch.«

Gabriele nickte. »Das ist völlig normal. Ich hoffe, es trifft dich nicht zu sehr, zu erfahren, dass die Ehe deiner Eltern nicht glücklich war.«

»Es ist sehr schade, aber wie gesagt, es hat nichts gebracht, dass sie es mir immer vorgespielt haben. Ich habe es gespürt.«

Gabriele nickte. »Sei dir wirklich gewiss, deine Mutter hat dich über alles geliebt. Immer. Du warst ihr Ein und Alles.«

»Ich weiß«, erwiderte Teresa fest. »Was genau meinte sie damit, dass mein Vater nicht immer gut zu ihr war? Weißt du, was für Details sie meinte?«

Gabriele schien nicht zu wissen, wie viel sie erzählen sollte, dann sagte sie: »Soviel ich weiß, hat sein Alkoholkonsum es schwer gemacht, eine gute Beziehung zu führen.«

Teresa nickte traurig. »Ja, Alkohol macht so viel kaputt. Als Kind hab ich das nicht soo sehr mitbekommen. Ich weiß noch, ich hab seinen Rotwein einmal gegen roten Traubensaft ausgetauscht. Ich dachte, er merkt es nicht, albern, nicht? Er ist fuchsteufelswild geworden.«

»Das kann ich mir vorstellen.«

»So wütend hatte ich ihn bis dahin nie gesehen.«

»Ja, deine Mutter hat erzählt, dass er, wenn er betrunken war, oft ausfallend geworden ist. Er hat sie nie geschlagen oder sonstwie genötigt, aber verbal kann man Menschen auch verletzen und ihren Selbstwert niedertrampeln.«

»Ich weiß. O Gott. Meine arme Mum.«

»Sie wollte nicht, dass du es mitbekommst, hat alles dafür getan, es zu verheimlichen. Auch vor den anderen Leuten.«

»Ja, was die Leute im Dorf sagten, war ihr immer wichtig.«

»Nach seinem Tod ging es ihr besser. Bitter, aber so ist es.«

»Wirklich bitter.« Teresa nahm einen Schluck Kaffee. »Das war ihr Geheimnis? Sie hätte mit mir darüber reden können. Ich bin doch schon lange erwachsen.«

»Ich bin mir nicht sicher, ob es nur das war«, sagte Gabriele vorsichtig. »Ich glaube nicht. Denn kurz vor ihrem Tod hat sie mir ja den Briefumschlag geschickt, in dem der verschlossene Brief für dich lag. Den ich dir geben sollte, *nach* ihrem Tod, wie sie mir ausdrücklich geschrieben hat. Sie hat geahnt, dass sie die Lungenentzündung nicht überleben würde. Um ihren Tod zu verarbeiten, sollte ich dir erst die Bucket List geben, damit du sie durchgehst. Dann diesen Brief. Wir haben dir ja damals die Bucket List nicht gegeben, nachdem du von Adi schwanger geworden warst. Es ging dir wieder so gut.«

»Ja. Schwanger. Und dann habe ich das Kind verloren«, sagte Teresa traurig, sah dann auf: »Und du weißt wirklich nicht, was in dem Brief steht?«

»Nein.« Gabriele schüttelte den Kopf. Sie atmete durch. »Meinst du, du schaffst es, ihr zu verzeihen?«

»Kommt darauf an, was darinsteht.«

»Natürlich.« Gabriele haderte mit sich. »So gefühlvoll, wie ich dich kennengelernt habe, bin ich sicher, du schaffst es. Ich habe die nächste Challenge auch schon ausgedruckt und den Brief dabei, falls du alles mitnehmen und in Ruhe lesen möchtest.«

»Ja, gern. Ich meine, ich werde es schaffen, ihr zu verzeihen«, sagte Teresa schnell. »Sie hat mir so gute Tipps dafür gegeben und dank der Pfefferminze …«

Gabriele nickte lächelnd, gab sich einen Ruck und zog ein gefaltetes Papier und einen Briefumschlag aus ihrer Tasche, reichte beides Teresa. Diese erkannte die schön geschwungene Schrift ihrer Mutter auf dem Briefumschlag, ihre Hand begann zu zittern. »O Gott, ihre Schrift. Sie ist so schön und elegant.«

»Das ist sie. Deine Mutter hatte eine wunderbare Handschrift.«

»Ich weiß. Auch Schnittmuster zeichnen und nähen, das hat sie mir alles beigebracht.«

»Wie schön.«

Teresa nickte, starrte immer noch den Brief an, Tränen drängten sich in ihre Augen. Dass ihre Mutter in ihrer Ehe von Anfang an unglücklich gewesen war, tat ihr so leid. Und nur wegen ihr war sie bei ihm geblieben. Aber vermutlich hätte es Teresa genauso gemacht. Deshalb hatte Mum vollkommen recht gehabt. Frauen mit Mitte dreißig neigten dazu, Torschlusspanik zu bekommen, wenn sie sich Kinder wünschten. Es war so wichtig, trotzdem auf einen passenden Partner zu warten. Ihr Vater war zu ihr als Kind nett gewesen. Aber jetzt, wo sie mehr über die Ehe ihrer Eltern wusste, fielen ihr spontan zwei Situationen ein, wo er sich ihrer Mutter gegenüber ruppig verhalten hatte. Wie konnte sie das alles nur verdrängt haben? Wie seltsam das kindliche Gehirn funktionierte.

Traurig sah sie Gabriele an.

»Schrecklich, was der Alkohol aus den Menschen macht.«

»Ja, sehr. Und die Jugend trinkt wieder viel zu viel. Ich höre immer öfter, dass sich Teenager jedes Wochenende mit der Absicht treffen, sich zu betrinken. Auch bei Kindern aus gutem Hause ist das heute wohl so. Das gab es damals bei uns nicht. Natürlich haben wir auch ab und zu etwas getrunken, aber nicht mit diesem Vorsatz, schnell betrunken zu werden. Wenn man in jungen Jahren immer wieder so viel trinkt, macht das sicher etwas mit einem. Es wird zur Gewohnheit, ich glaube, der Schritt, um süchtig zu werden, ist nicht weit. Und was das bedeutet, auch für die Angehörigen, ist den meisten leider überhaupt nicht klar.«

»Ich habe auch schon davon gehört. Auch hier auf der Insel gibt es ja Leute, die nur hier Urlaub machen, um sich zu betrinken. Ich kann mir wahrlich einen schöneren Urlaub vorstellen. Die Insel hat so viel zu bieten.«

»Allerdings.« Gabriele sah Teresa an. »Da ich mir sicher bin, dass du deinen Eltern verzeihen kannst, habe ich dir gleich die nächste Challenge gegeben.«

»Danke schön.«

»Es geht um die Wirkkraft der Rosenblätter. Die Rose! Sie ist so viel mehr als ein Symbol für die Liebe. Deine Mutter wollte dir damit auch noch mal sagen, wie sehr sie dich liebte, wie sicher sie war, dass du dein Glück in der Liebe finden wirst, mit Adi oder einem anderen. Daran erinnere ich mich.«

Teresa nickte dankbar, steckte die beiden ausgedruckten Challenges und den Brief in ihre Tasche.

»Ich hoffe wirklich, es steht nichts in dem Brief, was dich aus der Bahn wirft. Ruf mich gern an, wenn dir danach ist. Ich bin für dich da. Immer.«

»Das ist wirklich lieb, Gabriele. Danke auch noch mal, dass du die Bucket List mit meiner Mum so süß für mich zusammengestellt hast, mit all den passenden Blüten- und Kräuterhintergründen. Ihr habt euch so viele Gedanken um mich gemacht.«

»Sehr, sehr gern, Teresa. Es hat großen Spaß gemacht und ich habe dabei selbst viel gelernt. Und ich habe dich als Menschen ein wenig kennengelernt und jetzt, wie gesagt, fast das Gefühl, als würden wir uns schon länger kennen.«

»Geht mir irgendwie auch so.«

Gabriele sah sie bewegt an. »Ich weiß, ich sollte das nicht sagen, aber du wärst mir als Schwiegertochter lieber.«

Teresa schluckte.

»Entschuldige«, sagte Gabriele schnell. »Auch ich will nur das Beste für meinen Sohn.« Wieder wirkte sie aufgewühlt. Aber da sie vorher schon nicht hatte sagen wollen, was sie bewegte, hielt sich Teresa zurück und fragte nicht nach.

Wusste Gabriele, dass es nicht Simons Kind war? Dass Juana nicht ihren Enkel austrug? Sollte sie sie darauf ansprechen? Nein, sie hielt sich jetzt ein für alle Mal raus.

Sie bezahlten bei Josy, Gabriele ließ es sich nicht nehmen, Teresa einzuladen. Dann verabschiedeten sie sich herzlich mit einer Umarmung. Wie gut Gabriele duftete, nach einem teuren Parfum. Teresa ging zu ihrem Laden. Die letzte Challenge und den Brief wollte sie an einem ganz besonderen Ort öffnen, irgendwo am Meer, beschloss sie. Jetzt musste sie erst mal all das Gehörte zur Ehe ihrer Eltern überdenken und sich um ihre Kundschaft kümmern, denn eine Kundin trat gerade aus Matildas Laden, wollte in Teresas »Blütentraum & Meer«.

Kapitel 22

Simon schritt langsam durch seinen Garten, der ihn schon oft davor bewahrt hatte, durchzudrehen. Die Gräser bewegten sich leicht im Wind, die Natur in seinem Garten strahlte eine Ruhe aus, die gerade aber nur bedingt seinen Gemütszustand erreichte. Seine Hände zitterten, er steckte sie in die Hosentasche. Dann blieb er neben dem großen Lavendel stehen, atmete seinen Duft ein und schloss für einen Moment seine Augen. Was sollte er tun? Mit Juana zusammenbleiben, weil sie für Max ein so wichtiger Mensch geworden war? Weil Max sie liebte und vielleicht zerbrechen würde, wenn er erneut einen geliebten Menschen verlor? Simon fuhr sich verzweifelt mit den Händen übers Gesicht. Die Sonnenstrahlen drangen durch seine Finger zu seinen Augen. Die Sonne Mallorcas, die ihn schon so oft gelehrt hatte, dass es weiterging. Dass auch am nächsten Tag die Sonne wieder aufging, ein neuer Tag, neues Leben erwachte. Seit sie hier auf der Insel lebten, ging es nicht nur Max, sondern auch ihm deutlich besser.

Er dachte an ihre Anfänge nach dem Umzug auf der Insel. Als Juana sich als Kindermädchen beworben hatte. Als sie mit ihren warmen, dunklen Augen vor ihnen stand, eine große bunte Tasche in der Hand, und Max sagte: »Sie sieht aus wie Mary Poppins, die will ich als Nanny, Papa.« Und Simon hatte nichts dagegen gehabt, warum auch? Juana war herzlich, liebevoll und hatte das auch von Anfang an nicht gespielt. Sie war ein mallorquinisches Mädchen aus einfachen Verhältnissen, dass sich ein besseres Leben wünschte, das gehofft hatte, es durch ihn zu finden. Wie Simon vor ein paar Monaten von einem Bekannten erfahren hatte, war sie schon mit ihrem letzten Arbeitgeber, auch einem Witwer, zusammen gewesen. Doch diese Beziehung hatte nicht gehalten. Er war auch nicht der Vater ihres Kindes, sondern der war ein einfacher Maurer aus Pollença, mit dem sie aber nicht zusammen sein wollte, so hatte sie es ihm gesagt. Für einen Moment kam Simon der Gedanke, ob sie sich hier nur beworben hatte, weil auch er seine Frau verloren hatte? Dass es vielleicht von Anfang an ihre Hoffnung gewesen war, hier die neue Dame des Hauses zu werden? Liebte sie ihn überhaupt wirklich? Er schob diesen Gedanken wieder beiseite. Wie oft kam es vor, dass sich ein Hausmädchen in seinen Arbeitgeber verliebte und umgekehrt. Ganz sicher waren dabei oft echte Gefühle im Spiel.

Auch er hatte sich diese eingeredet. Gehofft, wieder etwas fühlen zu können, gedacht, dass es reichte, dass mehr nie wieder möglich sei. Bis er Teresa begegnet war, dieser warmherzigen Frau.

Doch auch Juana war eben ein liebevoller Mensch, dem man nicht wehtun durfte. Aber konnte eine Beziehung auf dieser Basis funktionieren, fragte er sich einmal mehr.

Simon ging weiter, an blühenden Oleanderbüschen vorbei. So viele Paare lebten so. So oft hatte er es bei wohlsituierten Freunden beobachtet, dass sie eine Freundin oder Frau hatten, die ihnen guttat, die sie aber nicht über alles zu lieben schienen. Zumindest hatte es ihm der ein oder andere sogar schon gesagt. Sie mochten den Sex mit ihr, fanden sie attraktiv, gaben gern mit ihr an. Das reichte einigen.

Und genau so wollte Simon nie leben. Er straffte sich. Nur ging es jetzt nicht um ihn. Sondern um Max, der schon so viel hatte erleiden müssen in seinem kurzen Leben. Max liebte Juana, das musste reichen.

»Simon?«, hörte er die Stimme seiner Mutter vom Haus her. »Bist du im Garten?«

»Ja!«, rief er in ihre Richtung und trat hinter den Büschen hervor, die die Sicht zu ihr verdeckt hatten.

Sie stand dort in ihrem eleganten, cremefarbenen Hosenanzug, winkte ihm aufgeregt zu, er solle kommen.

Alarmiert eilte er zu ihr. Hoffentlich war nichts mit Max geschehen. Sie ging ihm bereits schnellen Schrittes entgegen.

Auf halber Strecke trafen sie sich. Seine Mutter atmete schwer.

»Ist etwas mit Max?«

»Ja«, sagte sie tonlos. »Allerdings. Aber kein Unfall oder so.«

»Ein Glück. Was dann?«

»Setzen wir uns auf die kleine Bank«, schlug sie vor und deutete auf die Teakholz-Bank, von der aus man einen wunderbaren Blick über den Garten hatte. Sie setzten sich und Simon sah sie auffordernd an. »Nun rede schon, Mutter. Muss ich mir Sorgen machen?«

»Nein, aber Gedanken.«

»Geht das bitte etwas klarer?«

»Natürlich. Ich weiß nur nicht, wie anfangen.« Sie räusperte sich, knetete ihre Hände. »Nicht, dass du denkst, ich habe es mir ausgedacht. Weil ich Juana nicht an deiner Seite sehe.

Erst recht jetzt, wo ich weiß, dass es nicht dein Kind ist. Glaube mir, ich mag sie als Frau, sie ist sympathisch, kein schlechter Mensch. Aber ihr habt so gar keine … Nähe …«

»Jetzt rede endlich klarer«, unterbrach er sie aufgewühlt.

»Gut. Ich habe, als ich vorhin zurückkam, ein wenig Zeit mit Max verbracht. *Gechillt*, wie er sagen würde, auf seinem Bett liegend. Dabei hat er sich mir gegenüber geöffnet. Und bitte glaube mir, ich habe seine Sichtweise nicht gelenkt, du kannst ihn selbst fragen.«

»Mutter! Rede.«

»Gut. Es kam heraus, dass er Juana zwar nett findet, aber auch etwas anstrengend. Er wollte nur nichts sagen, weil du mit ihr zusammen bist und ihr ein Baby bekommt. Aber eigentlich ist er darüber nicht glücklich. Über seinen Bruder schon. Sehr. Und Juana als Kindermädchen fand er auch toll, aber nicht als … Muttersatz.«

Erstaunt sah Simon seine Mutter an. »Das hat er gesagt?«

»Das hat er gesagt. Und ich habe es ihm nicht in den Mund gelegt, ich schwöre. Ich war selbst sehr erstaunt. Ich dachte auch, dass er sie liebt und in ihr eine zweite Mama sieht, habe sogar extra nachgehakt.«

Simon starrte vor sich hin. Eine Biene summte an seinem Ohr. Oder hatte er plötzlich Tinnitus? Seine Hände ließen sich nicht bewegen, um sie zu verscheuchen. Ganz langsam sickerte alles zu ihm durch, ganz langsam verstand er, was das bedeutete. Er musste keine Zweckbeziehung für seinen Sohn eingehen, damit der glücklich wurde. Im Gegenteil. Und vielleicht war die Wahrheit, dass es gar nicht sein echter Bruder war, dann für Max auch nicht schlimm. Hoffnung keimte in Simon auf. Hoffnung auf ein glückliches Leben. Mit Teresa, mit Max und vielleicht mit weiteren eigenen Kindern. Wenn sie ihn denn überhaupt wollte.

»Du strahlst ja«, hörte er seine Mutter sagen. »Zumindest innerlich.« Ihre Stimme klang erleichtert.

Er sah sie an und lächelte. »Danke, danke, dass du dir so viel Zeit für Max nimmst, so viel, dass er sich bei dir öffnet. Danke, dass du für uns da bist, danke, dass es dich gibt.«

Auch sie strahlte jetzt. »Ich bin so froh für dich, Simon. Ich habe so sehr mit dir mitgelitten. Es gibt nichts Schlimmeres, als mit dem falschen Partner zusammen zu sein. Aus welchen Gründen auch immer. Aber du hattest auch meinen tiefsten Respekt. Dass du es getan hättest, für deinen Sohn. Das ist Vaterliebe. Aber glaube mir, manchmal tut man seinen Kindern eher einen Gefallen, wenn man dafür sorgt, selbst glücklich zu sein. Denn dann werden es die Kinder ganz von allein. Teresas Mutter hat auch so gedacht wie du. Ist bei dem Vater ihrer Tochter geblieben, für das Kind. Aber es ist nicht gutgegangen und das würde es mit dir und Juana auch nicht.«

Er nickte aufgewühlt, wusste nicht, was zuerst denken und tun. »Die arme Juana«, sagte er schließlich. »Aber ich werde sie nicht im Stich lassen. Wenn sie möchte, kann sie hier wohnen bleiben, mit dem Baby. Ich werde keine schwangere Frau alleinlassen, ganz sicher nicht.«

Seine Mutter strich ihm stolz über den Arm. »Mein Sohn. So habe ich dich erzogen. Die Frage ist, ob sie das möchte. Aber das werden wir alles sehen, es wird sich alles fügen.«

Simon stand abrupt auf. »Ja, hoffentlich. Ist es gut, Max noch mal darauf anzusprechen, oder hat er dir das im Vertrauen gesagt?«

Gabriele wiegte den Kopf. »Wohl eher im Vertrauen. Aber wenn du mir nicht glaubst …«

»Doch, ich glaube dir. Bist du die nächsten Stunden hier oder hast du irgendwelche Termine? Ich meine, kannst du etwas mit Max unternehmen? Oder weiter mit ihm chillen?«, fügte er lächelnd hinzu.

Auch Gabriele musste lächeln. »Kann ich. Chillen ist super, sollte man viel öfter machen. Sehr gern.«

»Danke! Ich muss mit Juana reden und dann … etwas klären.«

»Ja, mach das.«

Kapitel 23

Der Nachmittag im Laden zog sich wie Kaugummi, obwohl einige Kunden da gewesen waren. Immer wieder hatte sie zu ihrer Handtasche geschielt, in der sich die Rosenchallenge und der Brief ihrer Mutter befanden. Aber Teresa war standhaft geblieben, hatte die Challenge nicht gelesen, nicht hier. Da kam die Nachricht von Josy, mit den anderen bei ihr im Café ein Feierabendgetränk zu nehmen, gerade recht.

Teresa erzählte den Freundinnen von den letzten beiden Punkten auf ihrer Bucket List und alle fanden die Tipps, wie man verzeihen könne, sehr gut, und meinten, man müsse sie wirklich in Ruhe verinnerlichen und umsetzen.

»Ganz in Ruhe bei einem Pfefferminztee«, sagte Josy lächelnd. »Es stimmt nämlich tatsächlich, wenn man sich in den anderen hineinversetzt, seine Sichtweise sieht, schafft man es leichter, ihm zu vergeben. Mir ging es mit meiner Mutter auch so.«

Liz nickte. »Und mir mit Onkel Alfonso, dass er uns so lange nichts über unsere Familiengeschichte gesagt hat.« Nur Amelie fand, zu verzeihen war eine der schwersten Herausforderungen des Lebens. »Ich bin da echt schlecht drin und ziemlich nachtragend, muss ich zugeben. Aber die Herangehensweise, die deine Mutter beschrieben hat, ist toll, Teresa. Werde ich auch mal versuchen.«

Auf die vorsichtige Frage von Josy, was sie denn verzeihen wolle, antwortete Amelie nicht. Sie wechselte das Thema, wie sie es oft tat, wenn es um ihr Gefühlsleben ging.

»Meint ihr, meine Mum hat diese Challenge eingebaut, weil ich ihr etwas verzeihen muss?«, fragte Teresa nachdenklich in die Runde.

Josy fand das naheliegend. »Immerhin hatte sie ja offenbar ein Geheimnis.«

»Aber als sie die Bucket List geschrieben hatte, wollte sie es mir noch nicht sagen. Wieso dann kurz vor ihrem Tod?«

Liz streichelte ihr über den Arm. »Es ist oft so, dass Menschen kurz bevor sie sterben doch noch ein Familiengeheimnis weitergeben möchten.«

»Ja, das stimmt«, bestätigte Amelie. »Hört man doch ganz oft. Zumindest bei uns in Norddeutschland, da reden die Leute ja nicht so viel. Aber vor ihrem Tod, um sich zu erleichtern, etwas von der Seele zu reden. Oder um dem Kind damit noch etwas mit auf den Weg zu geben. Fehler, die das Kind nicht machen soll, oder so was in der Art.«

Teresa seufzte. »Ich habe wirklich langsam Angst davor, den Brief zu lesen. Aber ich möchte natürlich wissen, was meine Mutter so beschäftigt hat.«

Josy sah sie an. »Wir sind für dich da, das weißt du.«

»Ja, danke, das weiß ich, das tut so gut.«

Teresas Handy klingelte, es war Simon, aber sie ging nicht dran. Sie hatte jetzt keinen Kopf für ihn.

Und dann rief Mauro an und sie hätte fast nicht abgenommen, weil sie dachte, es sei Simon.

»Mauro? Grüß dich.«

»Bon dia. Wollte nur Bescheid sagen, da du dich ja weiterbilden willst, im Blütenwissen. Ein Sternekoch hat abgesagt, ich hätte jetzt Zeit.«

Auch dafür hatte Teresa gerade keinen Kopf, sie zögerte. Aber Liz und Josy, die das mitgekriegt hatten, redeten ihr flüsternd zu, zuzusagen. Josy wollte ihr sogar ihr Auto leihen, doch Teresa winkte dankend ab. Sie hatte endlich für den nächsten Tag einen Werkstatttermin, bis dahin würde es ihr Frosch ja wohl noch schaffen. Die Freundinnen hatten ja recht. Teresa wollte sich weiterbilden. Und wenn sie Mauro jetzt eine Absage erteilte, würde sich dieser undurchschaubare Mann sicher wieder verschließen wie eine Blume, die nachts ihre Blütenblätter schloss. Sie hatte mit ihm alles geklärt, er konnte sich also auch keine falsche Hoffnung mehr machen. Außerdem würde es sie ablenken, von ihren traurigen Gedanken an Simon.

»Okay, Mauro, vielen Dank, das ist total lieb, ich komme. Ich freue mich.«

* * *

Als sie eine halbe Stunde später neben Mauro durch seinen Blütengarten schritt und seinen Ausführungen über Rosenblüten lauschte, spürte sie, wie ihr Handy in ihrer Handtasche vibrierte. Etwa schon wieder Simon? Er hatte zuvor noch mal angerufen, aber Teresa war wieder nicht rangegangen. Er wollte doch eh nur irgendetwas Geschäftliches von ihr. Das verletzte. Sie drückte ihn weg. Teresa starrte auf die roten Rosen in Mauros Garten, hörte ihm zu.

»Auf Mallorca ist eine üppige Blüte der Rosen im Mai nur möglich mit einem guten Winterschnitt im Januar.« Er zwackte eine Rosenblüte ab, reichte sie ihr.

Überrumpelt nahm Teresa sie in die Hand. Er schenkte ihr eine rote Rose? Hatte sie sich doch nicht klar genug geäußert? Sie wollte ihm nicht wehtun. Alles in ihr verkrampfte sich.

Mauro sah sie an. »Rosenblütentee wirkt nicht nur stimmungsaufhellend und schmerzlindernd, sondern auch angst- und krampflösend.« Wieder vibrierte ihr Handy. Jetzt wirkte er missmutig. »Willst du dein Handy nicht ausstellen? Man muss doch nicht ständig erreichbar sein.«

Teresa nickte rasch. »Du hast so recht. Entschuldige.« Sie zog es heraus, wollte es ausstellen, kam aber versehentlich auf den Annehmen-Knopf. »Teresa?«, hörte sie Simons Stimme. So laut, dass auch Mauro es hören musste. Schon wieder. Sie sah Mauros Blick, hielt das Handy ans Ohr und sagte: »Ja, ich … ich kann jetzt nicht, tut mir leid.«

»Warte! Nicht auflegen. Wo bist du, kann ich dich sehen?«

»Was? Ich … bin … bei Mauro.« Dabei blickte sie Mauro in die Augen. Er nickte ihr zu. Schien es – wie vermutet – verstanden zu haben. Jetzt allerdings wurde Simon offenbar eifersüchtig, oder wie sollte sie seine Stimmlage interpretieren?

»Oh«, entfuhr es Simon am Telefon. »Verstehe.«

»Da gibt es nichts zu verstehen«, erwiderte Teresa. »Er zeigt mir seine roten Rosen.« Sie biss sich auf die Unterlippe.

»Ah«, erwiderte Simon knapp.

»Nichts ›ah‹. Es geht um Rosenblüten und ihre Heilwirkung, was denn sonst?«

»Verstehe.« Nach einem kurzen Moment der Stille fuhr er fort: »Können wir uns treffen? Bitte, ich muss dir etwas sagen. Ich habe mit Juana gesprochen …«

Sie zögerte. Was änderte das? Die Situation war vertrackt und sie wollte nicht auch noch daran schuld sein, dass er seinen Sohn unglücklich machte und sich von Juana trennte.

»Nein«, hörte sie sich sagen.

»Nein?«

»Nein. Ich bin wie gesagt bei Mauro, und ich möchte das auch nicht.« Wie oft hatte sie diesen Satz bei Müttern gehört, die versuchten, sich bei ihren Kindern durchzusetzen.

Sie horchte. Simon klang enttäuscht und verabschiedete sich leise. Er legte auf.

Hatte sie einen Fehler begangen? Nein. Sein Sohn hatte seine Mutter verloren, er brauchte jetzt Halt und kein Chaos.

Sie sah Mauro an. Der sagte nichts, sah sie nur vielsagend an.

»Was?«

»Man kann in Gefühlsdingen nichts erzwingen. Das habe ich auch gelernt, als meine Freundin weggelaufen ist.«

»Ja, kann man nicht.«

»Soll ich dir mehr über Rosenblätter erzählen?«, fragte Mauro jetzt nach.

»Nein!« Teresa schüttelte den Kopf. »Ich meine, danke, nein. Heute nicht mehr. Gern morgen oder übermorgen. Ich … muss jetzt etwas für mich sein. Am besten am Meer«, fügte sie mehr zu sich noch hinzu. »Irgendwo, wo ich ganz allein bin.«

Sie wollte jetzt endlich das lesen, was ihre Mutter ihr über Rosenblüten geschrieben hatte, die dazugehörige Aufgabe erfahren und dann wollte sie diese möglichst rasch erfüllen, um endlich Mums Brief lesen zu können. Der Leuchtturm am Cap Formentor fiel ihr ein. Dort war jetzt bestimmt nichts mehr los. Und Leuchttürme erinnerten sie an ihre Mum, an ihren letzten Nordseeurlaub mit ihr auf Juist. Ihre Mum hatte Leuchttürme geliebt und sogar eine kleine Sammlung gehabt, die Teresa nach ihrem Tod nach Mallorca mitgenommen und in ihrer Wohnung ins Regal gestellt hatte.

Sie bedankte sich für die private Lehrstunde in seinem Garten und verabschiedete sich von Mauro, ging zu ihrem Wagen, startete den Frosch und fuhr los über die Carretera de Formentor, die Ma-2210, die in der Hauptsaison zwischen dem

Strand von Port de Pollença und dem Leuchtturm für den privaten Verkehr bis 19 Uhr gesperrt war. Jetzt im Mai konnte sie zum Glück mit dem Auto bis zum Leuchtturm fahren.

Es befanden sich nur noch wenige Touristen hier. Ein paar wenige Wanderer gingen zu Fuß einen Pfad zurück.

Teresa parkte ihren Frosch am Parkplatz, ging den Weg zum Leuchtturm ebenfalls zu Fuß.

Was für ein Blick übers Meer! Sie setzte sich auf einen Felsen, sah aufs Meer und atmete durch. Dann zog sie das Papier mit der letzten Aufgabe, die sich ihre Mutter und Gabriele für sie ausgedacht hatten, aus ihrer Tasche. Dabei berührte sie den Brief ihrer Mutter. Kurz war sie versucht, ihn gleich zu öffnen, aber sie hielt sich zurück. Schließlich war es der letzte Wille ihrer Mutter gewesen, ihn ganz zuletzt zu lesen.

> *Die Rosenblüte. Diese wunderschöne Blüte wird viel zu oft verkannt. Denn sie steht nicht nur für die Liebe, sondern für so viel mehr und besitzt eine Heilkraft, die gerade für uns Frauen sehr interessant ist. Wie oft sehnen wir uns nach einem Stimmungsaufheller oder etwas Angstlösendem? Der Rosenblättertee kann helfen. Den Rosen wird auch schon viele, viele Jahre eine Wirkung bei Menstruationsbeschwerden oder Wechseljahressymptomen zugeschrieben. Außerdem haben Blütenblätter durch ihre ätherischen Öle antimikrobielle, antibakterielle und entzündungshemmende Eigenschaften, ist das nicht toll? Bei Zahnweh oder Entzündungen im Mund, einfach mit Rosentee gurgeln. Mein Schatz, ich bin wirklich begeistert von der Wirkkraft der Natur. Viel zu lange haben wir, zumindest ich, diese Schätze, die oft schon unsere*

Urgroßmütter kannten, vernachlässigt. Viel öfter hätte ich dir zuhören sollen, mein Liebling, mich von deiner Begeisterung für die Blüten und Kräuter anstecken lassen, ich kann es nur immer wieder sagen. Aber wie es immer so ist. Dann kam das Leben dazwischen, der Alltag und schließlich meine Krankheit. Du warst so enttäuscht, dass du mich nicht ganz heilen konntest. Aber das vermochte ja nicht einmal die klassische Medizin und du konntest einiges lindern. Nur eben nicht alles und das hat dich aufgeben lassen. Wie du sicher weißt, schmecken Rosenblätter sogar sehr gut. In Marmeladen und Konfitüren oder in Kombination mit Früchten … Aber auch in Soßen passend zu Fisch und Hühnchen. Auch für Süßes sind gezuckerte kandierte Rosenblätter ein Traum, habe ich gelesen. Auf Kuchen, Torten oder in Desserts. Wenn ich das so schreibe, läuft mir das Wasser im Mund zusammen. Vermutlich hörst du mich jetzt lachen.

Teresa musste lächeln, hörte das ansteckende Lachen ihrer Mutter geradezu. Das Rufen einer Möwe erklang. Die Möwe setzte sich mit etwas Abstand neben sie, sah sie aufmerksam an. »Hat dich meine Mum geschickt?«, fragte Teresa die Möwe. »Oder hoffst du nur, dass ich einen Keks dabeihabe?«

Die Möwe flog wieder davon, Teresa blickte ihr nachdenklich hinterher, dann aufs Meer. Nach einer Weile las sie weiter.

Aber natürlich steht die Rose auch für die Liebe. Mein Schatz, diese Liste diente dazu, dich glücklich zu machen. Und glaube mir, am glücklichsten ist der Mensch nicht durch

Reichtum und Besitz, sondern wenn es Menschen gibt, die ihn lieben, die er selbst liebt, unendlich. Natürlich weißt du das. Ja, es ist oft schwer, sein Herz, das schon mehrfach verletzt wurde, zu öffnen. Aber ich weiß auch, dass du das kannst. Wie du alles schaffst, was du willst. Ich leider nicht. Ein Mann hat sich vor ein paar Jahren für mich interessiert, der mir sehr gut gefiel. Ich habe dir nicht von ihm erzählt. Von Werner. Ich habe ihm einen Korb gegeben. Aus Angst, erneut verletzt zu werden. Auch weil er eine Partnerin hatte, von der er sich trennen wollte. Dazu gab es ein Kind. Ich habe ihm nicht vertraut, als er mir sagte, dass er mich wollte, dass es für das Kind besser war, einen glücklichen Vater zu haben. Ein paar Monate später erlitt er einen Herzinfarkt und ist gestorben. Ich bereue es zutiefst, die Monate mit ihm nicht glücklich gewesen zu sein. Aus Angst.

Angst lähmt uns. Angst hindert uns daran, ein Leben zu führen, wie wir es verdient haben. Hätte ich damals Rosenblättertee getrunken, wer weiß, ob ich es nicht doch geschafft hätte, meine Angst zu überwinden und mich noch einmal einzulassen auf die Liebe. Vielleicht hätte er mit mir und unserer Liebe keinen Herzinfarkt bekommen, vielleicht, vielleicht. Liebe Teresa, ich bitte dich, lebe im Hier und Jetzt. Mit Haut und Haar. Liebe, als gäbe es kein Morgen. Adi oder jemand anderen. Gib dich nicht mit einem Kompromissmann oder einem Torschlussmann zufrieden, ich kann es nur wiederholen. Du hast es verdient, glücklich zu sein. Überwinde deine

Angst, verletzt zu werden, und öffne dich für das Leben. Ich habe nicht geglaubt, gut genug für Werner zu sein. Das ist nicht gerade glorreich, aber nicht glorreiche Taten gibt es in meiner Vita leider ein paar. Deine Aufgabe ist es jetzt, es besser zu machen als deine alte Mutter. Falls Adi es ist, der dich fasziniert, der dein Herz zum Schlagen bringt, wunderbar, wie gesagt. Falls es ein anderer ist: Renne nicht davon, sondern gehe zu ihm und gib ihm eine Chance. Und bekomme mindestens drei Kinder mit ihm, wie du es dir schon immer gewünscht hast.

Teresa ließ den Brief sinken, starrte aufs Meer. Ja, sie hatte sich immer drei Kinder gewünscht. Aber wie sehr ihre Mutter an Adi gezweifelt hatte, hatte sie nicht gewusst. Deshalb hatte Mum erst nicht ganz so begeistert gewirkt, als Teresa ihr nach der Reha erzählte, schwanger von Adi zu sein. Erst kurz danach hatte sie sich so sehr auf ihr Enkelkind gefreut.

Deshalb hatte sie ihr die Bucket List damals doch nicht gegeben. Aber als hätte ihre Mutter es geahnt, passte diese Glücklichmach-Liste gerade so gut in Teresas Leben. Teresa sah aufs Meer, dachte erneut an Simon, an die Parallele zu dem Mann, den ihre Mutter kennengelernt hatte. Auch Simon hatte ein Kind, auch Teresa vertraute nicht darauf, dass er sich ganz für sie entscheiden würde. Sie dachte an Simon, ihr Herz schlug für Simon, eindeutig, nach wie vor. Nur wusste sie nicht, ob seines für sie. Und seinem Sohn wollte sie auf keinen Fall wehtun. Teresa seufzte. Sie hatte tatsächlich Angst, Angst verletzt zu werden und vor allem auch Angst, andere zu verletzen. Aber dann erinnerte sie sich an die Worte ihrer Mutter gerade eben. An die Aufgabe, die sie ihr in dieser letzten Challenge gestellt hatte. Ihre Angst zu überwinden. Doch sie konnte ja schlecht zu Simon gehen und sagen: »Hey, hier bin ich. Willst du mich?« Wie absurd! Teresa schüttelte den Kopf, steckte den Ausdruck in ihre Tasche. Dabei berührte sie wieder Mums Brief.

Was, wenn sie ihn jetzt las? Auch wenn sie die letzte Aufgabe nicht »erledigt« hatte. Sie konnte ja eh keine drei Kinder aus dem Hut zaubern. Und sie spürte plötzlich, sie würde auch ohne eigene Kinder ihren Frieden finden. Es gab so viele Kinder auf dieser Welt, die sich nach Liebe sehnten. Teresa merkte, dass ihre Torschlusspanik, die sie noch vor einigen Tagen gehabt hatte, überwunden war. Die Worte ihrer Mum hatten ihr gutgetan.

Ihre Angst überwinden sollte sie. Vor diesem Brief hatte sie Angst. Sollte sie ihn jetzt und hier lesen? Am Leuchtturm, in Gedenken an ihre Mum?

Nein, beschloss sie, stand auf. Ihre Mum hatte ihr aufgetragen, ihr Herz für einen Mann zu öffnen, alles auf eine Karte zu setzen. Und das wollte sie jetzt tun. Sie nahm ihre Tasche und ging entschlossen los zu ihrem Wagen.

Inzwischen stand außer ihrem kein einziges Auto mehr auf dem Parkplatz. Teresa stieg ein, drehte den Zündschlüssel um, trat die Kupplung durch und leicht aufs Gaspedal, aber der Motor gab keinen Mucks von sich. O nein! »Du musst nur noch bis morgen durchhalten!«, beschwor sie ihren Frosch. Dank Mauros Ölspende war ihr Frosch die ganze Zeit zwar nach wie vor laut, aber ansonsten wieder so super gefahren, dass sie sicher gewesen war, er werde es bis zum nächsten Tag schaffen. Sie versuchte es noch mal, aber wieder tat sich nichts. Frustriert stieg sie aus, sah sich um. Wirklich kein Mensch mehr weit und breit, nicht mal ein Wanderer. Sie zog ihr Handy heraus: Auch das noch. Ihr Akku war alle. Und keiner wusste, wo sie hingefahren war. Wenn mal etwas schieflief, dann richtig. Natürlich hatte sie auch vergessen, ihr Handyladekabel ins Auto mitzunehmen, was sie eigentlich vorgehabt hatte. Teresa seufzte. Wieso musste sie immer so chaotisch sein? Die Sonne ging bereits unter, um

21 Uhr wurde es hier im Mai dunkel. Musste sie jetzt etwa am Leuchtturm die Nacht verbringen? Mutterseelenallein? Bis morgen die ersten Ausflügler kamen? Teresa bekam Angst. Da war sie wieder, die Angst, die in ihr als Kind schon hochgekrochen war. Angst vor der Dunkelheit, Angst vor so vielem. Sie beschloss, zum Leuchtturm zurückzugehen, immerhin war es da heller, und sich dort hinzusetzen, Ruhe zu bewahren – und endlich Mums Brief zu lesen.

* * *

Zögerlich betrat Simon Josys Café, in dem es herrlich duftete. Sie stand hinterm Tresen, füllte konzentriert ein paar Listen aus, redete, ohne aufzusehen. »Ich hab leider geschlossen«, sagte sie.

»Hey, ich bin Simon und ich suche Teresa«, erwiderte er.

»Oh.« Sie hob ihren Blick, hielt inne.

»Wissen Sie vielleicht, wo Teresa sein könnte?«

Josy zögerte, schüttelte dann den Kopf. »Rufen Sie sie doch einfach an.«

»Hab ich versucht. Kurz ist sie auch rangegangen, vor ein paar Stunden. Da war sie bei Mauro, auf der Blütenfarm. Dort ist sie aber nicht mehr, ich habe mit ihm geredet. Er meinte, sie wollte allein sein, wollte zum Meer. Wohin genau hat sie wohl nicht gesagt. Und irgendwie habe ich ein ungutes Bauchgefühl, dass es ihr nicht gutgehen könnte.«

»Ach. Wieso das denn?«

»Wie gesagt, nur so ein Gefühl. Ihr Wagen scheint sehr reparaturbedürftig zu sein. Zu Hause ist sie nicht, ich habe geklingelt. Außerdem steht ihr Wagen nicht dort. Ihr Handy ist aus.«

Josy überlegte. »Bestimmt ist ihr Akku alle, das passiert ihr oft. Auch wenn sie ein bisschen chaotisch ist, Teresa ist schon groß, sie kann auf sich aufpassen.«

»Ich weiß. Dann will sie mich wohl einfach nicht sehen.«

»Das kann ich mir nicht vorstellen«, entfuhr es Josy. Sie biss sich auf die Lippe.

Simon horchte auf. Hoffnung machte sich in seinem Gesicht breit. »Nein?«

Josy überlegte. »Vielleicht hat sie ja wirklich eine Panne. Morgen hat sie endlich einen Termin in der Werkstatt. Ist auch höchste Zeit.«

Simon nickte bestätigend. »Vielleicht braucht sie Hilfe, wenn sie an einer einsamen Stelle ist, wie Mauro meinte.«

Josy machte sich jetzt auch Sorgen.

»Kein Handy und irgendwo in der Pampa allein am Meer. Klingt nicht gut. Wo könnte sie nur sein?«

Simon überlegte fieberhaft. »Hat sie irgendwas gesagt, wo sie noch hinwollte?«

Josy schüttelte den Kopf.

»Hat sie eine Lieblingsbucht?«

Josy dachte nach. »Mehrere. Aber dass um diese Zeit dort gar keiner mehr sein sollte, wäre komisch … Und wenn wir die Strände alle nacheinander abfahren, ist es stockdunkel. Sie hat Angst im Dunkeln, hat sie mir mal gesagt.«

»O nein, das auch noch!«

Entschlossen sah Josy ihn an. »Ich trommel die Mädels zusammen, jede soll an eine ihrer Lieblingsbuchten fahren. Und ich nehme das Boot, werfe den Motor an und fahre so die Küste ab.«

»Gute Idee mit dem Boot. Kann ich mitkommen?«, fragte Simon nach.

Josy nickte. »Klar. Es liegt in Port de Pollença.« Sie schrieb am Handy eine Nachricht an die anderen Ladenbesitzerinnen und binnen weniger Minuten, während Josy ihren Laden abschloss, standen sie alle alarmiert bei Josy auf der Terrasse und fragten genauer nach. Matilda machte sich sofort Sorgen,

Amelie schien cooler zu sein und Liz versuchte, Optimismus zu verbreiten, während alle die infrage kommenden Buchten durchgingen. Beeindruckt von ihrem Zusammenhalt hörte Simon zu, wie Amelie schließlich die Suchziele verteilte. Sie schien die Organisatorin der Ladeninhaberinnen zu sein.

»Hoffentlich stand nichts Schlimmes in dem Brief von ihrer Mutter«, überlegte Josy laut.

»Oje, du meinst doch nicht, sie hat sich …« Matilda brach schockiert ab.

Josy zuckte unglücklich die Schultern, schüttelte schnell den Kopf. »Nicht Teresa.«

»Ich sage auch noch Cristian Bescheid«, verkündete Liz alarmiert.

»Und ich Eric«, bestätigte Josy.

Alle strömten auseinander und Simon folgte Josy zum Parkplatz. »Wir können meinen Wagen nehmen«, schlug er vor.

»Okay, mir egal. Hast du nicht auch eine Jacht?«

»Ja, aber die wird gerade überholt. Ich könnte höchstens jemanden fragen …«

Josy schüttelte den Kopf. »Nein, nein, Ruy hat sicher nichts dagegen, dass ich das Boot dafür nehme.«

Wenig später waren sie in Port de Pollença angekommen und Ruy, dem das Boot gehörte und den Josy kurz angerufen hatte, war sofort einverstanden, dass Josy das Boot nahm. »Mit dem Boot mache ich sonst meine Touristentouren zu den Delfinen oder zu einsamen Stränden«, erklärte sie. »Ruy ist dann oft mein Skipper, aber mehr, weil er Spaß daran hat.«

Simon nickte, half ihr, das Boot startklar zu machen. Diese Frau schien taff zu sein und eine gute Freundin von Teresa.

Josy startete den Motor des Segelbootes, sie fuhren los, das Wasser plätscherte am Bug entlang.

Sie steuerte die erste Bucht an, die Teresa mochte. Dort hielten sie Ausschau nach Teresa, die heute wieder ein blumiges Kleid getragen hatte, wie sich Josy erinnerte.

Simon schnürte es den Magen zu. Die Andeutung, die eine der Freundinnen vorher gemacht hatte, dass sich Teresa etwas angetan haben könnte, brachte ihn beinahe um den Verstand. Seine Hände fühlten sich schweißnass an.

Doch an keiner der Buchten, an denen sie mit dem Boot vorbeifuhren, entdeckten sie Teresa in ihrem Blumenkleid.

Die Sonne färbte den Himmel immer stärker orange.

»Bald ist die Sonne untergegangen«, stellte Josy fest. »Wenn Teresa kein funktionierendes Handy hat, ist sie vollkommen im Dunkeln.«

»Falls sie eine Panne hatte, ist sie vielleicht längst zu Fuß auf dem Rückweg«, fiel Simon ein und er merkte, dass die negative Einstellung, die er bisher gehabt hatte, allmählich wich. Denn er dachte an Teresa, diese positive Frau, die im Leben immer das Gute sah. Sie würde sich nichts antun, ganz sicher nicht, und trotz der Dunkelheit auch den Mut nicht verlieren.

Josy steuerte das Boot wieder raus aufs Meer, gab wieder mehr Gas, brauste weiter, sodass das Wasser am Bootsbug aufspritzte.

»Fällt dir vielleicht etwas ein, was sie hier auf der Insel an ihre Mutter erinnern könnte, was die beiden verbunden hat?«, überlegte Simon laut. Er duzte Josy inzwischen. Und sie ihn.

»Sie war nie mit ihrer Mutter auf Mallorca«, erwiderte diese. »Teresa ist erst nach ihrem Tod hierhergekommen.«

»Ich weiß, aber vielleicht gibt es ja doch irgendwas.«

Josy hatte plötzlich eine Idee. »Leuchttürme. Ihre Mutter hat Leuchttürme gesammelt. Die stehen bei Teresa im Wohnzimmer.«

»Der Leuchtturm am Cap Formentor«, sagte Simon aufgeregt. »Vielleicht ist sie dort!«

»Das könnte sein. Dann wäre sie auch nicht im Dunkeln. Das Restaurant dort schließt um halb sieben, da ist dann jetzt auch keiner mehr. Aber dort sind die Klippen so hoch, da können wir sie unmöglich mit dem Boot einsammeln.«

»Trotzdem können wir vielleicht sehen, ob sie da ist, und dann kann eine eurer Freundinnen rasch mit dem Wagen hinfahren.«

»Ja, gute Idee, wir sind eh schon in der Nähe.«

Josy lenkte das Boot in diese Richtung. An den nördlichsten Punkt Mallorcas.

»Wenn sie dort hingefahren ist und ihr Auto streikt, dann wird sie da auch noch sein, denn allein zur Finca Cala Murta, der nächstgelegenen Finca, sind es mit dem Rad schon über dreißig Minuten. Das bin ich einmal gefahren. Ich glaube kaum, dass sie das zu Fuß allein im Dämmerlicht gegangen ist.«

Voller Sorge und Hoffnung fuhren sie weiter mit dem Boot die Küste entlang in Richtung Leuchtturm.

* * *

Teresa fröstelte, hielt erschüttert den geöffneten Brief in ihrer Hand und starrte aufs immer unruhiger werdende Meer.

Ihre arme Mum. Wie verzweifelt musste sie gewesen sein. Teresa verstand, warum sie das verschwiegen hatte. Verstand ihre Scham, aber auch, warum sie wollte, dass es Teresa nach ihrem Tod erfuhr. Teresa sollte daraus lernen. Nie aufzugeben, niemals. In ihrem ganzen Leben nicht. Egal, was das Leben für sie bereithielt. »Oh, Mum, ich hab dich so, so lieb«, sagte Teresa traurig in den Wind und wischte sich eine Träne von der Wange.

Dann stand sie auf, sah noch mal auf den wunderschönen Sonnenuntergang, der jetzt den ganzen Himmel in ein roséorangefarbenes Licht tauchte. Die Sonne lag schon wie ein bunter Ball auf dem Meer. Teresa liebte das, es sah immer aus, als würde sie gleich wieder in die Höhe hopsen.

Sie drehte sich um, steckte den Brief im Gehen in ihre Tasche und machte sich auf zu ihrem Auto. Dort angekommen, setzte sie sich auf den Fahrersitz und probierte erneut, den Motor zu starten. Denn ihr Frosch war unberechenbar, sie wollte es wenigstens noch einmal versuchen, ehe sie hier die Nacht allein verbrachte. Suchen würde keiner nach ihr, als Single würde sie keiner vermissen. Mit den Freundinnen war sie nicht verabredet gewesen. Der Motor rödelte diesmal immerhin, Teresa hoffte, gab vorsichtig Gas und tatsächlich sprang der alte Polo an, der Auspuff röhrte. Fast wie ein Ferrari, dachte sie und musste lachen.

Sie legte den Rückwärtsgang rein, fuhr zurück, schaltete dann wieder in den Ersten und gab aus Versehen zu viel Gas, der Frosch hüpfte, ging aber zum Glück nicht aus.

Aufgewühlt durch den Brief und die Panik, hier gestrandet zu sein, fuhr sie die Straße vom Cap in Richtung Pollença entlang. Die Straße, die sich teils eng an den steilen Klippen entlangschlängelte und von der es in Reiseführern hieß, dass die Person am Steuer schwindelfrei sein sollte.

* * *

Simon und Josy waren mit dem Motorboot auf Höhe der Klippe, auf der der Leuchtturm stand, angekommen. Simon kniff die Augen zusammen, scannte die Gegend um den Leuchtturm ab, aber keine Teresa weit und breit.

»So ein Mist!«, entfuhr es Josy, die sich nicht weniger angespannt umsah. Sie hatte wiederholt ihr Handy gecheckt, sah jetzt wieder drauf, aber die Freundinnen, die andere Buchten absuchten, hatten Teresa bis jetzt nicht gefunden.

* * *

Inzwischen war es dunkel. Teresa hatte längst das Licht am Frosch eingeschaltet, war zum Glück schon in der Nähe von Port de Pollença, bog auf einen kleineren Weg ein, da trat plötzlich ein riesiges Tier mitten auf die Fahrbahn. Sie erschrak sich zu Tode, stieg hart in die Bremse, Staub wirbelte auf. Sie erkannte einen Esel. Zum Glück war dem nichts geschehen. Er sah sie aus seinen dunklen Augen nur an. Furchtlos, ganz ohne Angst. Beeindruckend.

»Picasso? Bist du das? Bestimmt nicht, oder?«

Der Esel sah Picasso verdammt ähnlich. Aber da Picasso ein mallorquinischer Esel war, war das nicht allzu verwunderlich. Sie stieg aus, trat vorsichtig zu ihm. Tatsächlich, sie erkannte ihn an seinen besonders plüschigen Flauschohren. Es war Picasso. Erleichtert fiel Teresa dem Tier um den Hals, schmiegte sich an seinen Kopf, der sich warm und gut anfühlte, schloss für einen Moment ihre Augen. Da hörte sie eine dunkle Männerstimme.

»Teresa! Ein Glück.«

»Cristian?« Er trat jetzt zu ihr, sie löste sich von Picasso und umarmte Cristian erleichtert. Er roch nach Olivenöl und Zitrone, kein Wunder als Olivenbauer. Erst jetzt in seinen Armen merkte sie, wie einsam und verloren sie sich gefühlt, wie sehr die Angst sie bereits gelähmt hatte.

»Hey, alles gut bei dir?«, fragte Cristian nett nach.

Teresa löste sich, lächelte, nickte.

»Wir suchen dich alle, ich bin mit Picasso losgegangen. Wir waren eh gerade hier in der Nähe, als Liz angerufen hat. Picasso liebt die Gegend, ich gehe manchmal mit ihm hier spazieren, damit er auch mal was anderes sieht.«

»Ihr seid so lieb. Das hätte ich nicht gedacht, dass ihr mich sucht.«

»Geht es dir gut?«, fragte er vorsichtig nach.

»Ja, danke, jetzt ja. Obwohl …«

»Obwohl was?«

Sie zuckte traurig die Schultern. »Ich habe den Brief meiner Mutter geöffnet. Und mir ist dabei etwas sehr klar geworden.«

Er sah sie nur verstehend an. Stellte keine weiteren Fragen. Er war schon lange zu einem guten Freund geworden. »Möchtest du mit mir und Picasso ein wenig spazieren gehen?«, schlug er dann vor. »Zum Hafen? Josy ist mit dem Boot raus, um dich zu suchen.«

»Was? O nein, so ein Aufwand nur für mich!«

»Natürlich, was glaubst du denn?«

Er lächelte sie an. Teresa lächelte zurück. Er ließ ihr Zeit, fragte nicht weiter nach dem Brief, wofür sie dankbar war. Vielleicht war das jetzt genau das Richtige, dachte Teresa, ein Spaziergang mit einem guten Freund und Picasso. Mit zwei guten Freunden. Sie willigte ein.

»Dann sage ich kurz den anderen Bescheid, dass es dir gutgeht und sie sich keine Sorgen mehr machen müssen, und du parkst deinen Wagen am Wegesrand«, sagte Cristian, nahm sein Handy heraus und schrieb eine Nachricht. Teresa nickte, fuhr derweil ihren Frosch weiter an den Rand, stieg wieder aus und machte sich mit Cristian und seinem Esel auf den Weg an Olivenbäumen entlang in Richtung Hafen.

Beim Gehen hatte Teresa Cristian alles erzählt, was ihre Mutter in ihrem letzten Brief, kurz vor ihrem Tod, geschrieben hatte. Was sie ihr offenbart hatte, ihr trauriges Geheimnis. Auch Picasso hatte immer wieder sein plüschiges Ohr in ihre Richtung gedreht, als hörte er zu, hatte hin und wieder geschnaubt, sie ab und zu sachte angestupst.

Viel hatte Cristian nicht dazu gesagt, aber das war auch gar nicht nötig. Teresa fühlte sich schon so viel besser, streichelte Picasso immer wieder über den Kopf.

Am Hafen angekommen, blieben die drei stehen, sahen auf die Boote, die dort ankerten, lauschten dem Plätschern des Wassers, dem leisen Klirren der Segelmasten, die sanft schaukelten.

Teresa streichelte Picasso an den Nüstern. Sie fühlten sich so schön weich und warm an.

»Wenn mir Picasso nicht den Weg versperrt hätte, hätten wir uns verpasst«, sagte Teresa lächelnd. »Und der Spaziergang mit euch beiden hat mir gerade echt gutgetan.«

»Tiere heilen, ich sage es ja schon lange«, erwiderte Cristian lächelnd.

»Und Freunde auch.«

»Und wir hätten uns auch verpasst«, hörte sie plötzlich die Stimme von Simon hinter sich.

Teresa drehte sich überrascht um. Dort stand er, strahlte sie an, zögerlich, ob er sie umarmen durfte, so wie es aussah. Da trat auch schon Josy dazu, schloss Teresa einfach in ihre Arme.

»Hey, was machst du für Sachen?«, flüsterte sie in ihrer Armbeuge. »Wir haben uns Sorgen gemacht.«

Sie löste sich wieder.

»Tut mir so leid, das wollte ich nicht. Mir geht es gut.« Tränen traten Teresa in die Augen. »Ich meine, ich hab die tollsten Freunde, ich hab Picasso, was braucht man mehr, um glücklich zu sein.«

Sie blickte nacheinander Josy, dann Cristian, Picasso an, ihr Blick blieb an Simon hängen. An seinen warmen, gütigen Augen.

»Mich?«, fragte er angespannt.

Teresa musste lachen, entschuldigte sich, zuppelte an ihrem Ausschnitt, wie sie es immer tat, wenn sie aufgeregt war. Sie nickte, konnte ihr Glück nicht fassen, wusste aber gleichzeitig nicht, wie sie das Hindernis zwischen ihnen beiden lösen konnten. Sie öffnete ihren Mund, schloss ihn dann wieder.

»Wie gesagt, ich habe mit Juana gesprochen. Und etwas von Max erfahren …«, sagte Simon angespannt.

Cristian räusperte sich. »Picasso, wir stören jetzt nur. Und du musst jetzt auch zurück in deinen Stall.« Er ging mit seinem Esel los.

Josy bestätigte. »Ich muss auch, Eric wartet auf mich am Strand, hat er geschrieben.« Sie ging zurück zu ihrem Boot.

Teresa sah Simon, der ihr von Max' Aussage über Juana und von seinem Gespräch mit ihr erzählte, die ganze Zeit nur in die Augen und er ihr. Ein sanfter Windhauch strich ihr durchs Haar. Eine Möwe flog über ihre Köpfe. Teresa blickte kurz in den Himmel, dachte berührt an seine Worte. Dann an ihre Mum, sah dann wieder Simon an und sagte: »Wenn Picasso mich gerade nicht aufgehalten hätte, wären wir aneinander vorbeigegangen. Wenn ich eines dank meiner Mum gelernt habe: Das Leben ist zu kurz, um sinnlos Zeit zu verschwenden. Mit Ängsten, ohne Mut. Mit Vermutungen, die vielleicht gar nicht wahr sind. Finde ich zumindest. Simon, es tut mir leid, dass ich abweisend war. Ich hatte nur Angst, verletzt zu werden. Deinen Sohn verletzen, das wollte ich nicht. Möchte ich immer noch nicht.«

Er hatte ihr die ganze Zeit zugehört, trat jetzt noch einen Schritt näher zu ihr, sah sie intensiv an. »Das will ich auch nicht. Und ich bin mir jetzt sicher. Dass Max dich toll finden wird. So sehr, wie ich es tue. Teresa, wir haben alle eine Vergangenheit. Und das ist normal. Aber wir haben auch eine Zukunft. Zumindest hoffe ich sehr, dass wir die haben. Wir beide, zusammen.«

Sie lächelte jetzt. »Oh ja, ja, das hoffe ich auch.« Am liebsten hätte sie ihn jetzt umarmt, wartete, bis er es tat. Aber auch er schien sich nicht bewegen zu können.

»Weißt du was, wir trinken einfach ganz viel Pfefferminz- und Rosenblättertee, das entkrampft«, sagte sie lachend. Er lachte auch, gelöst. Ihr Herz klopfte und stolperte. Er trat näher und als sie den letzten Schritt auf ihn zu machte, stolperte sie tatsächlich, über ihre eigenen Füße, aber er fing sie auf und hielt sie fest in seinen Armen, ganz fest.

Epilog

Ein paar Monate später

Ein sommerlich gedeckter langer Tisch im Garten der Villa von Bergen. Eine weiße Tischdecke, blumige Servietten, Mandelkuchen, mallorquinische Petits Fours, frisches, aufgeschnittenes Obst, Tapas in bunten Schälchen, Oliven, weiße und roséfarbene Blütenblätter, Sonnenblumen in einer Vase und kleine Blumensträuße als weitere Dekoration.

»Gefällt Ihnen alles?«, fragte Clara, die neben Teresa stand. »Die Teller und das Besteck hole ich gleich.«

Teresa nickte überwältigt. »Ganz herzlichen Dank, Clara, das haben Sie wieder so hinreißend gemacht.«

»Sehr gern.« Die Haushälterin lächelte Teresa warm an. Die beiden Frauen verstanden sich gut. Teresa hatte seit ihrem Einzug in die Villa Clara auf deren Wunsch hin das Blütenkochen beigebracht. Dabei war Teresa auf die Idee gekommen, ein eigenes Blütenkochbuch herauszubringen. Auch die Texte wollte sie selbst schreiben, sich im Schreiben weiterbilden, es hätte ihrer Mum gefallen.

»Ich sehe dann nach Max«, sagte Clara. »Frau von Bergen müsste auch gleich kommen.«

»Danke.«

Teresa setzte sich lächelnd auf einen der Korbstühle, während Clara zurück in die Villa ging. Die Sonnenblumen, die in der großen Vase standen, leuchteten gelb. Einen kurzen Moment würde sie noch für sich haben, dann würden die anderen kommen, dann konnte sie ihre Neuigkeiten verkünden.

Doch zuvor wollte sie noch einmal den Brief lesen. Den Brief ihrer Mum, der sie zutiefst berührt hatte, es jedes Mal wieder tat, wenn sie ihn las. Sie zog das Kuvert aus ihrer Tasche, die neben dem Stuhl stand, strich mit den Fingern darüber, holte aus dem Umschlag den Briefbogen, den ihre Mum kurz vor ihrem Tod, als Teresa noch schwanger gewesen war, etwas krakelig beschrieben hatte, und las ihn bestimmt zum zwanzigsten Mal:

Meine liebste Teresa. Du bist die Sonne meines Lebens und wirst es immer bleiben, auch wenn ich nicht mehr auf Erden weile. Der Gedanke zerreißt mir das Herz, weil ich so gern dich und mein Enkelkind weiter erleben würde. Niemals hätte ich gedacht, wie schwer es mir fallen wird, euch zu verlassen. Bitte pflanze für mich Sonnenblumen. Für dich, denn sie passen so gut zu dir. Sie standen schon bei den Urvölkern für Positives, für Licht, Liebe, Leben und Fruchtbarkeit.

Da du jetzt meinen Brief liest, hast du ja die Bucket List, die ich in der Reha mit meiner lieben Freundin Gabriele für dich vor einiger Zeit geschrieben habe, bereits erledigt, wie ich hoffe. Da Adi jetzt der Vater deines Kindes wird, vergiss, was ich damals über ihn geschrieben habe. Du hast zu diesem Zeitpunkt so unglücklich gewirkt, aber dann, als du schwanger geworden bist, nicht mehr. Ich freue mich so für dich und würde ihn oder sie so gern kennenlernen, meinen Enkel oder meine Enkelin. Es sieht aber leider nicht so aus, sagt der Arzt. Und ich weiß, dass dich mein Tod erst einmal verzweifeln lässt. Deshalb lasse ich dir die Bucket List jetzt doch zukommen, in der Hoffnung, dass sie dir hilft, die Bedeutung und das Wunderbare des Lebens wieder zu verstehen. Und deshalb schreibe ich dir dazu diesen Brief. Ich habe Gabriele gebeten, ihn dir erst anschließend zu geben, weil ich mich zutiefst schäme. Aber weil ich weiß, wie sehr dich mein Tod verzweifeln lässt, hoffe ich, dir damit wieder Lebensmut zu geben. Lebensmut, den ich nicht mehr hatte.

Meine liebste Teresa, ich hatte dunkle Gedanken und vor, mir das Leben zu nehmen, als ich die Diagnose Multiple Sklerose erfahren hatte. Ich bekam Angst, Panik, war so verzweifelt. Mein Leben schien mir plötzlich nicht mehr lebenswert. Dabei kann man mit dieser Krankheit lange leben, wenn man nicht wie ich das Pech hat, eine so starke Lungenentzündung zu bekommen. Der Arzt hat mir gerade bedauernd gesagt, dass ich mein Enkelkind wohl nicht erleben werde. Und angesichts meines Todes wird mir so richtig klar, was man seinen Liebsten antut, wenn man sich selbst aus dem Leben stiehlt. Allein deshalb darf man es nicht tun. Und auch, weil das Leben so sehr lebenswert ist, selbst wenn man nicht ganz gesund ist. Weil es immer wieder bessere Tage geben wird, weil man Kinder, Enkelkinder,

Freundinnen und andere liebe Menschen hat, deren Leben man damit zerstört. Auch wenn man denken sollte, man ist allein. Man ist es nicht. Alle um einen herum werden sich immer Vorwürfe machen, einen nicht zurückgehalten zu haben. Mein großer Schatz, ich schäme mich so, nur an mich gedacht zu haben, bitte verzeih mir, es hatte nichts mit meiner Liebe zu dir zu tun, sondern mit meiner Schwäche, meinem geringen Selbstwertgefühl, das mir schon meine Eltern mitgegeben haben. Ich bin so stolz auf dich, dass du so eine starke, herzliche, selbstbewusste Frau geworden bist. Lass dir Zeit, um mich zu trauern, aber finde bitte bald wieder einen Weg ins Leben zurück. Ich liebe dich über alles und werde immer über dich und deine Kinder wachen. In ewiger Liebe.

Teresa konnte ihre Tränen, wie immer, wenn sie diesen Brief las, nicht mehr zurückhalten, ihre Sicht verschwamm. Von der Villa aus hörte sie die Stimme von Max.

»Teresa, Oma ist jetzt da!«

Rasch wischte sich Teresa die Tränen weg, steckte den Brief zurück in ihre Tasche, drehte sich lächelnd zu ihm. Er war so ein toller Junge, hatte sie sofort akzeptiert. Juana war sehr traurig gewesen, nicht mehr so eng zu dieser Familie zu gehören, aber sie hatte auch gesagt, dass sie keinen Mann wolle, der eine andere liebe. Es werde dauern, bis sie sich damit abgefunden habe, und sie wolle auf keinen Fall weiter hier wohnen. Sie hatte Simon und Teresa von Herzen Glück gewünscht und lebte jetzt mit ihrem kleinen Sohn Paco ganz in der Nähe, sodass Max sie oft besuchen konnte.

Gabriele trat aus der Terrassentür, hinter ihr Simon, und sie kamen auf Teresa zu. Was für ein Glück ich habe, dachte sie. So schade, dass meine Mum das alles nicht mehr erleben kann. Sie stand auf, schloss Max in die Arme, wie sie es immer tat, wenn sie sich ein paar Stunden nicht gesehen hatten. Max genoss diese Nähe sehr, kam auch sonst oft zu Teresa, um mit ihr zu kuscheln.

»Jetzt bin ich aber wirklich gespannt«, sagte Simon, trat zu ihr und küsste sie auf den Mund. Wie weich und wunderbar seine Lippen schmeckten.

»Und ich erst«, sagte Gabriele. Sie alle setzten sich. Teresa sah berührt in die Runde, wandte sich an Simon: »Ich habe die Rosenchallenge meiner Mum erledigt.«

Simon verstand nicht, wie sie an seiner Miene sah. Aber Gabriele, sie juchzte auf. »Das ist ja großartig!«

Teresa platzte beinahe vor Freude, nickte. »Ja, ich bin schwanger.«

»Wirklich? Das ist ja wundervoll! Wir bekommen ein Kind!«, entfuhr es Simon freudig. Er beugte sich zu ihr, umschloss ihr Gesicht mit seinen Händen, wollte sie küssen, aber Teresa stoppte ihn. »Die Rosenchallenge besagt, *drei* Kinder, mein Schatz. Max ist das erste und wir bekommen Zwillinge.«

Ein Freudenschrei entfuhr Simon, er zog sie von ihrem Stuhl hoch, umarmte sie und wirbelte sie, so gut es am Tisch ging, sanft herum.

In dem Moment sah Teresa, wie die anderen aus der Terrassentür traten. Clara wies ihnen den Weg. Josy, Arm in Arm mit Eric, Matilda, Amelie, Liz und Cristian, sogar Cecilia mit ihrem Federico. Teresa hatte alle zu einem kleinen Sommerfest eingeladen, um sie an ihrem Glück teilhaben zu lassen, all ihre Lieben, ihre Familie.

»Süße, was ist passiert?«, wollte Josy sofort wissen.

»Sie ist schwanger«, entfuhr es Simon glücklich, er fuhr sich grinsend durch sein blondes Haar, verstrubbelte es wieder vor Freude.

»Ich bekomme noch zwei Enkel, gleich zwei auf einmal, es sind Zwillinge!«, sagte Gabriele begeistert.

»Echt cool«, fand Max und grinste.

Die Freundinnen, ihre Freunde, Cecilia und auch Federico traten begeistert zu Teresa, umarmten sie abwechselnd, gratulierten.

Teresa drückte gerade Cecilia, diese liebe alte Frau. Sie löste sich nach einer innigen Umarmung. »Und ich werde Urgroßmutter«, sagte sie lächelnd.

Berührt sah Teresa erst sie, dann alle an. »Ihr seid alle so wundervoll, es ist einfach viel schöner, wenn sich viele mitfreuen. Ich bin zwar noch nicht über den dritten Monat hinaus«, sagte sie. »Aber ich wollte es euch unbedingt sagen, ich habe ein so gutes Gefühl, dass nichts mehr schiefgehen wird. Ich bin so glücklich und habe ja eines gelernt dank meiner Mum: Man muss die schönen Tage feiern, im Hier und Jetzt. Das Leben. Und das ist einfach wunderbar mit euch allen.«

Sie nahm Simons Hand, der neben ihr stand. Fühlte seine Wärme, seine Liebe und sah auf die gelben Sonnenblumen auf dem Tisch, die im strahlenden Licht dieser Insel leuchteten.

Danksagung

Ihr lieben Leserinnen und Leser,

wie schön, dass ihr wieder mit auf dieser wundervollen Insel gewesen seid, mit den Freundinnen und allen anderen lieb gewonnenen Bekannten am Meer. Und falls es das erste Buch der Mallorca-Sehnsucht-Reihe für euch war: Herzlich willkommen bei den Freundinnen am Meer. Mir geht es beim Schreiben dieser Reihe auch schon so, dass ich mich so sehr auf die Mädels freue, auf all die Charaktere, auf all ihre Geschichten. Vor allem auch auf Picasso, der darf natürlich nicht fehlen.

Teresas Blütenwissen hat mich selbst fasziniert. Die Recherche war so interessant und hat großen Spaß gemacht, ab jetzt werde ich wieder viel öfter mit Kräutern und auch mit Blüten kochen oder backen. Rezepte gibt es wie immer im Anhang. Faszinierend, für was Kräuter und Blüten alles gut sind.

Tatsächlich gibt es einen »Mauro« auf Mallorca, eine Deutsche, sie heißt Heidi. Sie baut essbare Blüten für die Sterneköche der Insel an. Und auch Wiesenkräuterspaziergänge kann man auf der Insel buchen. Ihr seht, diese Insel hat wirklich viel zu bieten, auch im nächsten Band, in »Inselperlen und Meer«, in dem es um Matildas Geschichte geht, erfahrt ihr wieder Spannendes und typisch Mallorquinisches, dazu natürlich wieder eine schöne Liebesgeschichte und mehr.

Ich danke all meinen Freundinnen, dem ganzen Team meines Verlags Tinte & Feder, dass diese Geschichte euch finden durfte. Herzlichen Dank an meine Verlagseditorin Jenny Brodski und meine Außenlektorin Judith Zimmer, die beide die Reihe so wunderbar betreuen. Mein großer Dank gebührt auch wieder meiner kleinen Familie. Meinem Mann, meinem Erstleser und Kritiker, meinen wundervollen Söhnen, auf die ich so stolz bin, und natürlich Bonnie, unserem Hund, die mich in den Schreibpausen an die frische Luft und mit ihrer Fröhlichkeit zum Lachen bringt. Sie ist der Picasso unserer Familie. Und natürlich danke ich von Herzen meinen tollen Leserinnen und Lesern, die mich tragen, meinen Bloggerinnen, die mich unterstützen, ihr alle zaubert mir so oft ein Lächeln ins Gesicht, mit eurem Feedback und so netten Rezensionen.

Wenn euch Teresas Geschichte gefallen hat, freue ich mich über eine kleine Rezension, folgt mir gerne im Internet, damit wir immer in Verbindung bleiben, komme was wolle:

www.Anja-Saskia-Beyer.com (tragt euch gerne in meinen Newsletter ein)

www.facebook.com/AnjaSaskiaBeyer

www.instagram.com/AnjaSaskiaBeyer

Alles Liebe, eure Anja Saskia

PS: Und jetzt kommen noch die köstlichen Blütenrezepte!

Mallorquinische Inselblüten-Rezepte

Teresas Veilchen-Geflügelcocktail

Zutaten:
0,1 l Weißwein (halbtrocken)
2 Handvoll Veilchen
100 g gebratene Hühnerbrust
1 Zitrone (Saft auspressen)
1 TL Curry
1 Prise Salz
1 Prise gemahlenen Pfeffer
1 Handvoll Salat (Feldsalat oder Rucola)
1 Tomate
1 trockenes Brötchen

Zubereitung:
Am Vortag die Stiele der Blüten entfernen, die Veilchenblüten im Wein einweichen.

Zitronensaft und Gewürze mischen, die Hühnerbruststreifen unterrühren und abkühlen lassen.

Den Salat waschen, klein rupfen oder schneiden, den Veilchenwein filtern, über den Salat gießen. Das Brötchen in Würfel schneiden und rösten.

Kurz vor dem Servieren das Fleisch mit dem Salat vermengen, die Brötchenwürfel und die restlichen frischen Veilchenblüten sorgfältig unterheben und sofort servieren.

Teresas mit Lavendel glasiertes Lamm

Zutaten für vier Personen:
1 Lammkeule, entbeint (ca. 2 Kilo)
7 Knoblauchzehen, in feine Scheiben schneiden
7 Anchovis-Filets, grob hacken
Ca. 10 Lavendelblüten, hacken
150 ml Lavendel-Honig
1 EL Olivenöl
1 Zitrone

Für die Lavendel-Honig-Glasur:
100 ml Lavendel-Honig
100 ml Olivenöl

Zubereitung:
Den Ofen auf 180 °C vorheizen.

Das Lamm mit einem scharfen Messer rundherum einschneiden, circa 2 cm tief. Dann die Einschnitte mit den Knoblauchscheiben, Anchovis-Stückchen und Lavendel füllen.

Das Lamm in einen Bräter legen und mit Salz und Pfeffer würzen. Mit Olivenöl und Honig beträufeln. Die Zitrone halbieren und ebenfalls in den Bräter geben. 1 ½ Std braten und alle 10 Minuten mit dem Bratensud übergießen.

Parallel die Glasur vorbereiten: Honig und Olivenöl in einem Topf erwärmen, in den Mixer geben. Mixen, bis sich eine Emulsion bildet.

Nachdem das Lamm fertig ist, die Glasur darüber geben und weitere 20 Minuten im Ofen braten.

Die Lammkeule mit Kartoffelgratin und gegrillten Tomaten servieren.

Teresas Kartoffelgratin

Zutaten:
Knapp 1 kg Kartoffeln, schälen und in feine Scheiben schneiden
1 große Zwiebel, in Scheiben schneiden
300 ml Hühnerbrühe
2 Knoblauchzehen
25 g Butter, in Flöckchen
1 EL Olivenöl
1 TL Thymian
Salz und Pfeffer

Zubereitung:
Den Ofen auf 180 °C vorheizen.

Eine feuerfeste Form innen mit Öl einreiben. Eine Schicht Kartoffeln in die Form geben, mit Zwiebeln bedecken, mit Salz und Pfeffer würzen. Wiederholen, bis alle Kartoffeln und Zwiebeln aufgebraucht sind. Die letzte Schicht sollte eine überlappende Schicht Kartoffeln sein.

Die heiße Brühe darüber gießen und Butterflöckchen auf den Kartoffeln verteilen. Im Ofen eine Stunde garen. Dann auf 150 °C reduzieren und weitere 30 Minuten garen.

Teresas Begoniencocktail mit Orangenwodka

Zutaten:
1 Bio-Orange
50 ml Wodka
100 g Zucker
2 EL getrocknete Minze
1 Bio-Limette
10–15 rosafarbene oder rote Begonienblüten
30 ml Orangenlikör
Mineralwasser, gekühlt

Zubereitung:
Orange schälen, Orangenschale in den Wodka geben und ein bis zwei Tage darin einweichen lassen. Zucker mit 200 ml Wasser in einem Topf erwärmen und Minze, Limettenschalenabrieb und -saft hinzugeben. Alles bei niedriger Hitze 20 Minuten köcheln lassen, bis ein Sirup entstanden ist, danach durchsieben. Die Blüten fein schneiden, zum Sirup geben und grob pürieren, sodass der Sirup sich rosa verfärbt. Eventuell erneut durchsieben.

20–30 ml Sirup in ein Cocktailglas geben. Wodka dazu und mit Mineralwasser auffüllen. Den restlichen Sirup für weitere Cocktails aufheben.

Teresas Salat mit Ziegenkäse und Rosmarin-Orangen-Honig-Soße

Zutaten:
3 Orangen, unbehandelt
1 großer Zweig Rosmarin
3 EL Honig
12 Stück kleine Ziegenfrischkäse
Salat (z. B. Rucola)

Zubereitung
Die Rosmarinzweige waschen und trocken tupfen. Die Nadeln von den Zweigen streifen, diese dann fein hacken.

Die Schale einer Orange mit einer Küchenreibe fein abreiben. Alle drei Orangen auspressen, den Saft zum Kochen bringen und etwa auf die Hälfte reduzieren lassen (Dauer: ca. 10 Minuten).

Den Topf vom Feuer nehmen und 3 Esslöffel Honig in dem heißen Saft auflösen. Den gehackten Rosmarin sowie die abgeriebene Schale der Orange in den Orangenhonig geben. Wieder auf die Herdplatte stellen und heiß werden lassen, ohne dass es anfängt zu kochen.

Die kleinen Ziegenkäse auf etwas Salat wie zum Beispiel Rucola anrichten und die warme Orangensoße über die Käse gießen. Mit warmem Brot servieren.

Teresas Salbeilinguine mit Garnelen

Zutaten:
1–2 El Olivenöl
1 Bio-Zitrone
1 TL Zucker
Salz
Pfeffer
Chili, eine Prise
Butter zum Anbraten
Frischer Salbei, eine Handvoll
Linguine oder auch Tagliatelle für vier Personen
1 Mango
Cherrytomaten, eine Handvoll
Gambas, ca. 250 g

Zubereitung:

Die Linguine kochen, währenddessen die Zitrone mit heißem Wasser übergießen, die Schale abraspeln und den Saft pressen.

Den Zitronensaft mit dem Olivenöl mischen, Zucker, Salz, Pfeffer und zerhackten Salbei dazugeben.

Ungefähr die halbe Mango würfeln und in Butter mit dem Chili anbraten.

Die Gambas anbraten und zum Schluss die halbierten Cherrytomaten dazugeben. Alles mischen und über die inzwischen fertigen und abgegossenen Linguine geben.

Buen provecho, guten Appetit!

Printed in Poland
by Amazon Fulfillment
Poland Sp. z o.o., Wrocław

93652181R00167